计算机应用职业技术培训教程

数字视频制作实务

计算机应用职业技术培训教程编委会　编著
丛书主编：许　远
本书执笔人：崔宝英　郝　玲　袁　航

電子工業出版社
Publishing House of Electronics Industry
北京·BEIJING

内容简介

本书是《计算机应用职业技术培训教程》丛书之一，根据最新的职业教育课程开发方法，以及职业岗位的工作功能和工作过程组织编写而成，体现了以“职业导向，就业优先”的课程理念。全书在编排上由简及繁、由浅入深、循序渐进，力求通俗易懂、简单实用。

本书主要内容包括：计算机基本操作，操作系统应用，数字视频制作软件的安装、调试与调用，数字视频采集，声画剪辑。

本书适用于中级数字视频人员培训使用，也可作为中等职业教育或高等职业教育数字视频制作专业的教学用书，以及社会人员自学参考书。

图书在版编目（CIP）数据

数字视频制作实务/《计算机应用职业技术培训教程》编委会编著.—北京：电子工业出版社，2009.7
计算机应用职业技术培训教程
ISBN 978-7-121-09122-3

I. 数… Ⅱ.计… Ⅲ.视频信号－数字技术－技术培训－教材 Ⅳ.TN941.3

中国版本图书馆 CIP 数据核字（2009）第 103071 号

策划编辑：关雅莉
责任编辑：韩玲玲
印　　刷：北京市天竺颖华印刷厂
装　　订：三河市鑫金马印装有限公司
出版发行：电子工业出版社
　　　　　北京市海淀区万寿路 173 信箱　邮编　100036
开　　本：720×1 000　1/16　印张：11　字数：227.9 千字
印　　次：2009 年 7 月第 1 次印刷
印　　数：3000 册　　定价：19.00 元

凡所购买电子工业出版社图书有缺损问题，请向购买书店调换。若书店售缺，请与本社发行部联系，联系及邮购电话：（010）88254888。

质量投诉请发邮件至 zlts@phei.com.cn，盗版侵权举报请发邮件至 dbqq@phei.com.cn。

服务热线：（010）88258888。

计算机应用职业技术培训教程

编审委员会名单

前　言

电子信息产业是现代产业中发展最快的一个分支，它具有高成长性、高变动性、高竞争性、高技术性、高服务性和高就业性等特点。

我国已经成为世界级的电子信息产业大国。目前，固定电话和移动电话用户数跃居世界第一位，互联网上网人数也位居世界第一位。产业的发展拉动了就业的增长。该产业的总体就业特征是高技能就业、大容量就业和高职业声望。今后，社会信息化程度将进一步提高，信息技术在通信、教育、医疗、游戏等各行业的应用将日渐深入，软件、硬件技术人才及网络技术人才的需求都保持了上升趋势。尤其是电子信息类企业内部分工渐趋细化和专业化，更需要大量的人才。

大量的人才需求，促进了电子信息产业的职业教育培训迅速发展，培养实用的电子信息产业人才的呼声日渐高涨，大量电子信息类的职业培训机构应运而生。但是，在职业教育培训中如何满足企业需求，体现职业能力一直是一个难点问题。

计算机应用职业技术培训教程编委会的专家们进行了深入的研究，开发了《计算机应用职业技术培训教程》丛书。该丛书根据最新的职业教育课程开发方法，以及职业岗位的工作功能和工作过程组织编写而成，体现了“职业导向，就业优先”的课程理念。

《计算机应用职业技术培训教程》丛书由计算机应用职业技术培训教程编委会编写，作者队伍由信息产业技术、行业企业代表、中高职院校电子信息类相关专业教师共同组成，并由职业培训、课程开发专家进行技术把关。工业和信息产业职业教育教学指导委员会、中国就业培训技术指导中心对本丛书的出版给予了大力支持并进行推荐。

由于本教材编写时间紧、任务重、难度大、模式新，难免存在不足甚至错误之处，敬请读者提出宝贵意见和建议。

编著者

2009年6月

目录

第1章 计算机基本操作

多媒体技术是现代计算机技术的重要发展方向，也是现代计算机技术发展最快的领域之一。多媒体技术与通信技术、网络技术的融合与发展打破了时空和环境的限制，涉及了计算机出版业、远程通信、家用音像电子产品、电影与广播等主要工业范畴，从根本上改变了人类的生活方式和现代社会的信息传播方式，是社会信息化高速公路的基础。本章将学习多媒体及多媒体技术的有关概念、多媒体技术的特点、多媒体计算机的基本硬件配置和软件环境、多媒体技术的应用与发展趋势等知识。

1.1 多媒体与多媒体计算机

1.1.1 多媒体计算机的产生及基本组成

学习目标

- 了解多媒体计算机的产生。
- 了解多媒体计算机的基本组成。

相关知识

1. 多媒体计算机的产生

多媒体计算机技术在20世纪80年代兴起，在90年代得到了迅速的发展和广泛的应用。

多媒体计算机简称为MPC（Multimedia Personal Computer），是指具有多媒体功能、符合多媒体计算机规范的计算机。1990年11月，在Microsoft公司的主持下，Microsoft、IBM、Philips、NEC等较大的多媒体计算机厂商召开了多媒体开发者会议，成立了多媒体计算机市场协会（Multimedia PC Marketing

Council，INC），进行了多媒体标准的制定和管理。该组织根据当时计算机的发展水平制定了多媒体计算机的基本标准 MPC1，对多媒体计算机硬件规定了必需的技术规格。

1995 年 6 月，该组织更名为“多媒体 PC 工作组”（Multimedia PC Working Group），公布了新的多媒体计算机标准，即 MPC3。MPC3 规定的多媒体计算机配置示意图如图 1-1 所示。

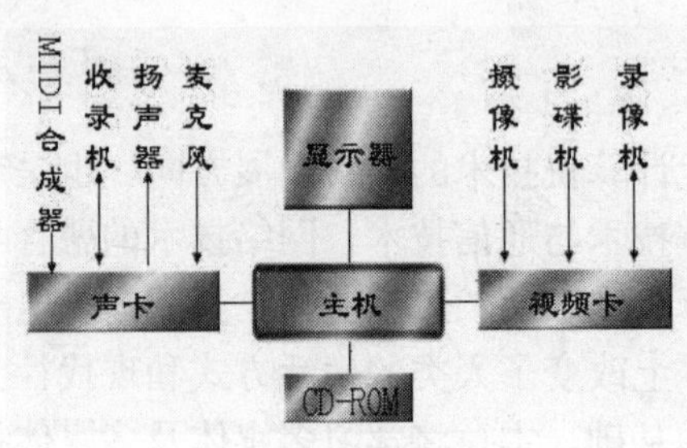

图 1-1　MPC3 规定的多媒体计算机配置示意图

2. 多媒体计算机基本组成

MPC3 的基本要求如下。

（1）微处理器：Pentium 75MHz 或更高主频的微处理器。

（2）内存：8MB 以上内存。

（3）磁盘：1.44MB 软驱，540MB 以上的硬盘。

（4）图形性能：可进行颜色空间转换和缩放；视频图像子系统在视频允许时可进行直接帧存取，以 15 位/像素、352×240 分辨率、30 帧/秒播放视频，不要求缩放和裁剪。

（5）视频播放：编码和解码都应在 15 位/像素、352×240 分辨率、30 帧/秒（或 352×288 分辨率，25 帧/秒）；播放视频时支持同步的声频/视频流，不丢帧。

（6）声卡：支持 16 位声卡，波表合成技术，MIDI 播放。

（7）CD-ROM：4 倍速光驱，平均访问时间 250 ms，符合 CD-XA 规格，具备多段式能力。

MPC3 规定了多媒体计算机的最低配置，同时对主机的 CPU 性能、内存容量、外存容量及屏幕显示能力等做了相应的规定。可用一个简单的公式表示为：

MPC3＝微型机（PC）＋CD-ROM＋声卡

一台普通 PC 加上声卡和 CD-ROM 驱动器，就能处理声音并获取较大容量的数据，具备了多媒体的基本特性。多媒体计算机的出现是随着 Pentium CPU 的出现而出现的，是随着 Pentium MMX（Multi-Media eXtension）指令集中包含了 57 条多媒体处理指令而发展起来的。多媒体技术是将多种信息媒体有机组合，能够全方位传递包括文字、声音、图形、动画和视频等媒体信息，并具有人机交互功能的一种综合技术。

1.1.2　多媒体元素及其特征

学习目标

➢　了解多媒体元素。
➢　了解多媒体元素的特征。

相关知识

多媒体元素是指多媒体应用中可以显示给用户的媒体组成元素。多媒体元素涉及大量不同类型、不同性质的媒体元素，这些媒体元素数据量大，同一种媒体元素数据格式繁多，数据类型之间的差别极大。

1. 文本（Text）

文本就是习惯使用的文字集合。文本包括字体（Font）、字形（Style）、字号（Size）、颜色（Color）、修饰（Effect）等属性，是使用最悠久、最广泛的媒体元素，也是信息的最基本的呈现形式。其最大优点是存储空间小，但形式呆板，仅能利用视觉获取，靠人的思维进行理解，难以描述对象的形态、运动等特征。

在人机交互中，文本主要有两种形式：格式化文本和非格式化文本。格式化文本可以进行格式编排，包括字体、尺寸、颜色、格式及段落等属性设置，如.doc文件；非格式化文本的字符大小是固定的，仅能以一种形式和类型使用，不具备排版功能，如.txt文件。

2. 图形（Graphics）

图形也称矢量图形（Vector Graphics），是计算机根据数学模型计算而生成的几何图形。图形是由直线、曲线、圆或曲面等几何形状形成的从点、线、面到三维空间的黑白或彩色几何图形。构成图形的点、线和图片由坐标及相关参数定义，如用 CorelDraw 绘制的图形。矢量图形的优点是可以不失真缩放，占用计算机存储空间小。但矢量图形仅能表现对象结构，在表现对象质感方面的能力较弱。

3. 图像（Image）

图像是指由输入设备捕获的实际场景画面或以数字化形式存储的画面，是真实物体的影像。对图片逐行、逐列进行采样（取样点），并用许多点（称为像素

点）表示并存储，即为数字图像，通常称之为位图。

图像主要用于表现自然景色、人物等，能表现对象的颜色细节和质感，具有形象、直观和信息量大的优点。但图像文件的数据量很大，存储一幅 640×480 大小、24 位真彩色的 BMP 格式的图像，约需 1M 左右的存储空间。所以需要对图像数据进行压缩，即利用视觉特征，去除人眼不敏感的冗余数据。目前，最为流行且压缩效果好的位图压缩格式为 JPEG，其压缩比高达 30:1 以上，而且图像失真较小。

4. 声音（Sound）和音乐（Music）

声音包括人说话的声音、动物鸣叫声和自然界的各种声音。而音乐是由有节奏、旋律或和声的人声或乐器音响等配合所构成的一种艺术。声音和音乐在本质上是相同的，都是具有振幅和频率的声波。声波的幅度表示声音的强弱，频率表示声音音调的高低。

在多媒体项目中加入声音元素，可以给人多感官刺激。人们不仅能欣赏到优美的音乐，而且可倾听详细和生动的解说，从而增强对文字、图像等类型的媒体信息的理解。

声音和音乐（音频）的缺点也是数据量庞大。例如，存储 1 秒钟的 CD 双声道立体声音乐，需要的磁盘空间与存储 9 万个汉字所需的空间相同，因此也必须进行压缩处理。

5. 动画（Animation）

动画就是运动的图画，实质上是若干幅时间和内容连续的静态图像的顺序播放。用计算机实现的动画有两种，一种叫造型动画，另一种叫帧动画。造型动画每帧由图形、声音、文字、色彩等造型元素组成，由脚本控制角色的表演和行为。帧动画是由一幅幅连续的画面组成的图像序列，是产生各种动画的基本方法。

为什么一幅幅静态的画面连续播放，就可以看到动态的图像画面？人的眼睛具有视觉暂停现象，在亮度信号消失之后亮度感觉仍然可以保持 1/20～1/10 秒的时间。动态图像（动画）就是根据这个特性而产生的。从物理意义上看，任何动态图像都是由多幅连续的图像序列构成的，沿着时间轴，每一幅图像保持一个很小的时间间隔，顺序地在人眼感觉不到的速度（每秒 25～30 帧）下换成另一幅图像，这样连续不断地转换就形成了运动的感觉。电影和计算机中的动画都是如此。

6. 视频（Video）

若干幅内容相互联系的图像连续播放就形成了视频。视频主要来源于摄像机

拍摄的连续自然场景画面。视频与动画一样是由连续的画面组成的，只是其画面图像是自然景物的图像。计算机处理的视频信息必须是全数字化的信号，但在处理过程中要受到电视技术的影响。

视频有如下几个重要技术参数。

（1）帧速

帧速，是指每秒钟播放的静止画面数（帧/秒）。为了减少数据量，可适当降低帧速。若帧速在 16FPS（Frames Per Second）以上，则在人的视觉上便可达到一定的满意程度。

（2）数据量

未经过压缩的数据量为帧速乘以每幅图像的数据量。假设一幅图像为 1MB，则每秒的数据量将达到 25MB（PAL 制式），经过压缩之后将减少为原来的几十分之一甚至更少。

（3）画面质量

画面质量，除了与原始图像质量有关外，还与视频数据的压缩比有关。压缩比小时对画面质量不会有太大影响，而压缩比如果超过一定值，则画面质量将明显下降。

1.1.3　多媒体系统的组成与分类

➢ 了解多媒体系统的硬件组成。
➢ 了解多媒体系统的软件组成。
➢ 了解多媒体系统的分类。

相关知识

一台完整的计算机系统包括硬件系统和软件系统。硬件系统是组成计算机的所有实体的集合，由电子器件、机械装置等物理部件组成。软件系统是指在硬件设备上运行的各种程序和文档资料。硬件是计算机工作的物质基础，是软件运行的场所，软件是计算机的灵魂。它们相互配合，缺一不可。

传统的微机或个人机处理的信息往往仅限于字符和数字，所以只能算做计算机应用的初级阶段，同时人和计算机之间的交互只能通过键盘和显示器，交流的途径缺乏多样性。为了改变人、机交互方式的单一，使计算机能够集声、文、图、像处理于一体，人们发明了多媒体计算机。多媒体计算机系统是对多媒体信息进行逻辑互连、获取、编辑、存储和播放等的一个计算机系统。它能

灵活地调度和使用多媒体信息，使之与有关硬件协调工作，并具有一定的交互特性。

1. 多媒体系统的硬件组成

多媒体系统是一个复杂的软、硬件结合的综合系统。多媒体系统把音频、视频等媒体与计算机系统集成在一起，组成一个有机的整体，并由计算机对各种媒体进行数字化处理。由此可见，多媒体系统不是原系统的简单叠加，而是有其自身结构特点的系统。

计算机系统的硬件包括运算器、控制器、存储器、输入设备和输出设备等五大组成部分。多媒体计算机在这五大组成部分的基础上，又增加了以下设备和功能接口。

（1）多媒体接口卡

多媒体接口卡是多媒体系统获取、编辑音频或视频的、需要接插在计算机主板功能扩展槽上的设备，可解决各种媒体数据的输入、输出问题。常用的多媒体接口卡有声卡、显示卡、视频压缩卡、视频捕捉卡、视频播放卡、光盘接口卡、网络接口卡等。随着计算机软件的发展，各类压缩卡、捕捉卡、播放卡等已经逐渐被淘汰，其相应功能由多媒体软件取代实现。

（2）多媒体外部设备

① 视频、音频输入设备：CD-ROM、扫描仪、摄像机、录像机、数码照相机、激光唱盘、MIDI 合成器等。

② 视频、音频播放设备：电视机、投影仪、音响器材等。

③ 交互界面设备：键盘、鼠标、高分辨率彩色显示器、激光打印机、触摸屏、光笔等。

④ 存储设备：大容量磁盘和可擦写光盘（CD-RW）等。

多媒体计算机是随着计算机技术的进步而发展起来的。现在，几乎所有的计算机都可以处理多媒体指令，个人计算机就是一台功能齐全的多媒体计算机。多媒体计算机系统的硬件组成如图 1-2 所示。

2. 多媒体系统的软件组成

多媒体系统的软件按功能可划分为以下五类。

（1）多媒体驱动软件

多媒体软件中直接与硬件打交道的软件称为多媒体驱动软件。其作用是完成设备的初始化，各种设备的操作及设备的打开、关闭，基于硬件的压缩和解压，图像的快速变换等基本硬件功能的调用。多媒体驱动软件一般由厂家随硬件提供。

（2）支持多媒体的操作系统

支持多媒体的操作系统是多媒体软件的核心。它负责多媒体环境下任务的调度，保证音频、视频同步控制及信息处理的实时性；提供多媒体信息的各种基本操作和管理，具有对设备的相对独立性与可扩展性。目前，个人计算机上的多媒体软件使用最多的操作系统是微软的 Windows 系统。

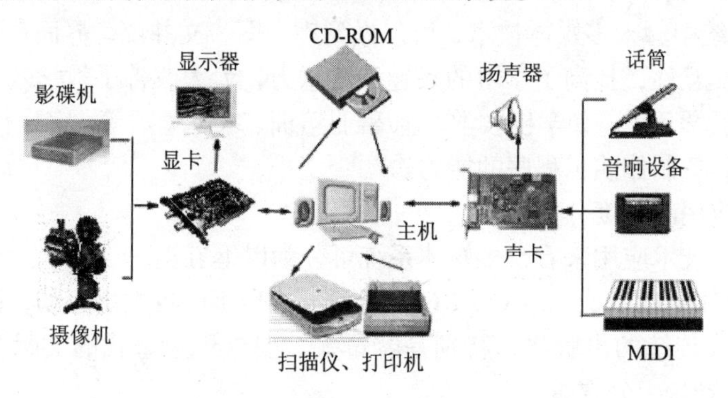

图 1-2 多媒体计算机系统的硬件组成

（3）多媒体数据处理软件

多媒体数据处理软件是用于采集多媒体数据的软件，如声音的录制与编辑软件、图像扫描及预处理软件、全动态视频采集软件及动画生成编辑软件等。

（4）多媒体编辑创作软件

多媒体编辑创作软件又称多媒体创作工具，是多媒体专业人员在多媒体操作系统之上开发的供特定应用领域的专业人员组织、编排多媒体数据，并把它们连接成完整的多媒体应用的系统工具。高档的多媒体编辑创作软件可用于影视系统的动画创作，中档的可用于创作教育和娱乐节目，低档的可用于商业简介的创作、家庭学习材料的编辑。

（5）多媒体应用软件

多媒体应用软件是在多媒体硬件平台上设计开发的面向应用的软件系统，如多媒体数据库系统、多媒体教育软件和娱乐软件等。

3. 多媒体系统的分类

多媒体系统，可从应用对象和应用角度的不同进行分类。

（1）从对象的角度分类

从多媒体系统所面向的对象来看，可分为以下四类。

① 多媒体开发系统。多媒体开发系统需要较完善的硬件环境和软件支持，主要目标是为多媒体专业人员开发各种应用系统提供应用软件开发环境和多媒体文件综合管理能力。

② 多媒体演示系统。多媒体演示系统是一个功能齐全、完善的桌面系统，用于管理用户的声音、图像资源，提供专业化的多媒体演示，使观众有强烈的现场感受，常用于企业产品展示、科学研究成果发布等。

③ 家用多媒体系统。只要在计算机上配置 CD-ROM、声卡、音箱和话筒，就可以构成一个家用多媒体系统，用于家庭中的学习、娱乐等。

④ 多媒体教育/培训系统。多媒体可以在计算机辅助教学（CAI）中大显身手。教育/培训系统中融入多媒体技术，可以做到声、图、文并茂，界面色彩丰富，具有形象性和交互性，提高了学习的兴趣和注意力，大大改善了教学效果，可用于不同层次的教学环境，如学校教学、企/事业培训、家庭学习等。多媒体教育/培训系统一般不具备制作演示程序的能力。

（2）从应用的角度分类

从多媒体技术应用来看，多媒体系统可分为以下五类。

① 多媒体出版系统。以 CD-ROM 光盘形式出版的各类出版物，已经开始大量出现并替代传统的出版物，特别是容量大、要求迅速查找的文献资料等，使用 CD-ROM 光盘十分方便。

② 多媒体信息咨询系统。例如，图书情报检索系统、证券交易咨询系统等，用户只需要按几个键，多媒体系统就能以声音、图像、文字等方式给出信息。

③ 多媒体娱乐系统。多媒体系统提供的交互播放功能，以高质量的数字音响、图文并茂的显示特征，受到了广大消费者的欢迎，给文化娱乐带来了新的活力。

④ 多媒体通信系统。例如，可视电话、视频会议等，增强了人们身临其境、如同面对面交流一样的感觉。

⑤ 多媒体数据库系统。多媒体数据库系统，即将多媒体技术和数据库技术相结合，在普通数据库的基础上增加声音、图像和视频数据类型，对各种多媒体数据进行统一的组织和管理，如档案、名片管理系统等。

1.1.4 多媒体技术的发展

- 了解多媒体技术的发展特点。
- 了解多媒体技术的发展方向。

1. 多媒体技术的发展特点

多媒体技术的飞速发展导致了计算机应用领域的一场革命，把信息社会推向了一个新的历史时期，使人类生活进入一个崭新的世界，并对人类社会产生了深

远的影响。多媒体技术的发展，显示出以下几个特点。

（1）多学科交汇

多媒体技术的发展融合了计算机科学、微电子科学、声像技术、数字信号处理技术、网络与通信技术、人工智能等多门学科，而且有与其他学科联合的趋势。

（2）顺应信息时代发展的需要

现代人类文明的发展与进步，要求提供全方位的综合信息处理技术，提供信息表示和显示的全新工具。多媒体技术改善了人机之间的界面，使计算机应用更有效，更接近于人类习惯的信息交流方式。信息空间走向多维化，使人们思想的表达不再局限于顺序的、单调的和狭窄的范围，而有了一个充分自由的空间。多媒体技术为这种自由提供了多维化空间的交互能力，人与信息、人与系统、信息与系统之间的交互方法发生了变革，顺应了信息时代的需要，并推动信息社会的进一步发展。

（3）多领域应用

多媒体应用逐渐进入千家万户，用多媒体计算机进行的家庭教育和个人娱乐已成时尚。这一新兴的技术，必然会使社会上崛起一支新兴的产业大军，多媒体技术必将渗入我们生活、工作的各个方面。

2. 多媒体技术的发展方向

目前，多媒体技术主要向以下几个方向发展。

（1）多媒体通信网络的研究和建立

多媒体通信网络的研究和建立将使多媒体从单机、单点向分布、协同多媒体环境的方向发展，在世界范围内建立一个可全球自由交互的通信网。对该网络及其设备的研究，以及网上分布应用与信息服务的研究将是热点。未来的多媒体通信将朝着不受时间、空间、通信对象等方面的任何约束和限制的方向发展，其目标是“任何人，在任何时刻，与任何地点的任何人，进行任何形式的通信”。人类将通过多媒体通信迅速获取大量信息，反过来又以最有效的方式创造更大的社会效益。

（2）智能处理

利用图像理解、语音识别、全文检索等技术，研究多媒体基于内容的处理，开发能进行基于内容处理的系统，是多媒体信息管理的重要方向。

（3）多媒体标准的规范

各类标准的研究建立将有利于产品规范化。以多媒体为核心的信息产业突破了单一行业的限制，涉及诸多行业，而多媒体系统的集成特性对标准化提出了更高的要求，所以必须开展标准化研究，它是实现多媒体信息交换和大规模产业化的关键所在。

（4）多学科交互

多媒体技术与其他技术相结合，提供了完善的人机交互环境。同时，多媒体技术将继续向其他领域扩展，并使其应用范围进一步扩大。多媒体仿真、智能多媒体等新技术层出不穷，扩大了原有技术领域的内涵，并不断创造出新的概念。

多媒体技术与外围技术构造的虚拟现实研究仍在继续发展。多媒体虚拟现实与可视化技术需要相互补充，并与语音、图像识别、智能接口等技术相结合，建立高层次虚拟现实系统。

将来，多媒体技术将向着以下六个方向发展。

① 高分辨化，以提高显示质量。

② 高速度化，以缩短处理时间。

③ 简单化，便于使用操作。

④ 高维化，三维、四维或更高维发展。

⑤ 智能化，进一步提高信息识别能力。

⑥ 标准化，便于信息交换和资源共享。

多媒体技术正在向自动控制系统、人机交互系统、人工智能系统、仿真系统等技术领域渗透，所有具有人机界面的技术领域都离不开多媒体技术的支持。这些相关技术在发展过程中创造出许多新的概念，产生了许多新的观点，正在为人们所接受，并成为研究课题之一。

1.2 文件或文件夹的综合操作

1.2.1 复制、移动、删除和更名操作

学习目标

➢ 掌握文件或文件夹的复制、移动、删除和更名的操作方法。

相关知识

1. 复制文件或文件夹

复制文件或文件夹有 3 种方法：使用系统任务，使用剪贴板，使用鼠标拖放。

（1）使用系统任务复制文件或文件夹

使用系统任务复制文件或文件夹的具体操作步骤如下。

① 选定要复制的文件或文件夹。

② 在“文件和文件夹任务”列表中，单击“复制这个文件夹”任务，如图 1-3 所示。打开“复制项目”对话框，如图 1-4 所示。

图 1-3　复制这个文件夹

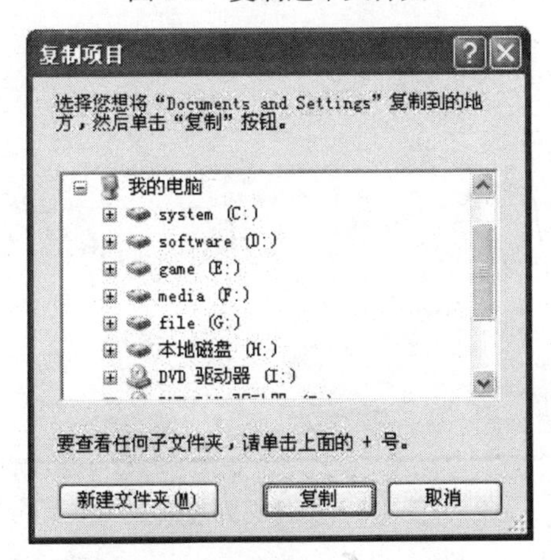

图 1-4　“复制项目”对话框

③ 在文件夹列表框中选择要复制到的位置，单击【复制】按钮，即可把选定的项目复制到指定的位置。

若要将文件或文件夹复制到一个不存在的文件夹中，则应先选定要复制的位置，然后单击【新建文件夹】按钮，即创建了一个新的文件夹。

（2）使用剪贴板复制文件或文件夹

使用剪贴板复制文件或文件夹的具体操作步骤如下。

① 选定要复制的文件或文件夹。

② 单击“编辑”→“复制”菜单命令；或在选定的项目上单击鼠标右键，在弹出的快捷菜单中单击“复制”命令；还可以同时按下键盘上的【Ctrl+C】键。

③ 单击“地址”栏右边的向下箭头，选择要复制到的目标位置。

④ 单击“编辑”→“粘贴”菜单命令；或在目标位置空白处单击鼠标右键，在弹出的快捷菜单中单击“粘贴”命令；还可以同时按下键盘上的【Ctrl＋V】键。这时，所选项目已经复制到目标位置。

（3）使用鼠标拖放复制文件或文件夹

直接使用鼠标拖放复制文件或文件夹是操作最简便的一种方法，其具体操作步骤如下。

① 在工具栏上单击【文件夹】按钮，打开窗口左侧的文件夹列表框，展开目标文件夹，使其可见，如图 1-5 所示。

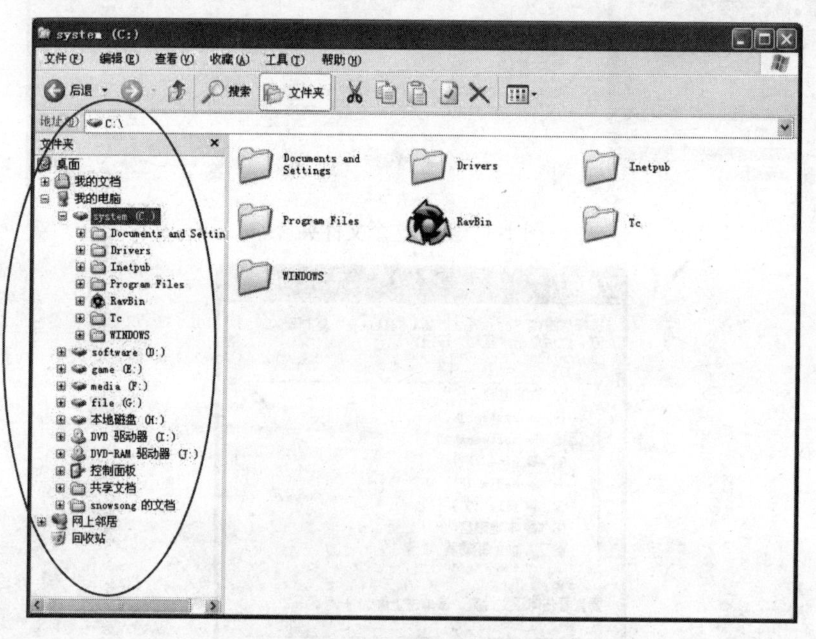

图 1-5 文件夹列表框

② 在右边的窗口中选定要复制的文件或文件夹，按住鼠标左键不放，同时按下键盘上的【Ctrl】键，拖动到左边的目标文件夹。

③ 拖动到目标文件夹后，先松开鼠标左键，再松开【Ctrl】键，则选定的文件或文件夹被复制到目标位置。

④ 以上的操作是在同一磁盘的不同文件夹之间进行复制时的操作，若是在不同的磁盘之间复制文件或文件夹，则不需要按下键盘上的【Ctrl】键，直接使用鼠标左键拖动即可。

2. 移动文件或文件夹

移动文件或文件夹有 3 种方法：使用系统任务，使用剪贴板，使用鼠标拖放。

(1) 使用系统任务移动文件或文件夹

使用系统任务移动文件或文件夹的具体操作步骤如下。

① 选定要移动的文件或文件夹。

② 在“文件和文件夹任务”列表中，单击“移动这个文件夹”任务，如图 1-6 所示；打开“移动项目”对话框，如图 1-7 所示。

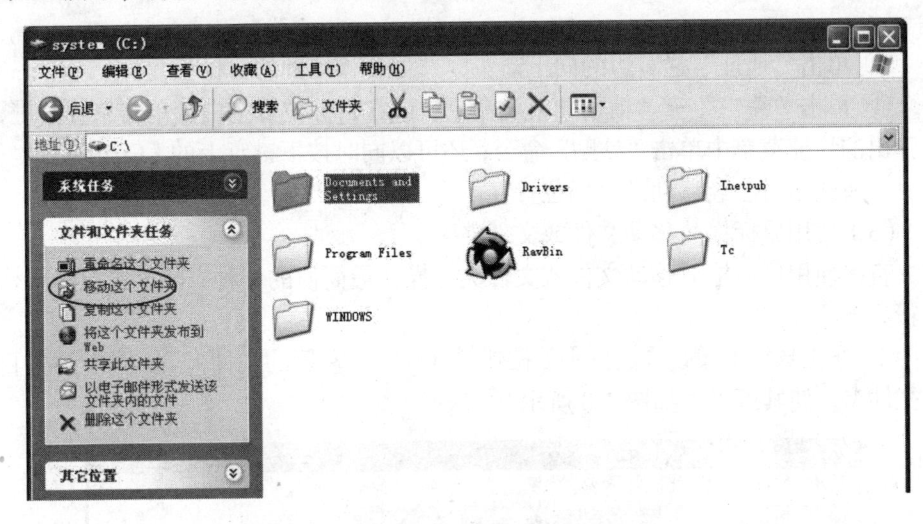

图 1-6　移动这个文件夹

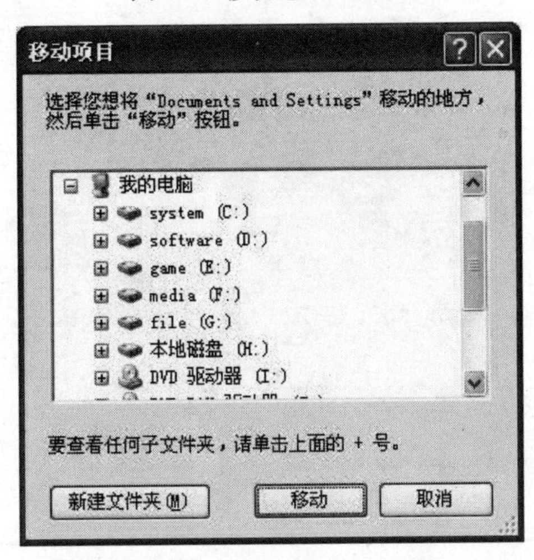

图 1-7　“移动项目”对话框

③ 在文件夹列表框中选择要移动到的位置，单击【移动】按钮，即可把选定的项目移动到指定的位置。

若要将文件或文件夹移动到一个不存在的文件夹中，则应先选定要移动的位置，然后单击【新建文件夹】按钮，即创建了一个新的文件夹。

（2）使用剪贴板移动文件或文件夹

使用剪贴板移动文件或文件夹的具体操作步骤如下。

① 选定要移动的文件或文件夹。

② 单击“编辑”→“剪切”菜单命令；或在选定的项目上单击鼠标右键，在弹出的快捷菜单中单击“剪切”命令；还可以同时按下键盘上的【Ctrl+X】键。

③ 单击“地址”栏右边的向下箭头，选择要移动到的目标位置。

④ 单击“编辑”→“粘贴”菜单命令；或在目标位置空白处单击鼠标右键，在弹出的快捷菜单中单击“粘贴”命令；还可以同时按下键盘上的【Ctrl+V】键。这时，所选项目已经移动到目标位置。

（3）使用鼠标拖放移动文件或文件夹

直接使用鼠标拖放移动文件或文件夹是操作最简便的一种方法，其具体操作步骤如下。

① 在工具栏上单击【文件夹】按钮，打开窗口左侧的文件夹列表框，展开目标文件夹，使其可见，如图1-8所示。

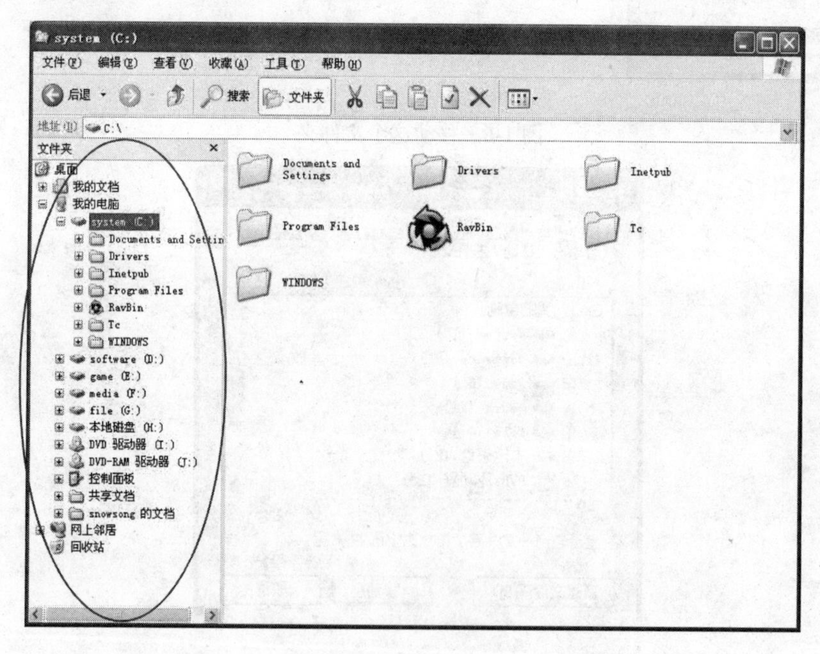

图1-8 文件夹列表框

② 在右边的窗口中选定要移动的文件或文件夹，按住鼠标左键不放，拖动到左边的目标文件夹。

③ 拖动到目标文件夹后，松开鼠标左键，则选定的文件或文件夹被移动到目标位置。

④ 以上的操作是在同一磁盘的不同文件夹之间进行移动时的操作，若是在不同的磁盘之间移动文件或文件夹时，则需要在按住鼠标左键后，再按下键盘上的【Shift】键，然后使用鼠标左键拖动即可。

3. 删除文件或文件夹

当某些文件或文件夹不再需要时，可以将它们删除，以便节省硬盘空间。删除文件或文件夹有两种方法：使用回收站和直接删除。这两种方法的区别在于，使用回收站删除的文件或文件夹可以恢复，但直接删除的将不能再恢复。

（1）使用回收站删除文件或文件夹

使用回收站删除文件或文件夹的具体操作步骤如下。

① 选定要删除的文件或文件夹。

② 选择下列操作之一。

- 在“文件和文件夹任务”列表中，单击“删除这个文件夹”任务，如图 1-9 所示。

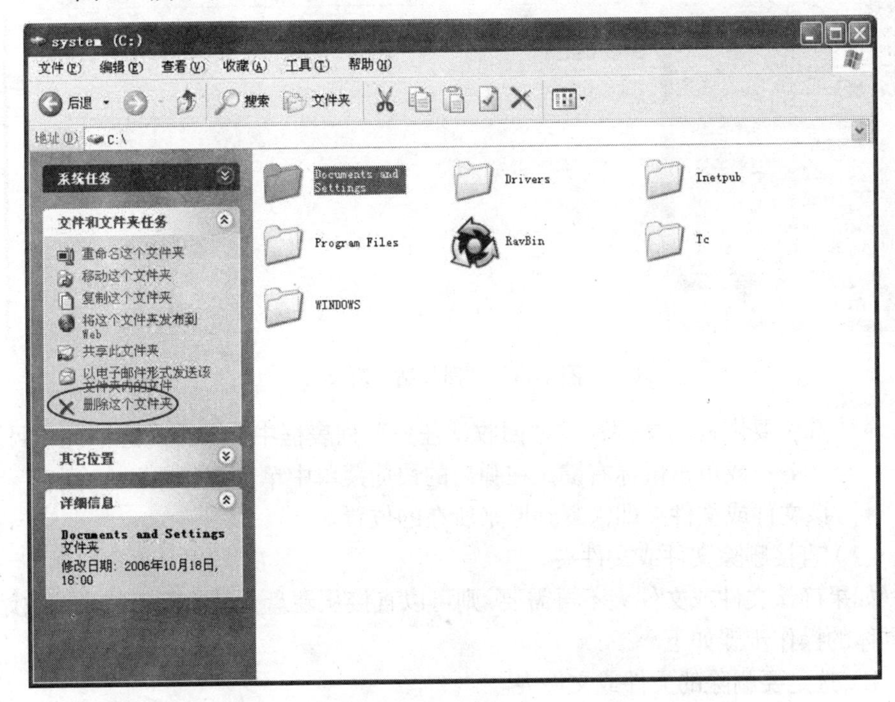

图 1-9　删除这个文件夹

- 单击鼠标右键，在弹出的快捷菜单上单击“删除”命令。
- 按键盘上的【Delete】键。

③ 这时，屏幕上出现“确认文件夹删除”对话框，如图 1-10 所示。

④ 单击【是】按钮，文件或文件夹即删除到了回收站中。

如果操作失误，误删了文件或文件夹，则可以通过回收站将其恢复。恢复已删除文件或文件夹的具体操作步骤如下。

图 1-10　"确认文件夹删除"对话框

- 在桌面上双击"回收站"图标，打开"回收站"窗口，如图 1-11 所示。

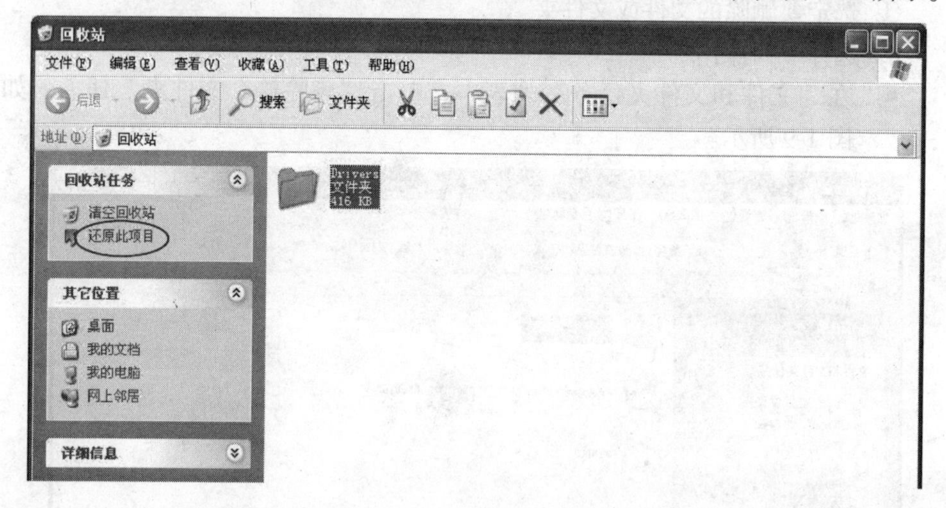

图 1-11　"回收站"窗口

- 选中要恢复的文件，在"回收站任务"列表框中，单击"还原此项目"任务；或单击鼠标右键，在弹出的快捷菜单中单击"还原"命令。
- 该文件或文件夹即恢复到原来所在的位置。

（2）直接删除文件或文件夹

如果确认文件或文件夹不再需要，则可以直接从硬盘上删除而不放入回收站。其具体的操作步骤如下。

① 选定要删除的文件或文件夹。

② 单击鼠标右键，在弹出的快捷菜单上单击"删除"命令之前，先按下键盘上的【Shift】键。

③ 这时，屏幕上出现"确认文件夹删除"对话框，如图 1-12 所示。

④ 单击【是】按钮，文件或文件夹即被直接删除。

图 1-12　"确认文件夹删除"对话框

4. 更改文件或文件夹的名称

更改文件或文件夹的名称可以通过多种方法来完成。

(1) 使用系统任务更改文件或文件夹的名称

使用系统任务更改文件或文件夹的名称的具体操作步骤如下。

① 选定要更改名称的文件或文件夹。

② 在"文件和文件夹任务"列表中，单击"重命名这个文件夹"任务，如图 1-13 所示。

图 1-13　重命名这个文件夹

③ 这时，文件或文件夹的名称呈反白显示，被一个方框包围着，输入一个新名称即可更改原来的名称。

④ 按键盘上的【Enter】键。

(2) 使用鼠标快捷菜单更改文件或文件夹的名称

使用鼠标快捷菜单更改文件或文件夹的名称的具体操作步骤如下。

① 选定要更改名称的文件或文件夹。

② 单击鼠标右键，在弹出的快捷菜单上单击"重命名"命令。

③ 这时，文件或文件夹的名称呈反白显示，被一个方框包围着，输入一个新

名称即可更改原来的名称。

④ 按键盘上的【Enter】键。

（3）使用鼠标两次单击更改文件或文件夹的名称

使用鼠标两次单击更改文件或文件夹的名称，是最快、最简单的操作。其具体操作步骤如下。

① 单击鼠标左键，选定要更改名称的文件或文件夹。

② 在图标下方的文字区域，再单击鼠标左键。

③ 这时，文件或文件夹的名称呈反白显示，被一个方框包围着，输入一个新名称即可更改原来的名称。

④ 按键盘上的【Enter】键。

1.2.2 文件或文件夹的属性设置

学习目标

- 掌握查看及设置文件或文件夹属性的操作方法。

相关知识

1. 文件或文件夹的属性概述

Windows 中的文件和文件夹都有属性，属性显示有关文件或文件夹的信息，例如，大小、位置及创建日期，表明文件是否为只读、隐藏、准备存档（备份）、压缩或加密，以及是否应当索引文件内容以供快速搜索文件的信息等。

查看文件或文件夹的属性时，还可以获得如下各项的信息：文件的类型；打开文件的程序名称；包含在文件夹中的文件和子文件夹的数目；文件被修改或访问的最后时间等。

根据文件或文件夹的类型，还可查看在下述选项卡上显示的其他信息。

（1）常规

标识文件类型、与该文件关联的程序、文件的位置和大小，以及文件的创建日期、最后修改日期和最后打开日期。

（2）自动播放

对于 Windows 在可移动存储设备（如数码相机或 CD-ROM 等）上检测到的媒体文件，允许更改 Windows 处理它们的方式。例如，当 Windows 在 CD-ROM 驱动器上检测到乐曲时，它可以自动地播放乐曲，或者允许在文件夹中查看它们。

（3）安全

列出有权修改、读取和执行、查看文件夹内容，向文件或文件夹写入的其他用户，或列出仅有只读权限的其他用户。

（4）共享

允许与其他用户共享文件夹，并为它包含的文件设置访问权限。

（5）自定义

允许为文件创建新的属性，以提供关于该文件的其他信息。要使用“自定义”选项卡为文件创建新属性，需在“名称”框中选择或输入属性名称；在“类型”框中选择属性类型，如“文本”或“日期”等；在“值”框中输入该属性的值。例如，可以在“名称”框中选择“部门”，在“类型”框中选择“文本”，并在“值”框中输入“设备”。

还允许更改在缩略图视图中出现在文件夹上的图片，更改文件夹图标并为文件夹选择新的模板。文件夹模板中含有用于特殊文件（例如，图片或音乐文件）的任务和信息链接。

（6）摘要

列出包括标题、主题、类别和作者等的文件信息。

（7）快捷方式

列出快捷方式的名称、目标信息和快捷键。允许选择打开快捷方式时显示项目的方式：按标准窗口、全屏（最大化窗口）显示，还是显示为任务栏上的按钮（最小化窗口）。还允许查看快捷方式的目标，更改快捷方式的图标。通过单击【高级】按钮，也可以选择“以其他用户身份运行”，使得您能够以另一用户身份运行此快捷方式。

2. 查看并设置文件或文件夹的属性

（1）查看并设置文件夹的属性

查看并设置文件夹的属性的具体操作步骤如下。

① 在“资源管理器”窗口中，右击文件夹，在弹出的快捷菜单中单击“属性”命令，弹出“属性”对话框。

② 在“属性”对话框的“常规”选项卡中，文件夹的属性信息如图 1-14 所示。

在“常规”选项卡中，显示了所选文件夹的类型、位置、大小、占用的磁盘空间、创建的日期，以及该文件夹中所包含的文件和文件夹的数量。

在此选项卡中，可以指定该文件夹中的文件是否为“只读”。“只读”意味着文件不能被更改或意外删除。对于文件夹，如果选中此复选框，则文件夹中的所有文件都将是只读属性。如果清除此复选框，则所选文件夹中的任何文件都不是只读属性。

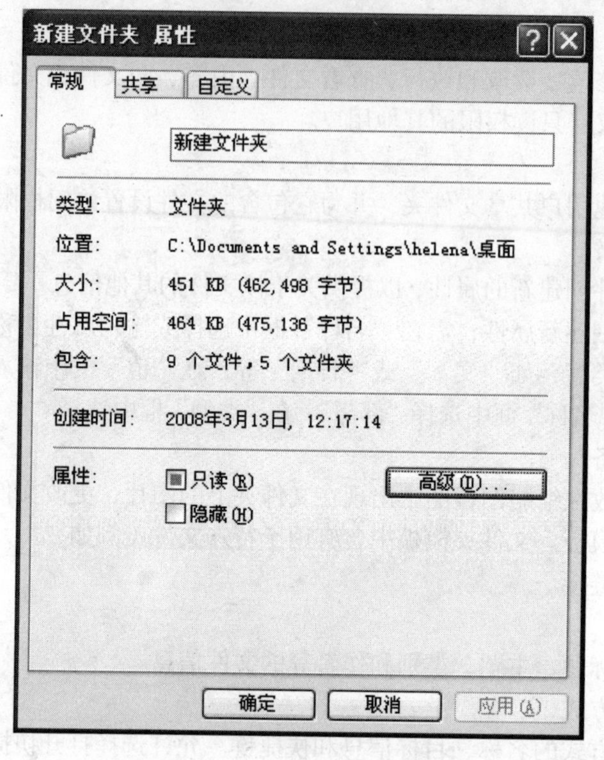

图 1-14 “常规”选项卡

在此选项卡中，还可以指定是否隐藏所选文件夹。不过，隐藏后如果不知道其名称就无法查看或使用此文件夹了。

③ 单击【高级】按钮，打开“高级属性”对话框，如图 1-15 所示。在这个对话框中有以下几个选项。

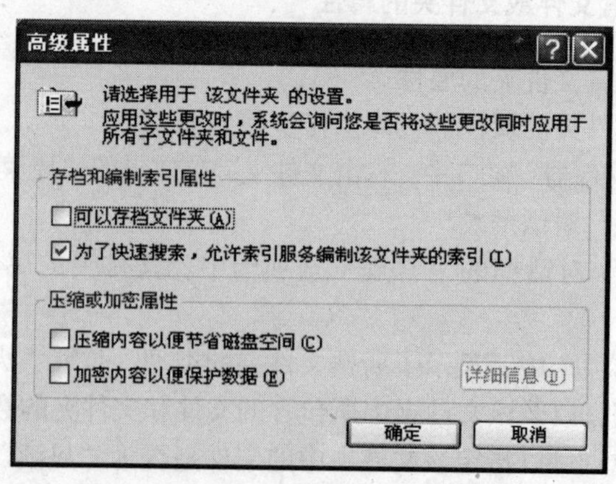

图 1-15 “高级属性”对话框

- 可以存档文件夹

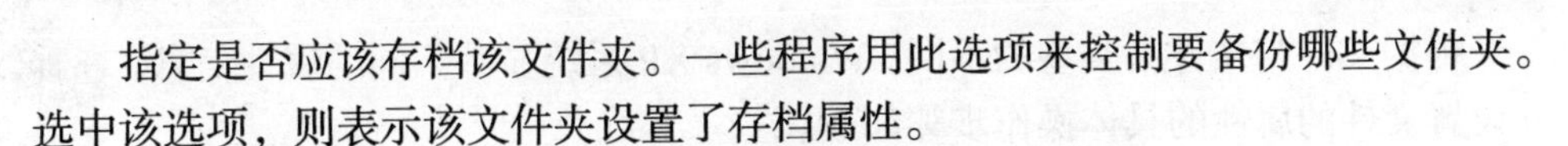

指定是否应该存档该文件夹。一些程序用此选项来控制要备份哪些文件夹。选中该选项，则表示该文件夹设置了存档属性。

- 为了快速搜索，允许索引服务编制该文件夹的索引

指定所选文件夹的内容是否索引为快速搜索。一旦文件夹被索引，则可以搜索该文件夹中的文本，也可以搜索日期的属性、文件和文件夹的属性。

- 压缩内容以便节省磁盘空间

指定该文件夹是否被压缩。除非在提示时选择压缩内容，否则已压缩文件夹中的内容不会被自动压缩。

能压缩加密的文件夹。

- 加密内容以便保护数据

指定该文件夹中的内容被加密。加密的文件名变为绿色。只有加密该文件夹的用户才能访问内容。然而，根据文件夹移动或复制的方式，也可以对加密的文件进行解密。

不能加密压缩的文件夹。

④ 单击“共享”选项卡，如图 1-16 所示。该选项卡用来设置是否共享，以使其他用户可以通过网络访问该磁盘。

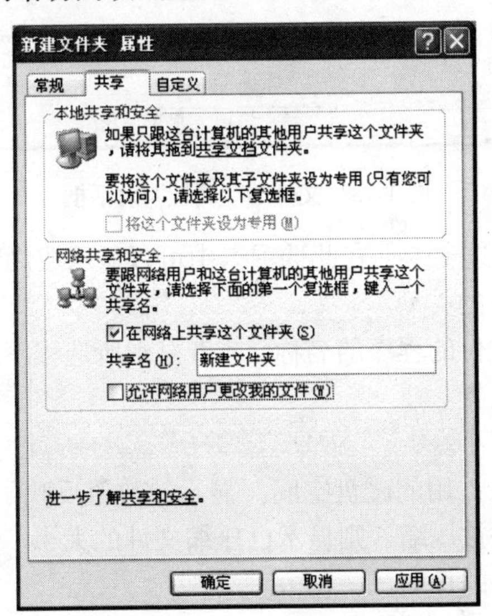

图 1-16　“共享”选项卡

⑤ 选中“在网络上共享这个文件夹”复选框，即可实现文件夹的共享。

⑥ 单击【应用】按钮。

⑦ 单击【确定】按钮。

已共享的文件夹如图 1-17 所示。

图 1-17　文件夹共享后的图标

（2）查看并设置文件的属性

根据文件与文件夹类型的不同，Windows XP 系统显示不同的属性信息。查看并设置文件的属性的具体操作步骤如下。

① 在“资源管理器”窗口中，右击文件，在弹出的快捷菜单中单击“属性”命令，弹出“属性”对话框，如图 1-18 所示。

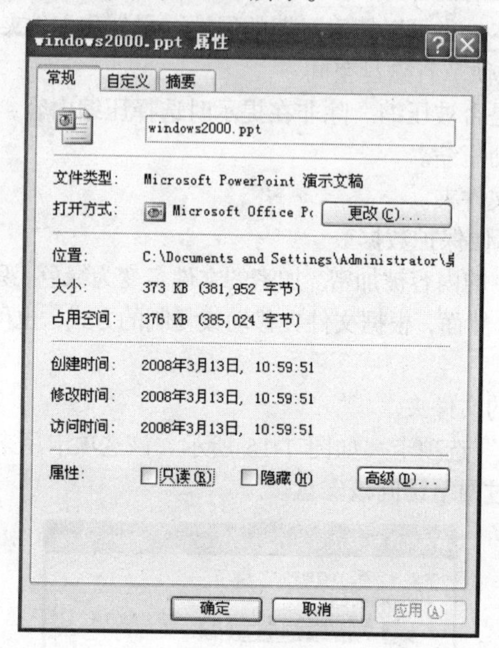

图 1-18 文件的“属性”对话框

② 单击“常规”选项卡，在此选项卡中可以显示或设置以下内容。

- 显示所选文件的类型。
- 显示打开此文件的程序的名称，或者显示所选程序或批处理文件的说明。
- 显示文件的位置。
- 显示文件的大小。
- 显示所选文件占用的磁盘空间。显示的数值反映了文件所使用的簇的大小。如果文件被压缩，则显示已压缩文件的大小。
- 显示创建文件的日期。
- 显示上一次更改文件信息的日期。
- 显示上一次打开文件的日期。

在此对话框中，可以设置文件的属性。指定文件为“只读”属性，意味着该文件不能被更改或意外删除；指定文件为“隐藏”属性，意味着该文件不再显示出来；不过，隐藏后如果忘记了该文件的名称，则无法查看或使用该文件了。

③ 单击“自定义”选项卡，如图 1-19 所示。在此选项卡中可以显示或设置以下内容。

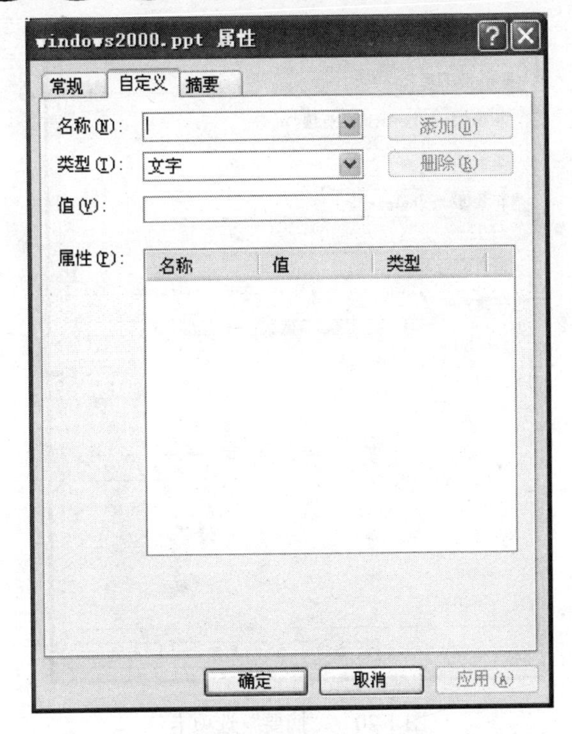

图 1-19　“自定义”选项卡

- 在“名称”列表框中，输入某个属性的名称，为该文件指派自定义属性。
- 在“类型”列表框中，列出自定义属性的类型。注意，所选类型必须与“值”中显示的值一致。例如，如果需要在“值”中输入日期，则应选择“类型”框中的“日期”。
- 在“值”文本框中，输入自定义属性的值。所输入的值必须与“类型”中显示的指定内容一致。例如，如果已经单击“类型”中的“数字”，则必须在“值”中输入数字。
- 在“属性”框中，列出所定义的自定义属性的名称、值及类型。属性旁边的链图标表示该属性被链接到文件的内容中。

④ 单击“摘要”选项卡，如图 1-20 所示。在此选项卡中可以显示或设置以下内容。

- 显示或修改文件的标题。
- 显示或修改文件的主题。
- 显示或修改文件的作者。
- 显示或修改文件的类别。
- 显示或修改与文件有关的关键字。
- 显示或修改与文件有关的说明。

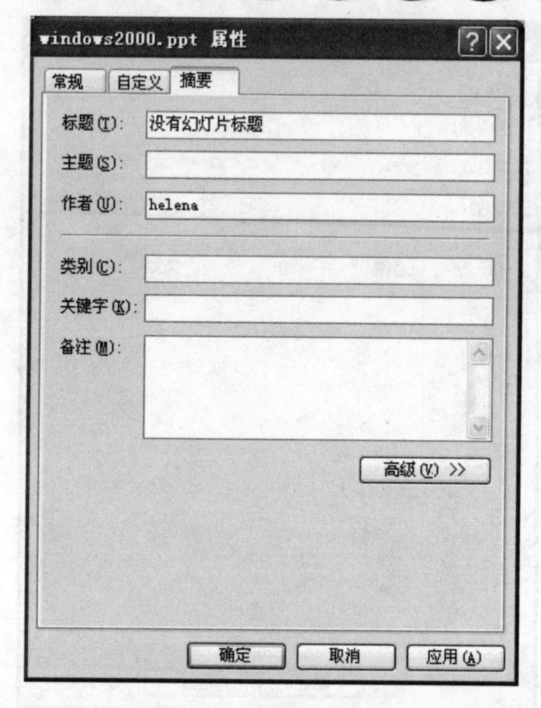

图 1-20 “摘要”选项卡

⑤ 单击【确定】按钮，保存所有的设置；或单击【取消】按钮，取消刚才所有的设置。

本文主要以 Microsoft Windows XP Professional 版本介绍 Windows XP 系统的基本操作，其他 Windows XP 版本的操作与此相同，界面截图或许稍有差别，但操作方法都是相同的。

本章习题

1. 多媒体计算机包括哪些主要组成部分？
2. 多媒体的组成元素有哪些？
3. 多媒体系统的硬件由哪几部分组成？
4. 多媒体软件按功能可划分为几类？
5. 多媒体作品具有哪些主要特点？
6. 多媒体技术的发展状况如何？
7. 如何进行文件或文件夹的复制、移动、删除和更名等操作？
8. 如何查看并设置文件或文件夹的属性？

第2章　操作系统应用

Windows XP是Microsoft公司开发的新一代视窗操作系统，现在已经为我们广泛应用，成为目前的主流操作系统，为我们的工作提供了极大的方便。本章主要介绍Windows XP系统的一些基本应用，包括设置系统日期和时间、配置中文输入法及字体、安装和卸载应用程序、运行和关闭应用程序、创建应用程序的快捷方式、设置快捷键等知识。

2.1　系统的基本设置

Windows XP具有强大的系统管理和维护功能，能够自动实现许多配置和管理工作，保证系统满足用户的一般性能要求。对Windows XP的配置，其实就是对Windows XP中经常用到的一些系统软件和操作环境的配置。本节主要介绍系统的日期和时间、中文输入法及字体的设置。

2.1.1　更改系统的日期和时间

学习目标

- 掌握更改计算机的时间和日期的方法。
- 掌握更改计算机时间显示方式的方法。
- 掌握更改计算机日期显示方式的方法。

相关知识

1. 更改计算机的时间和日期

Windows是使用日期设置来识别文件创建和修改的日期的。在任务栏的右端显示系统的时间和日期。将鼠标指向时间栏稍有停顿，就会显示出系统的日期。

若用户因某种原因需要更改日期或时间时，可按照下面的操作步骤进行。

（1）单击【开始】菜单按钮，选择“设置”→“控制面板”，打开“控制面板”窗口。

（2）双击“日期和时间”图标，打开“日期和时间 属性”对话框，如图 2-1 所示。

也可以通过双击任务栏上的时钟来打开“日期和时间 属性”对话框。

图 2-1 “日期和时间 属性”对话框

（3）如果要更改年份，则单击年份框右边的向上或向下箭头增减年份，或者在年份框中直接输入一个数值。

（4）如果要更改月份，则单击月份框右边的向下箭头，从下拉列表框中选择需要的月份。

（5）如果要改变到某个日期，则直接单击日期框中的这个日期即可。

（6）如果需要改变时间，则可以双击时间文本框，然后输入一个数值，这时模拟时钟会出现相应的变化；也可以按下面的方法设置：

若更改小时，则双击小时，然后单击箭头增加或减少该值；

若更改分钟，则双击分钟，然后单击箭头增加或减少该值；

若更改秒，则双击秒钟，然后单击箭头增加或减少该值；

（7）单击【确定】按钮，则所做的更改立即生效。

2. 更改计算机显示时间的方式

（1）单击【开始】菜单按钮，选择“设置”→“控制面板”，打开“控制面板”窗口。

（2）双击“区域和语言选项”图标，打开“区域和语言选项”对话框，如图 2-2 所示。

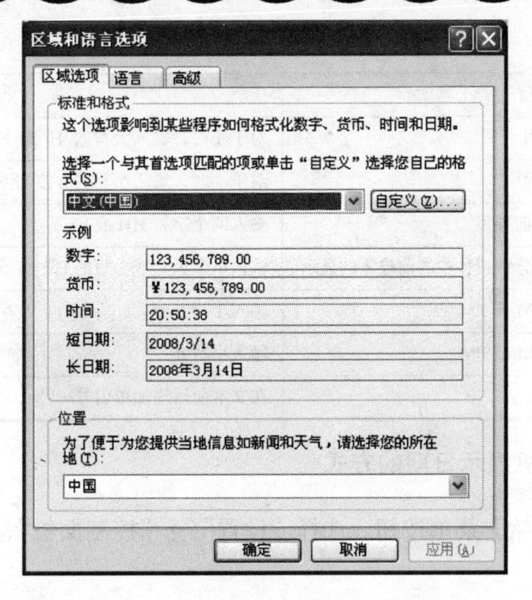

图 2-2　“区域和语言选项”对话框

（3）在“标准和格式”下，单击【自定义】按钮，打开“自定义区域选项”对话框。

（4）单击“时间”选项卡，如图 2-3 所示。

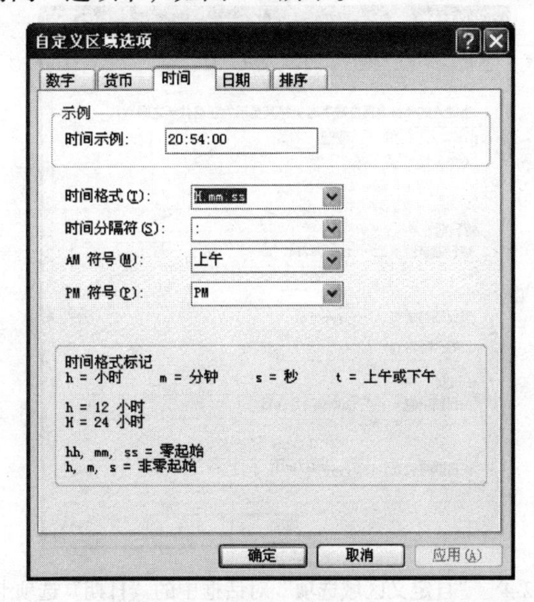

图 2-3　“自定义区域选项”对话框中的“时间”选项卡

（5）在此选项卡中，可以选择需要的时间格式。如果对提供的时间格式不满意，还可以遵循表 2.1 进行时间格式的修改。

表 2.1　时间格式

用　　途	执　　行
以 24 小时格式显示时间	对于小时，输入大写的 H 或 HH
以 12 小时格式显示时间	对于小时，输入小写的 h 或 hh
在单个数字小时中显示前导零	输入两个字符 HH 或 hh
取消单个数字的小时、分钟或秒中的前导零的显示	输入单个大写或小写的 H、M 或 S
显示单个字母以标明 AM 或 PM	输入小写 t
显示两个字母以标明 AM 或 PM	输入小写 tt
显示文本	在文本前后添加单引号（'）

3. 更改计算机显示日期的方式

（1）单击【开始】菜单按钮，选择“设置”→“控制面板”，打开“控制面板”窗口。

（2）双击“区域和语言选项”图标，打开“区域和语言选项”对话框。

（3）在“标准和格式”下，单击【自定义】按钮，打开“自定义区域选项”对话框。

（4）单击“日期”选项卡，如图 2-4 所示。

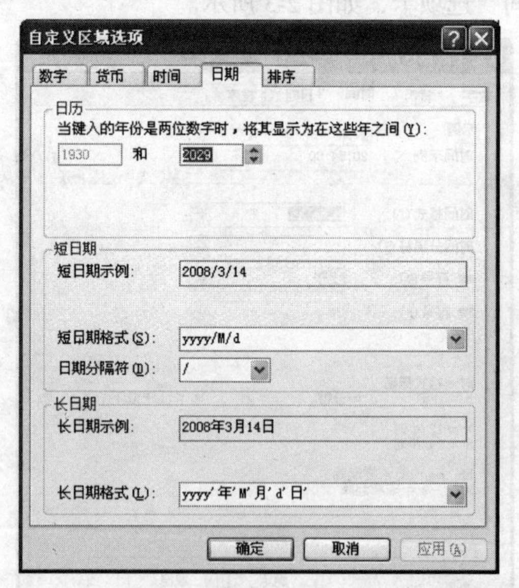

图 2-4　“自定义区域选项”对话框中的“日期”选项卡

（5）在此选项卡中，进行需要的日期格式的修改。

如果在“短日期”或“长日期”中看不到想要的格式，还可以遵循表 2.2 进行日期格式的修改。

表 2.2 日期格式

用 途	执 行
显示不带前导零的单个数字	输入单个字符。对于天设置输入 d，对于年设置输入 y，对于月设置输入 M
显示带前导零的单个数字	输入两个字符。对于天设置输入 dd，对于年设置输入 yy，对于月设置输入 MM
显示年的后两位数	对于年设置请输入 yy
显示年的四位数	对于年设置请输入 yyyy
显示天或月的缩写	输入 3 个字符。对于天设置输入 ddd，对于月设置输入 MMM
显示天或月的完整名	输入 4 个字符。对于天设置输入 dddd，对于月设置输入 MMMM
显示附加文本	在文本前后添加单引号（'）

2.1.2 配置中文输入法

学习目标

➢ 掌握安装、添加及设置中文输入法的方法。

相关知识

在日常工作中，经常会进行中文的录入，这就要使用中文输入法。配置适合用户使用的中文输入法，对提高用户的编辑文本的速度是很有帮助的。

1. 安装中文输入法

Windows XP 系统已经安装了一些中文输入法，如微软拼音输入法、全拼、郑码、智能 ABC 输入法等，但仍有许多中文输入法，如五笔字型输入法、紫光拼音输入法等，需要用户自行安装。安装的方法与安装其他应用程序相同。首先在磁盘上或者光盘上找到中文输入法的安装程序，双击“SETUP.EXE”图标，然后按照安装向导的提示，一步步执行完成。

2. 添加中文输入法

除了系统已经添加的中文输入法外，用户也可以向系统添加中文输入法，前提是这些输入法已经被安装到系统中。添加输入法的具体操作步骤如下。

（1）单击【开始】菜单按钮，选择“设置”→“控制面板”，打开“控制面板”窗口。

（2）双击“区域和语言选项”图标，打开“区域和语言选项”对话框。

（3）单击“语言”选项卡，如图 2-5 所示。

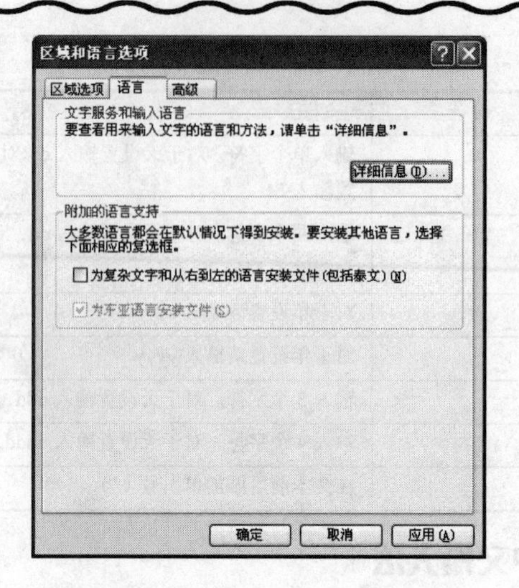

图 2-5 “区域和语言选项”对话框中的“语言”选项卡

（4）单击【详细信息】按钮，打开“文字服务和输入语言”对话框，如图 2-6 所示。

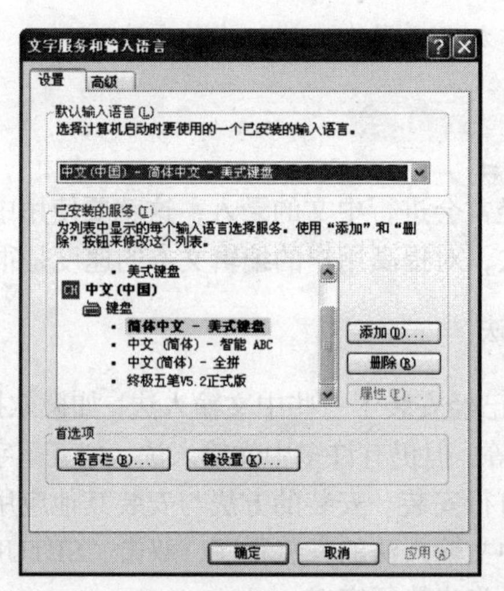

图 2-6 “文字服务和输入语言”对话框

（5）在“已安装的服务”区域中，单击【添加】按钮，打开“添加输入语言”对话框。

（6）在“键盘布局/输入法”下拉列表框中选择要添加的中文输入法。

（7）单击【确定】按钮，直到保存设置。

3. 设置输入法

合理地设置输入法，可以更好地利用输入法进行中文编辑。设置输入法的具

体操作步骤如下。

（1）单击【开始】菜单按钮，选择“设置”→“控制面板”，打开“控制面板”窗口。

（2）双击“区域和语言选项”图标，打开“区域和语言选项”对话框。

（3）单击“语言”选项卡，在“文字服务和输入语言”选项区域中单击【详细信息】按钮，打开“文字服务和输入语言”对话框。

（4）在“默认输入语言”区域的下拉列表框中，将自己习惯使用的中文输入法设置为默认输入法。

（5）在“首选项”区域中，单击【语言栏】按钮，弹出“语言栏设置”对话框，如图2-7所示。在该对话框中，可以对语言栏的属性进行设置。

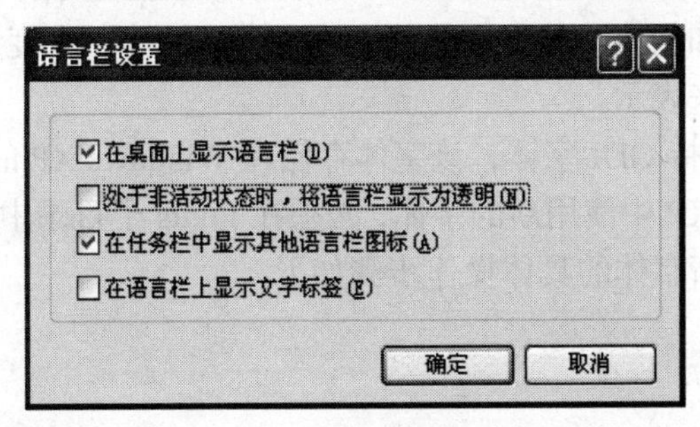

图2-7 “语言栏设置”对话框

（6）在“已安装的服务”区域中，单击【属性】按钮，打开“系统设置”对话框。本书以“终极五笔V6.01正式版”输入法为例，其“系统设置”对话框如图2-8所示。在此可以对刚才设置的默认中文输入法进行一些必要的选项设置。

（7）单击【确定】按钮，直至保存设置。

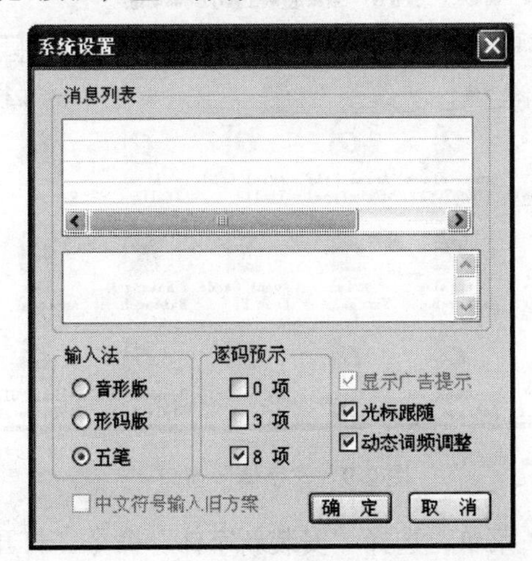

图2-8 “终极五笔V6.01正式版”输入法的“系统设置”对话框

2.1.3 配置字体

学习目标

➢ 掌握新字体的安装方法。

相关知识

字体是一组具有统一风格的字符集，其字形特性包括“风格”和“深度”，其中字体的风格是指字体是常规还是斜体；字体的深度是指字体笔画的深度，最常见的深度是普通体和粗体。英文字体的大小通常以“磅”来度量，中文字体的大小通常用“字号”来表示。

Windows XP 支持 GDI 字体，该字体存储在 Windows XP 的 Fonts 子目录中，用户要在 Windows XP 中使用新的字体，必须在 Fonts 子目录中安装新的字体，否则无法使用。安装新字体的具体操作步骤如下。

操作步骤

（1）单击【开始】菜单按钮，选择“设置”→“控制面板”，打开“控制面板”窗口。

（2）双击“字体”图标，打开“字体”窗口，如图 2-9 所示。

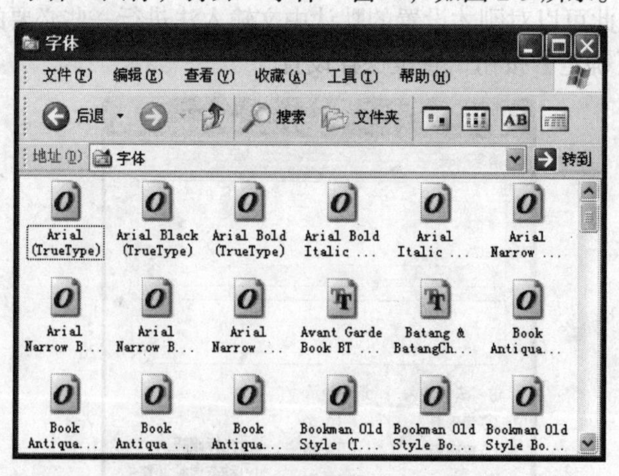

图 2-9 “字体”窗口

（3）打开“文件”菜单，选择“安装新字体”命令，打开“添加字体”对话框，如图 2-10 所示。

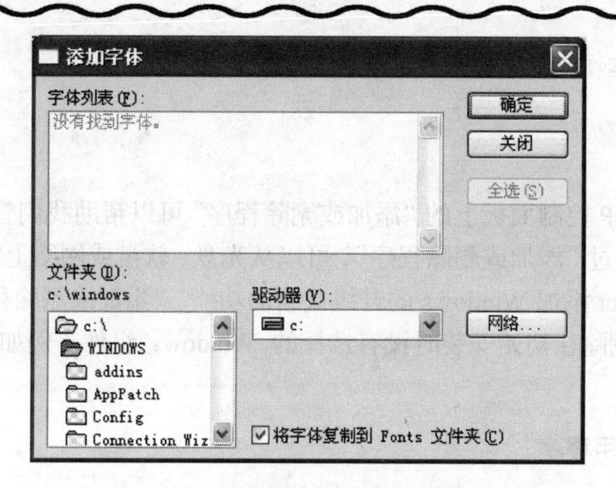

图 2-10　“添加字体”对话框

（4）在“驱动器”下拉列表框中，选择存放字体文件的驱动器名称，或者单击【网络】按钮进行网络驱动器的选择。然后在“文件夹”列表框中选择存放字体文件的文件夹。

（5）当字体文件的名称出现在“字体列表”中时，选中所需添加的字体类型并单击【确定】按钮。

（6）如果要将字体文件复制到“Fonts”文件夹中，则选中“将字体复制到 Fonts 文件夹”复选框。如果没有选中该复选框，则虽然将字体安装在 Fonts 文件夹中，但是所选的字体文件仍然存放在原处，当字体文件的位置发生变化时，Windows 将因无法确定字体文件的位置而不能使用该种字体。

2.2　应用程序管理

Windows XP 是多任务的桌面操作系统，用户要在其中实现多种操作和功能，就需要用到大量的应用程序。Windows XP 操作系统的应用程序包括两部分：一部分是在安装操作系统期间内置的应用程序，如写字板、画图及 Windows Media P1ayer 等；另一部分是用户根据工作需要添加的，如 Office、Visual Basic 等。本节主要介绍安装、卸载、运行和关闭应用程序，以及为应用程序设置快捷方式的方法。

2.2.1　安装、卸载、运行和关闭应用程序

➢　掌握安装和卸载应用程序的方法。

➢ 掌握运行和关闭应用程序的方法。

相关知识

Windows XP 控制面板上的“添加或删除程序”可以帮助我们管理计算机上的程序和组件。通过“添加或删除程序”，可以从光盘、软盘或网络上添加应用程序，或者通过 Internet 添加 Windows 的升级或新的功能。“添加或删除程序”还可以帮助我们添加或删除在初始安装时没有选择的 Windows 组件（例如，Internet 信息服务等）。

1. 安装应用程序

在控制面板中，单击“添加或删除程序”图标，弹出“添加或删除程序”窗口，单击“添加新程序”图标，弹出“添加或删除程序”窗口，如图 2-11 所示。

图 2-11 “添加或删除程序”窗口

（1）从 CD-ROM 或软盘安装程序

从 CD-ROM 或软盘上安装程序的具体的操作步骤如下。

① 单击【CD 或软盘】按钮，弹出向导一“从软盘或光盘安装程序”，提醒用户插入安装程序的软盘或光盘。

② 单击【下一步】按钮，操作系统开始从软驱或光驱中搜索安装程序，并弹出向导二“运行安装程序”，如图 2-12 所示。如果向导自动搜索到正确的安装程序，则单击【完成】按钮，就可以启动安装程序了。

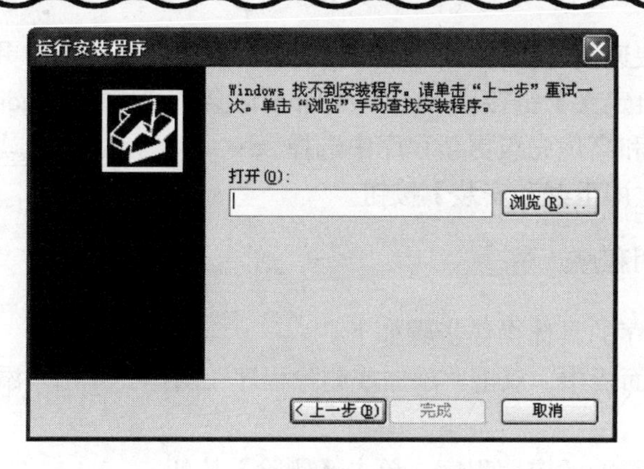

图 2-12　“运行安装程序”对话框

③ 如果向导没有找到应用程序的安装程序的正确路径，则还需单击【浏览】按钮，在弹出的“浏览”对话框中，手动搜索并选定安装程序，单击【打开】按钮返回到向导二中。

④ 单击【完成】按钮，启动安装程序。

另外，也可以通过双击软盘或光盘上的安装程序，直接打开安装程序向导。

（2）从 Microsoft 添加程序

要通过 Internet 添加一个新的 Windows 功能、设备驱动程序或系统更新，具体的操作步骤如下。

① 在图 2-11 所示的“添加或删除程序”窗口中，单击【Windows Update】按钮，打开“Microsoft Windows Update”网页窗口，如图 2-13 所示。

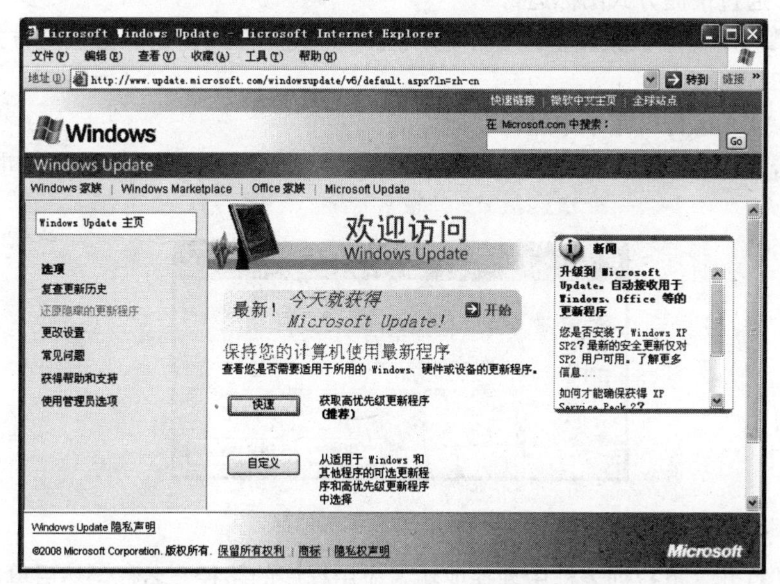

图 2-13　“Microsoft Windows Update”网页窗口

② 单击【快速】链接，Windows Update 会提供高优先级的更新程序。

③ 单击【自定义】链接，Windows Update 会从适用于 Windows 和其他程序的可选更新程序和高优先级更新程序中选择。

④ 单击【立即下载和安装】按钮。

2. 卸载应用程序

卸载应用程序的具体操作步骤如下。

(1) 在控制面板中，双击“添加或删除程序”图标，弹出“添加或删除程序”窗口。

(2) 选择要删除的应用程序，单击【删除】按钮。

(3) 按照卸载程序向导，一步步完成卸载应用程序的操作。

3. 运行应用程序

运行已安装好的应用程序有多种方法，如下所述。

(1) 从“程序”菜单中运行

单击【开始】菜单按钮，选择“程序”菜单，在打开的菜单选项中单击需要运行的应用程序，即可运行该应用程序。

(2) 双击应用程序图标运行

在“我的电脑”或“资源管理器”中，查找要运行的应用程序，双击该应用程序图标即可。

(3) 通过快捷方式图标运行

如果应用程序在桌面上创建了启动程序的快捷方式，则双击快捷方式图标即可。

(4) 从“运行”菜单中运行

单击【开始】菜单按钮，选择“运行”命令，打开“运行”对话框，如图 2-14 所示。

图 2-14 “运行”对话框

在“打开”下拉列表框中选择或输入应用程序的路径、名称，然后单击【确定】按钮，即可运行该应用程序。

如果对应用程序的路径和名称不确定，则可单击【浏览】按钮，在打开的“浏览”对话框中，通过查找来确定应用程序所在的位置和名称。然后单击【打开】按钮，此时应用程序的路径和名称就会自动出现在“打开”文本框中，单击【确定】按钮，即可运行该应用程序。

（5）在启动 Windows 系统时运行

用户可以将经常使用的应用程序添加到“启动”选项中。凡是在“启动”选项中的应用程序都将在登录 Windows 系统后自动运行，这样可以简化每次进入 Windows 系统后都需运行该应用程序的操作。

单击【开始】菜单按钮→“程序”菜单→“启动”选项，查看当前“启动”选项中所存放的应用程序。

4. 关闭应用程序

关闭应用程序时，单击应用程序窗口标题栏右上角的【关闭】按钮，或按组合键【Alt + F4】，或从应用程序窗口的“文件”菜单中选择“退出”命令等，都能够关闭当前的应用程序。

在应用程序运行时，任务栏上会出现相应的应用程序按钮，用鼠标右键单击该按钮，在弹出的快捷菜单中选择“关闭”命令，也可以关闭当前的应用程序。

2.2.2　设置应用程序的快捷方式

- 了解快捷方式图标。
- 掌握创建应用程序快捷方式的方法。
- 掌握设置快捷键的方法。

相关知识

快捷方式是指到计算机或网络上的任何可访问的项目的链接。快捷方式可放置在各个位置，如桌面上或指定的文件夹中。使用快捷方式图标可以快速访问常用的程序、文件、文件夹和驱动器。

设置快捷方式包括创建桌面快捷方式和设置快捷键。创建桌面快捷方式，就是在桌面上建立各种应用程序、文件、文件夹、打印机或网络中的计算机等快捷方式图标，通过双击该快捷方式图标，即可快速打开该项目。设置快捷键，就是设置各种应用程序、文件、文件夹、打印机等快捷键，通过按该快捷键，即可快速打开该项目。

1. 创建桌面快捷方式

用户可以为一些经常使用的应用程序、文件、文件夹、打印机或网络中的计算机等创建桌面快捷方式，这样在需要打开这些项目时，直接双击桌面快捷方式即可。

下面介绍两种创建桌面快捷方式的方法。

（1）在桌面上创建桌面快捷方式

① 在桌面的空白处单击鼠标右键，在弹出的快捷菜单中，选择“新建”→“快捷方式”命令，打开“创建快捷方式”对话框，如图2-15所示。

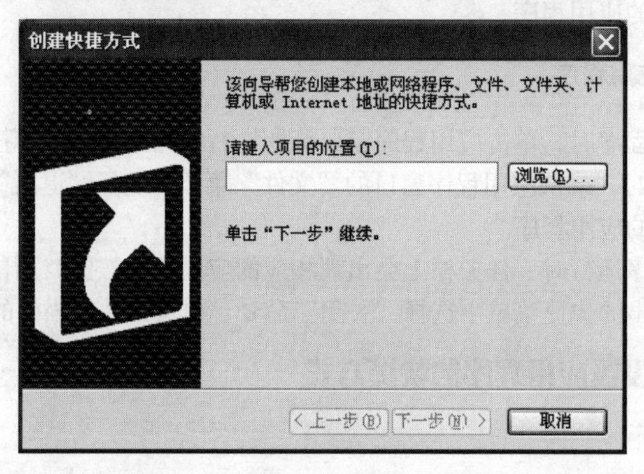

图2-15 “创建快捷方式”对话框

② 单击【浏览】按钮，打开“浏览文件夹”对话框，如图2-16所示。在此对话框中选择要创建快捷方式的应用程序名称，如“画图”程序。

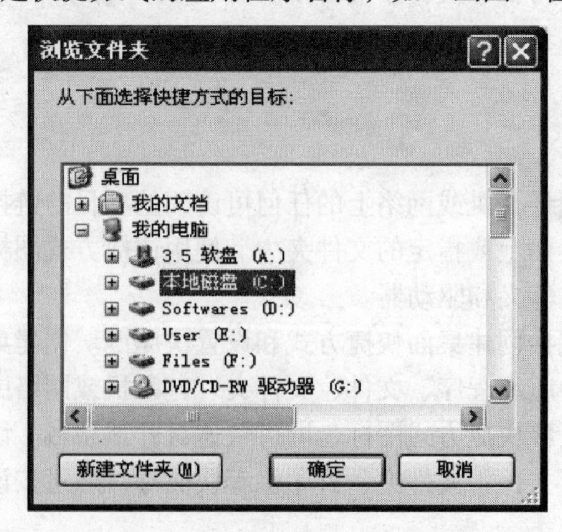

图2-16 “浏览文件夹”对话框

"画图"程序的位置是"C:\WINDOWS\system32\mspaint.exe"。

③ 单击【确定】按钮，返回"创建快捷方式"对话框，在"请输入项目的位置"的文本框中显示出应用程序的路径和文件名。

④ 单击【下一步】按钮，在"输入该快捷方式的名称"的文本框中输入快捷方式名。

图 2-17 "画图"程序的快捷方式图标

⑤ 单击【完成】按钮。

至此，桌面上就创建了该应用程序的快捷方式图标，如图 2-17 所示。在 Windows 系统的默认设置下，快捷方式图标的左下角有一个黑色的箭头。

（2）在"程序"菜单上创建桌面快捷方式

如果在"程序"菜单中显示了需要创建快捷方式的应用程序，则也可以使用以下方法创建桌面快捷方式。

① 单击【开始】菜单按钮，在"程序"菜单中，用鼠标右键单击要创建桌面快捷方式的应用程序。

② 在弹出的快捷菜单中选择"创建快捷方式"命令，在当前位置就创建了一个快捷方式。

③ 用鼠标将该快捷方式拖动到桌面上，可创建该应用程序的桌面快捷方式图标。

2. 设置快捷键

在创建了桌面快捷方式之后，还可以为其设置快捷键，只需直接按快捷键就可以快速打开这些应用程序了。

设置快捷键的具体操作步骤如下。

（1）右击要设置快捷键的桌面快捷方式图标，在弹出的快捷菜单中选择"属性"命令，打开"属性"对话框。

（2）单击"快捷方式"选项卡，如图 2-18 所示。

（3）在该选项卡中的"快捷键"文本框中，直接按所要设定的快捷键即可。

（4）设置完毕后，单击【应用】按钮和【确定】按钮。

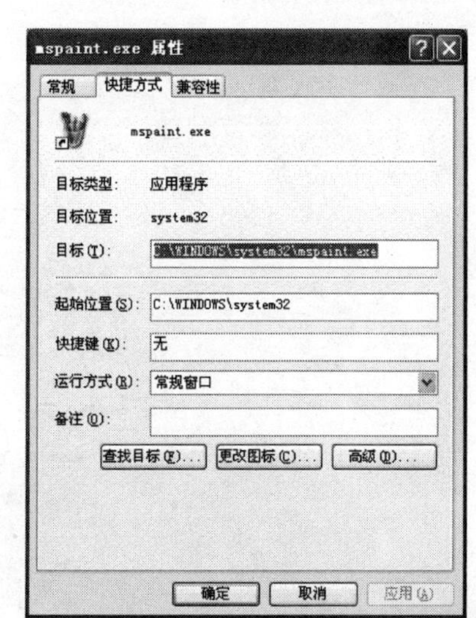

图 2-18 "属性"对话框中的"快捷方式"选项卡

注意： 快捷方式和快捷键并不能改变应用程序、文件、文件夹、打印机或网络中计算机的位置，它也不是副本，而是一个指针，使用它可以更快地打开项目，删除、移动或重命名快捷方式均不会影响原有的项目。

本章习题

1．如何修改系统的日期和时间？
2．如何改变计算机显示时间的方式？
3．如何改变计算机显示日期的方式？
4．如何安装及设置一种新的中文输入法？
5．如何添加一种新的字体？
6．如何安装一个应用程序？
7．如何卸载一个应用程序？
8．如何为一个应用程序创建快捷方式？

第3章 数字视频制作软件的安装、调试与调用

“工欲善其事，必先利其器”，拥有一款操作方便、性能超群的视频制作软件将会使我们的工作事半功倍。Adobe Premiere Pro 软件是 Adobe 公司发布的一款专业视频制作工具，从 DV 到未经压缩的 HD，几乎可以获取和编辑任何格式，并输出到录像带、DVD 和 Web。这款基于非线性编辑设备的视频制作软件已经在影视制作领域取得了巨大的成功，现在被广泛地应用于电视台、广告制作、电影剪辑等领域，成为 PC 和 MAC 平台上应用最为广泛的视频制作软件。

本章对 Adobe Premiere Pro 的安装与设置、项目文件设置、素材文件的导入进行详细的介绍。从中我们将能够学会如何安装视频制作软件，配置参数属性，新建、打开、保存、设置项目文件，设置工作区域和视图，设置与调整窗口界面，导入音/视频文件等。

3.1 数字视频基础知识

3.1.1 基础视频知识

- 了解视频常用名词。
- 了解视频信号的制式。

1. Digital Video 数字视频

数字视频就是先用摄像机之类的视频捕捉设备，将外界影像的颜色和亮度信息转变为电信号，再记录到存储介质（如录像带）。播放时，视频信号被转变为帧信息，并以每秒约 30 幅的速度投影到显示器上，使人眼认为它是连续不间断地运动着的。电影播放的帧率大约是每秒 24 帧。如果用示波器（一种测试工具）来观看，则未投影的模拟电信号看起来就像脑电波的扫描图像，由一些连续锯齿状的山峰和山谷组成。为了存储视觉信息，模拟视频信号的山峰和山谷必须通过数字/模拟（D/A）转换器转变为数字的“0”或“1”。这个转变过程就是我们所说的视频捕捉（或采集过程）。如果要在电视机上观看数字视频，则需要一个从数字到模拟的转换器将二进制信息解码成模拟信号，才能进行播放。

2. Codec 编码解码器

编码解码器的主要作用是对视频信号进行压缩和解压缩。计算机工业定义通过 24 位测量系统的真彩色，这就定义了近百万种颜色，接近人类视觉的极限。现在，最基本的 VGA 显示器就有（640×480）像素。这意味着，如果视频需要以每秒 30 帧的速度播放，则每秒要传输高达 27MB 的信息，1GB 容量的硬盘仅能存储约 37 秒的视频信息。因而必须对视频信息进行压缩处理。通过抛弃一些数字信息或容易被我们的眼睛和大脑忽略的图像信息的方法，使视频的信息量减小。这个对视频压缩解压的软件或硬件就是编码解码器。编码解码器的压缩率从一般的 2∶1 至 100∶1 不等，使处理大量的视频数据成为可能。

3. 动静态图像压缩

静态图像压缩技术主要是对空间信息进行压缩，而对动态图像来说，除对空间信息进行压缩外，还要对时间信息进行压缩。目前已形成如下三种压缩标准。

（1）JPEG（Joint Photographic Experts Group）标准

JPEG 用于连续色调、多级灰度、彩色/单色静态图像的压缩。具有较高压缩比的图形文件（一张 1000KB 的 BMP 文件压缩成 JPEG 格式后可能只有 20～30KB），在压缩过程中的失真程度很小，所以 JPEG 目前使用范围广泛（特别是在 Internet 网页中）。这种有损压缩在牺牲较少细节的情况下用典型的 4∶1～10∶1 的压缩比来存储静态图像。动态 JPEG（M-JPEG）可顺序地对视频的每一帧进行压缩，就像每一帧都是独立的图像一样。动态 JPEG 能产生高质量、全屏、全运动的视频，但是它需要依赖附加的硬件。

（2）H.261 标准

H.261 标准主要适用于视频电话和视频电视会议。

（3）MPEG（Motion Picture Experts Group，全球影像/声音/系统压缩标准）标准

MPEG 包括 MPEG 视频、MPEG 音频和 MPEG 系统（视、音频同步）三个部分。

MPEG 压缩标准是针对运动图像而设计的，其基本方法是，在单位时间内采集并保存第一帧信息，然后只存储其余帧相对第一帧发生变化的部分，以达到压缩的目的。

MPEG 压缩标准可实现帧之间的压缩，其平均压缩比可达 50∶1，压缩率比较高，且又有统一的格式，兼容性好。

在多媒体数据压缩标准中，较多采用 MPEG 系列标准，包括 MPEG-1.2.4 等。

MPEG-1 用于传输 1.5Mbps 数据传输率的数字存储媒体运动图像及其伴音的编码。经过 MPEG-1 标准压缩后，视频数据压缩率为 1/100～1/200，音频数据压缩率为 1/6.5。MPEG-1 提供每秒 30 帧 352×240 分辨率的图像，当使用合适的压缩技术时，具有接近家用视频制式（VHS）录像带的质量。

MPEG-1 允许超过 70 分钟的高质量的视频和音频存储在一张 CD-ROM 盘上。VCD 采用的就是 MPEG-1 标准，该标准是一个面向家庭电视质量级的视频、音频压缩标准。

MPEG-2 主要针对高清晰度电视（HDTV）的需要，传输速率为 10Mbps，与 MPEG-1 兼容，适用于 1.5～60Mbps 甚至更高的编码范围。

MPEG-2 有每秒 30 帧 704×480 的分辨率，是 MPEG-1 播放速度的四倍，适用于高要求的广播和娱乐应用程序，如 DSS 卫星广播和 DVD。MPEG-2 是家用视频制式（VHS）录像带分辨率的两倍。

MPEG-4 标准是超低码率运动图像和语言的压缩标准，用于传输速率低于 64Mbps 的实时图像传输，不仅可覆盖低频带，而且也向高频带发展。较之前两个标准而言，MPEG-4 为多媒体数据压缩提供了一个更为广阔的平台。MPEG-4 更多定义的是一种格式、一种架构，而不是具体的算法。它可以将各种各样的多媒体技术充分融合进来，包括压缩本身的一些工具、算法，也包括图像合成、语音合成等技术。

4. DAC

DAC 即数/模转换器，是一种将数字信号转换成模拟信号的装置。DAC 的位数越高，信号失真就越小，图像也更清晰、稳定。

5. AVI

AVI 是将语音和影像同步组合在一起的文件格式。它对视频文件采用了一种

有损压缩方式，但压缩率比较高，因此尽管面面质量不是太好，但其应用范围仍然非常广泛。AVI 支持 256 色和 RLE 压缩。AVI 信息主要应用在多媒体光盘上，用来保存电视、电影等各种影像信息。

6. RGB

对一种颜色进行编码的方法统称为“颜色空间”或“色域”。用最简单的话说，世界上任何一种颜色的“颜色空间”都可定义成一个固定的数字或变量。RGB（红、绿、蓝）只是众多颜色空间中的一种。采用这种编码方法，每种颜色都可用三个变量来表示——红色、绿色及蓝色的强度。记录及显示彩色图像时，RGB 是最常见的一种方案。但是，它缺乏与早期黑白显示系统的良好的兼容性。因此，许多电子电器厂商普遍采用的做法是，将 RGB 转换成 YUV 颜色空间，以维持兼容，再根据需要换回 RGB 格式，以便在计算机显示器上显示彩色图形。

7. YUV

YUV（亦称 YCrCb）是被欧洲电视系统所采用的一种颜色编码方法（属于 PAL）。YUV 主要用于优化彩色视频信号的传输，使其兼容老式黑白电视。与 RGB 视频信号传输相比，YUV 最大的优点在于其只需占用极少的带宽（RGB 要求三个独立的视频信号同时传输）。其中“Y”表示亮度（Lumina nce 或 Luma），即灰阶值；而“U”和“V”表示的则是色度（Chrominance 或 Chroma），其作用是描述影像色彩及饱和度，用于指定像素的颜色。

“亮度”是通过 RGB 输入信号来创建的，方法是将 RGB 信号的特定部分叠加到一起。“色度”则定义了颜色的两个方面——色调与饱和度，分别用 Cr 和 Cb 来表示。其中，Cr 反映了 RGB 输入信号红色部分与 RGB 信号亮度值之间的差异；而 Cb 反映的是 RGB 输入信号蓝色部分与 RGB 信号亮度值之同的差异。

8. 复合视频和 S-Video

NTSC 和 PAL 彩色视频信号是这样构成的——首先有一个基本的黑白视频信号，然后在每个水平同步脉冲之后，加入一个颜色脉冲和一个亮度信号。因为彩色信号是由多种数据“叠加”起来的，故称之为“复合视频”。S-Video 则是一种信号质量更高的视频接口，它取消了信号叠加的方法，可有效避免一些无谓的质量损失，其功能是将 RGB 三原色和亮度进行分离处理。

9. NTSC、PAL 和 SECAM

基带视频是一种简单的模拟信号，由视频模拟数据和视频同步数据构成，用于接收端正确地显示图像。信号的细节取决于应用的视频标准或者“制式”——

NTSC（美国全国电视标准委员会，National Television Standards Committee）、PAL（逐行倒相，Phase Alternate Line）及 SECAM（顺序传送与存储彩色电视系统，法国采用的一种电视制式，SEquential Couleur Avec Memoire）。

在 PC 领域，由于使用的制式不同，所以存在不兼容的情况。以分辨率为例，有的制式每帧有 625 线（50Hz），有的则每帧只有 525 线（60 Hz）。后者是北美和日本采用的标准，统称为 NTSC。通常，一个视频信号是由一个视频源生成的，如摄像机、VCR 或者电视调谐器等。为传输图像，视频源首先要生成一个垂直同步信号（VSYNC）。这个信号会重设接收端设备（PC 显示器），保证新图像从屏幕的顶部开始显示。发出 VSYNC 信号之后，视频源扫描图像的第一行。完成后，视频源又生成一个水平同步信号，重设接收端，以便从屏幕左侧开始显示下一行。针对图像的每一行，都要发出一条扫描线，以及一个水平同步脉冲信号。

另外，NTSC 标准还规定，视频源每秒钟需要发送 30 幅完整的图像（帧）。如果不作其他处理，则闪烁现象会非常严重。为解决这个问题，每帧又被均分为两部分，每部分 262.5 行，一部分全是奇数行，另一部分则全是偶数行。显示的时候，先扫描奇数行，再扫描偶数行，这样就可以有效地改善图像显示的稳定性，减少闪烁。目前，彩色电视主要有三种制式，即 NTSC、PAL 和 SECAM 制式，三种制式目前尚无法统一。

（1）NTSC 制式

NTSC 制式是 1952 年由美国国家电视标准委员会指定的彩色电视广播标准，它采用正交平衡调幅的技术方式，故也称为正交平衡调幅制。美国、加拿大等大部分西半球国家，以及中国台湾、日本、韩国、菲律宾等均采用这种制式。

（2）PAL 制式

PAL 制式是西德在 1962 年指定的彩色电视广播标准，它采用逐行倒相正交平衡调幅的技术方法，克服了 NTSC 制式由于相位敏感造成的色彩失真的缺点。德国、英国等一些西欧国家，新加坡，中国大陆及香港特区，澳大利亚，新西兰等国家都采用这种制式。PAL 制式中根据不同的参数细节，又可以进一步划分为 G、I、D 等制式，其中 PAL-D 制是我国大陆采用的制式。

（3）SECAM 制式

SECAM 是法文的缩写，意为顺序传送彩色信号与存储恢复彩色信号制式，是由法国在 1956 年提出、1966 年制定的一种新的彩色电视制式。它也克服了 NTSC 制式相位失真的缺点，但采用时间分隔法来传送两个色差信号。使用 SECAM 制式的国家主要集中在法国、东欧和中东一带。

10. Ultrascale

Ultrascale 是 Rockwell（洛克威尔）采用的一种扫描转换技术，可对垂直和水平方向的显示进行任意缩放。在电视机等隔行扫描设备上显示逐行视频时，整个过程本身就已非常麻烦，而采用 Ultrascale 技术，甚至还能像在计算机显示器上那样，进行类似的纵横方向的自由伸缩。

3.1.2 数字视频的采样格式及数字视频标准

学习目标

➢ 数字视频的采样格式。
➢ 数字视频标准。
➢ 视频序列的 SMPTE 表示单位。

相关知识

模拟视频的数字化包括很多技术问题，如电视信号具有不同的制式而且采用复合的 YUV 信号方式，而计算机工作在 RGB 空间；电视机是隔行扫描，而计算机显示器则大多为逐行扫描；电视图像的分辨率与显示器的分辨率也不尽相同；等等。因此，模拟视频的数字化主要包括色彩空间的转换、光栅扫描的转换及分辨率的统一。

模拟视频一般采用分量数字化方式，先把复合视频信号中的亮度和色度分离，得到 YUV 或 YIQ 分量，然后用三个模/数转换器对三个分量分别进行数字化，最后再转换成 RGB 空间。

1. 数字视频的采样格式

根据电视信号的特征，亮度信号的带宽是色度信号带宽的两倍。因此其数字化时可采用幅色采样法，即对信号的色差分量的采样率低于对亮度分量的采样率。如果用 Y∶U∶V 来表示 YUV 三分量的采样比例，则数字视频的采样格式分别有 4∶1∶1、4∶2∶2 和 4∶4∶4 三种。电视图像既是空间的函数，也是时间的函数，而且又是隔行扫描式，所以其采样方式比扫描仪扫描图像的方式要复杂得多。分量采样时采到的是隔行样本点，要把隔行样本组合成逐行样本，然后进行样本点的量化、YUV 到 RGB 色彩空间的转换等，最后才能得到数字视频数据。

2. 数字视频标准

为了在 PAL、NTSC 和 SECAM 电视制式之间确定共同的数字化参数，国家无线电咨询委员会（CCIR）制定了广播级质量的数字电视编码标准，称为

CCIR 601 标准。在该标准中，对采样频率、采样结构、色彩空间转换等都作了严格的规定，主要有：

（1）采样频率 $f_s = 13.5MHz$；

（2）分辨率与帧率；

（3）根据 f_s 的采样频率，在不同的采样格式下计算出数字视频的数据量。

这种未压缩的数字视频数据量对于目前的计算机和网络来说无论存储还是传输都是不现实的，因此在多媒体中应用数字视频的关键问题是数字视频的压缩技术。

3. 视频序列的 SMPTE 表示单位

通常用时间码来识别和记录视频数据流中的每一帧，从一段视频的起始帧到终止帧，其间的每一帧都有一个唯一的时间码地址。根据动画和电视工程师协会 SMPTE（Society of Motion Picture and Television Engineers）使用的时间码标准，其格式是“小时：分钟：秒：帧”，或“hours：minutes：seconds：frames”。一段长度为“00：02：31：15”的视频片段的播放时间为 2 分钟 31 秒 15 帧，如果以每秒 30 帧的速率播放，则播放时间为 2 分钟 31.5 秒。

电影、录像和电视工业中使用的帧率均不同，各有其对应的 SMPTE 标准。由于技术的原因，NTSC 制式实际使用的帧率是 29.97fps 而不是 30fps，因此在时间码与实际播放时间之间有 0.1%的误差。为了解决这个误差问题，设计出丢帧（drop-frame）格式，即在播放时每分钟要丢 2 帧（实际上是有 2 帧不显示，而不是从文件中删除），这样可以保证时间码与实际播放时间的一致。与丢帧格式对应的是不丢帧（nondrop-frame）格式，它忽略时间码与实际播放帧之间的误差。

3.1.3　视频压缩编码的基本概念

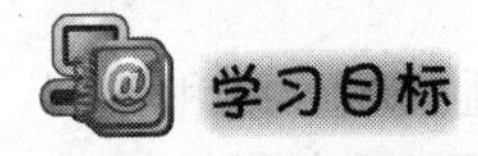

➢ 了解视频压缩编码的基本概念。

视频压缩的目标是，在尽可能保证视觉效果的前提下减少视频数据率。视频压缩比，一般指压缩后的数据量与压缩前的数据量之比。由于视频是连续的静态图像，因此其压缩编码算法与静态图像的压缩编码算法有某些共同之处，但是运动的视频还有其自身的特性，因此在压缩时还应考虑其运动特性才能达到高压缩的目标。在视频压缩中常用到以下的一些基本概念。

1. 有损和无损压缩

在视频压缩中，有损（Lossy）和无损（Lossless）的概念与静态图像中基本类似。无损压缩，即压缩前和解压缩后的数据完全一致。多数的无损压缩都采用RLE行程编码算法。有损压缩意味着解压缩后的数据与压缩前的数据不一致，在压缩的过程中要丢失一些人眼和人耳所不敏感的图像或音频信息，而且丢失的信息不可恢复。几乎所有高压缩的算法都采用有损压缩，这样才能达到低数据率的目标。丢失的数据与压缩比有关，压缩比越小，丢失的数据越多，解压缩后的效果一般越差。此外，某些有损压缩算法采用多次重复压缩的方式，这样还会引起额外的数据丢失。

2. 帧内和帧间压缩

帧内（Intraframe）压缩也称为空间压缩（Spatial Compression）。当压缩一帧图像时，仅考虑本帧的数据而不考虑相邻帧之间的冗余信息，这实际上与静态图像压缩类似。帧内压缩一般采用有损压缩算法，由于帧内压缩时各个帧之间没有相互关系，所以压缩后的视频数据仍可以以帧为单位进行编辑。帧内压缩一般达不到很高的压缩效果。

采用帧间（Interframe）压缩，是基于许多视频或动画的连续前后两帧具有很大的相关性，或者说前后两帧信息变化很小的特点，即连续的视频其相邻帧之间具有冗余信息。根据这一特性，压缩相邻帧之间的冗余量就可以进一步提高压缩量，减小压缩比。帧间压缩也称为时间压缩（Temporal Compression），它通过比较时间轴上不同帧之间的数据进行压缩。帧间压缩一般是无损的。帧差值（Frame Differencing）算法是一种典型的时间压缩法，它通过比较本帧与相邻帧之间的差异，仅记录本帧与其相邻帧的差值，大大减小了数据量。

3. 对称和不对称编码

对称性（Symmetric）是压缩编码的一个关键特征。对称意味着压缩和解压缩时占用相同的计算处理能力和时间，对称算法适合于实时压缩和传送视频，如视频会议应用就以采用对称的压缩编码算法为好。而在电子出版和其他多媒体应用中，一般是把视频预先压缩处理好，然后再播放，因此可以采用不对称（Asymmetric）编码。不对称或非对称意味着压缩时需要花费大量的处理能力和时间，而解压缩时则能较好地实时回放，即以不同的速度进行压缩和解压缩。一般来说，压缩一段视频的时间比回放（解压缩）该视频的时间要多得多。例如，压缩一段三分钟的视频片段可能需要十多分钟的时间，而该片段实时回放的时间只有三分钟。

3.2　Adobe Premiere Pro 的安装

3.2.1　Adobe Premiere Pro 的特性简介与系统要求

学习目标

➢ 了解 Adobe Premiere Pro 的系统要求。

相关知识

1. Adobe Premiere Pro 特性简介

（1）多视频轨道编辑（Multicam Editing）

Adobe Premiere Pro 可以从一个多摄像窗口中查看多个视频轨道，并实时在轨道之间通过转换进行编辑；基于源素材时间码轻松同步剪辑。

（2）加速客户评论和核准

Adobe Premiere Pro 提供了 Adobe Clip Notes（Adobe 剪辑注释），可以加速客户评论。将视频嵌入到 PDF 文件，通过 E-mail 发送有特定时间码注释的文件给客户评论，然后查看映射到时间轴的注释。

（3）从时间轴进行 DVD 创作

从 Adobe Premiere Pro 时间轴直接创建高质量、可驱动菜单的 DVD，为数字样片（Digital Dailies）、测试碟（Test Discs）或最终产品（Final Delivery）制作全分辨率、交互式的 DVD。

（4）HDV 编辑

Adobe Premiere Pro 可以在没有转换或质量损失的原始格式中捕获和编辑 HDV 内容。Adobe Premiere Pro 用流行的 Sony 和 JVC 公司的 HDV 格式摄像机和磁带录像机进行工作。

（5）SD 和 HD 支持

Adobe Premiere Pro 使用 AJA Video 的 Xena HS 实时编码卡捕获、编辑及发布全分辨率的 SD 或 HD。

（6）增强的色彩校正工具

Adobe Premiere Pro 利用新的色彩校正工具，为特定的任务分别进行优化。快速色彩校正允许用户快速简易调节，而色彩校正工作允许用户为专业作品做更多的选择性修改。

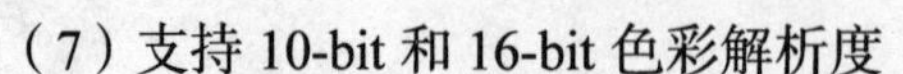

（7）支持 10-bit 和 16-bit 色彩解析度

Adobe Premiere Pro 支持 10-bit 视频和 16-bit PSD 文件，维持源素材的完整性。

（8）32-bit 内部色彩处理

Adobe Premiere Pro 以对色彩、对比度和曝光的不同变化维持最大限度的图像质量，没有了条纹和低 bit 深度处理所导致的现象。

（9）加速的 GPU 渲染

Adobe Premiere Pro 会自动调整，充分利用用户的显卡，加速动画、不透明度、色彩和图像畸变效果的预览和渲染。

（10）Adobe Bridge

Adobe Premiere Pro 可从 Adobe Bridge 中浏览、组织及预览文件，然后拖放用户所需要的内容；可以搜索或编辑诸如关键字、语言和格式这样的 XMP 元数据。

Premiere Pro 还有许多其他的新功能，如 Flash 视频输出、最大支持 4096×4096 像素的序列帧输出、高级的子剪辑创作与编辑等。

2. Adobe Premiere Pro 的系统要求

Adobe Premiere Pro 对系统要求比较高，下面是在 Windows 平台下的要求：

① DV 编辑需要 Intel® Pentium® 4 1.4GHz 处理器；

② HDV 编辑需要支持超线程技术的 Pentium 4 3GHz 处理器；

③ HD 编辑需要双 Intel Xeon™ 2.8GHz 处理器；

④ DV 编辑需 512MB 内存；HDV 和 HD 编辑需 2GB 内存；

⑤ 安装需要 800MB 可用硬盘空间；

⑥ 对于内容，需要 6GB 可用硬盘空间；

⑦ DV 和 HDV 编辑需要专用 7200RPM 硬盘驱动器；HD 编辑需要条带式磁盘阵列存储设备（RAID 0）；

⑧ Microsoft® windows® XP（带 Service Pack 2）；

⑨ Microsoft DirectX 兼容声卡（环绕声支持需要 ASIO 兼容多轨声卡）；

⑩ DVD-ROM 驱动器；

⑪ 1280×1 024 32 位彩色视频显示适配器；

⑫ DV 和 HDV 编辑需要 OHCI 兼容 IEEE 1394 视频接口（HD 编辑需要 AJA Xena HS）。

3.2.2 Adobe Premiere Pro 的安装步骤

学习目标

➢ 了解 Adobe Premiere Pro 的安装步骤。

相关知识

下面我们开始安装 Adobe Premiere Pro。

（1）打开软件安装目录，如运行“setup.exe”安装程序，如图 3-1 所示。

图 3-1　软件安装目录

（2）在语言选择窗口中选择“English”，如图 3-2 所示。

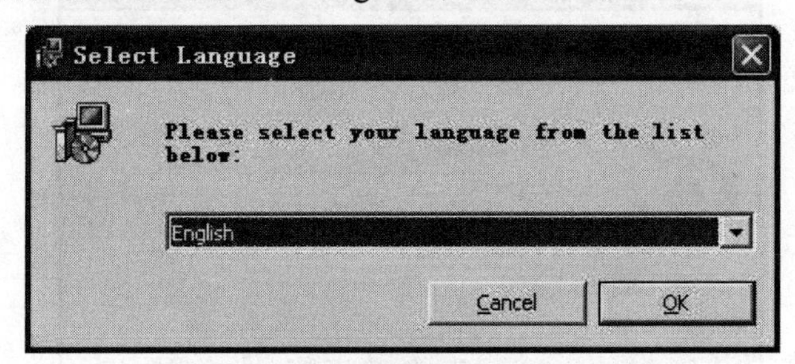

图 3-2　语言选择窗口

（3）在接下来的窗口中单击【Next】按钮，如图 3-3 所示。

（4）在版权信息窗口中单击【Accept】按钮，如图 3-4 所示。

（5）如图 3-5 所示，填写用户信息与 Serial Number，然后单击【Next】按钮。

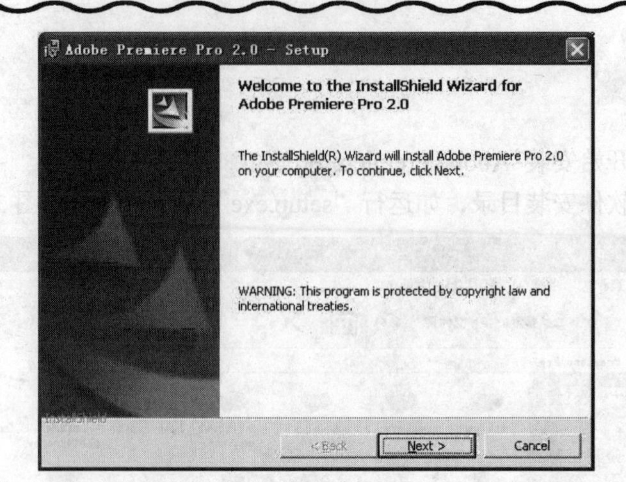

图 3-3 单击【Next】按钮

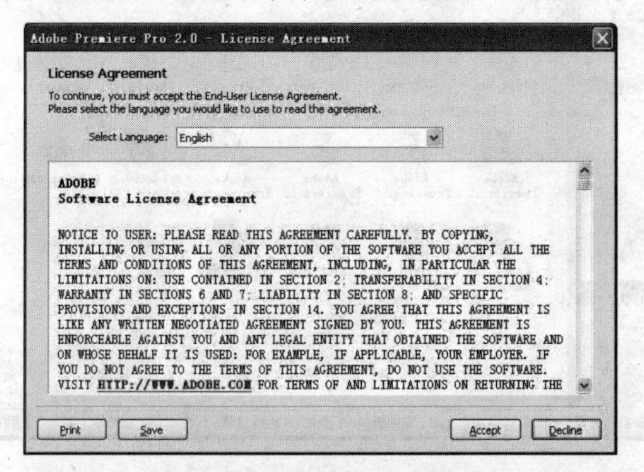

图 3-4 版权信息窗口

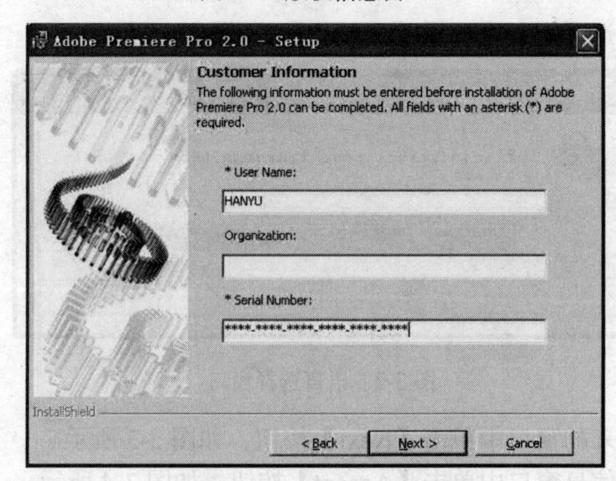

图 3-5 填写用户信息与 Serial Number

（6）选择安装路径，如图 3-6 所示。如果要修改安装路径，则单击【Change】按钮，如图 3-7 所示。选择好路径后单击【Next】按钮。

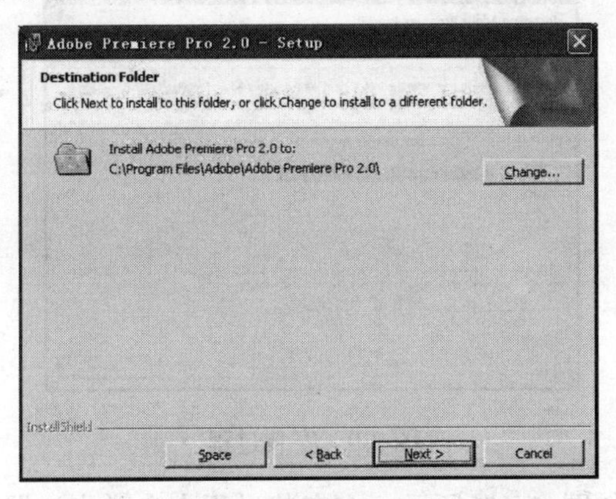

图 3-6　选择安装路径

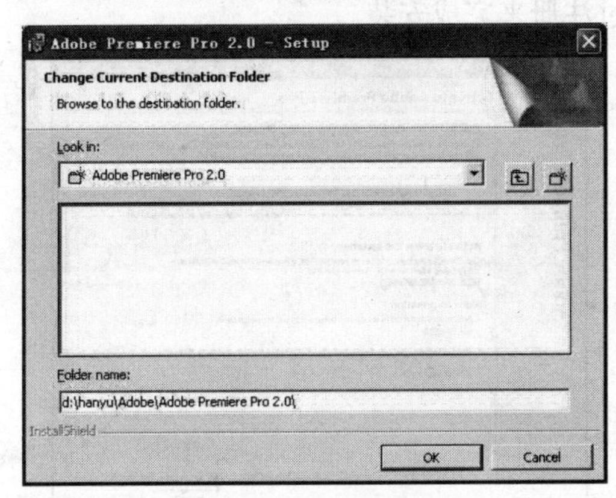

图 3-7　修改安装路径

（7）确认开始安装，单击【Install】按钮，如图 3-8 所示。

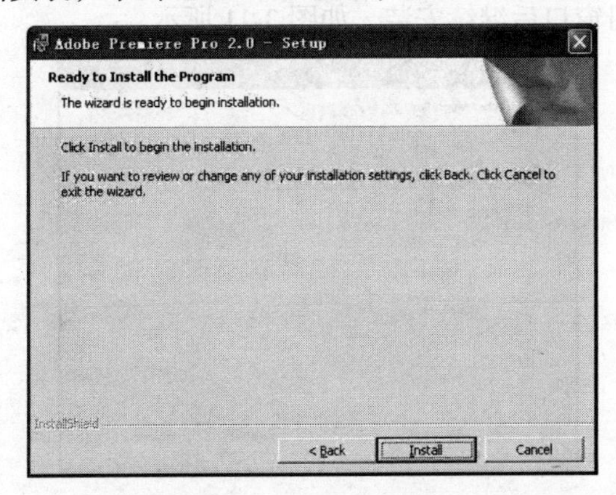

图 3-8　确认开始安装

（8）安装过程如图 3-9 所示。

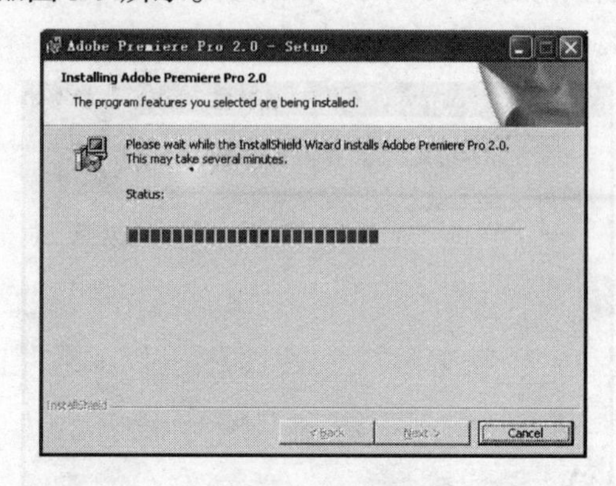

图 3-9　安装过程

（9）注册窗口如图 3-10 所示。在安装过程中会弹出注册窗口，可以先选择【Continue】按钮略过注册来完成安装。

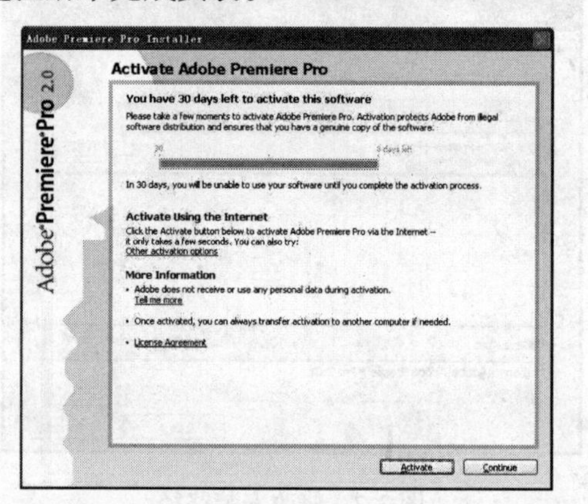

图 3-10　注册窗口

（10）略过注册窗口后继续安装，如图 3-11 所示。

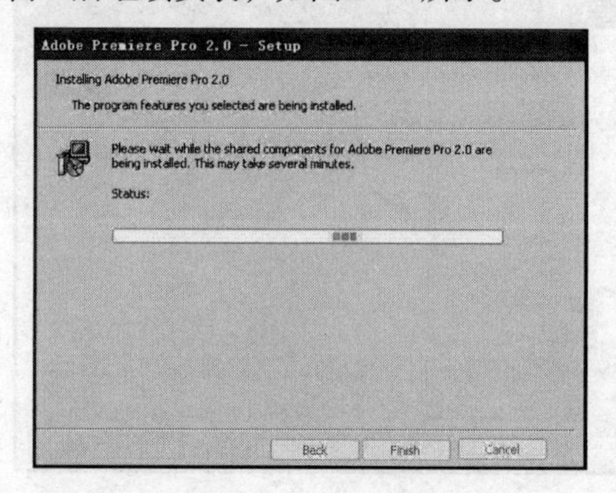

图 3-11　继续安装

（11）安装完成，单击【Finish】按钮，如图 3-12 所示。

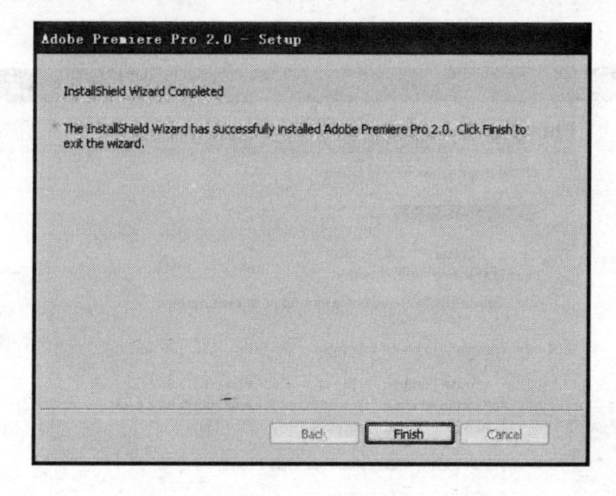

图 3-12　安装完成

（12）安装程序要求重新启动计算机，如图 3-13 所示。

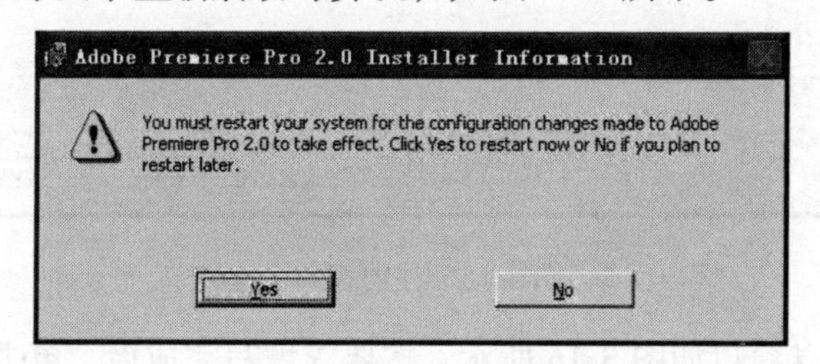

图 3-13　要求重新启动计算机

（13）重新启动计算机后，运行 Adobe Premiere Pro.exe 程序，会再次弹出注册窗口，我们选择“Other activation options”，如图 3-14 所示。

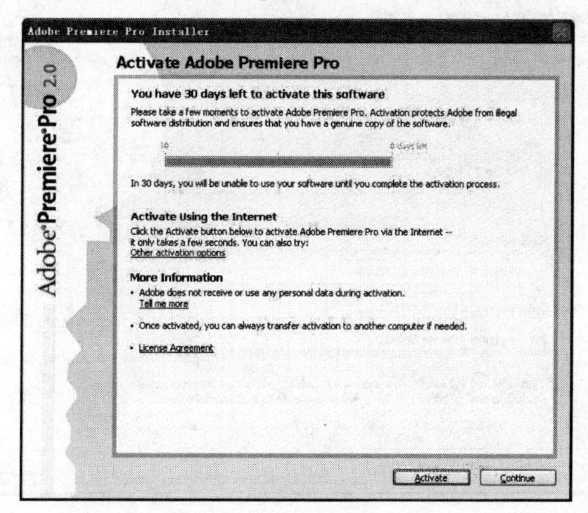

图 3-14　注册窗口

（14）在如图 3-15 所示注册窗口中填入 Authorization Code ，然后单击【Activate】按钮。

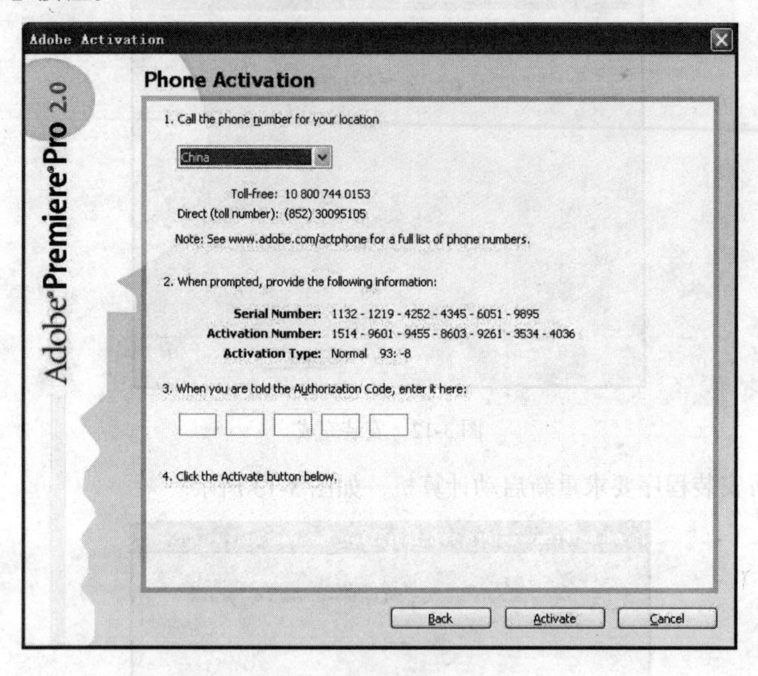

图 3-15 注册窗口

（15）注册信息窗口如图 3-16 所示，按要求填写完成后，单击【Next】按钮，弹出注册完成的提示窗口，如图 3-17 所示。

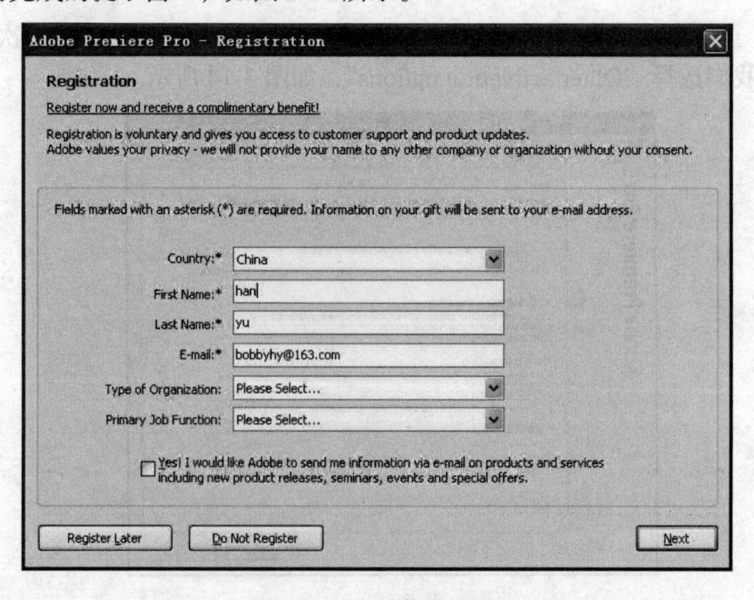

图 3-16 注册信息窗口

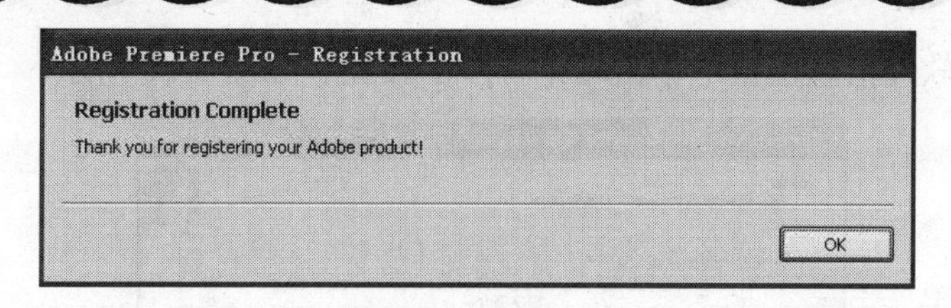

图 3-17　注册完成

（16）单击【OK】按钮后，系统开始安装汉化包，单击【下一步】按钮，如图 3-18 所示。

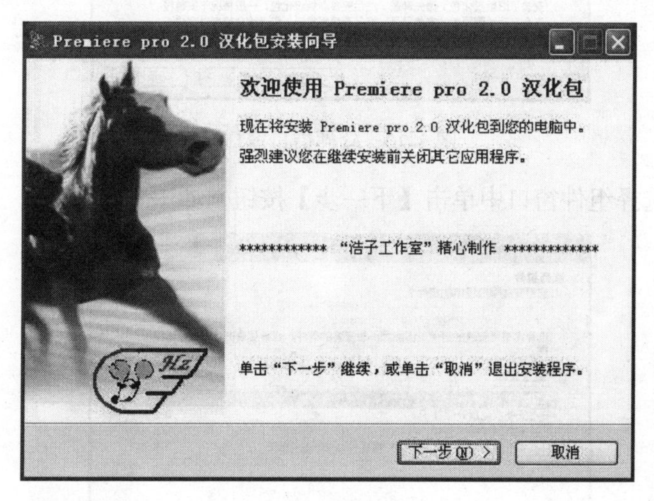

图 3-18　安装汉化包

（17）在许可协议窗口中选择"我同意此协议"，然后单击【下一步】按钮，如图 3-19 所示。

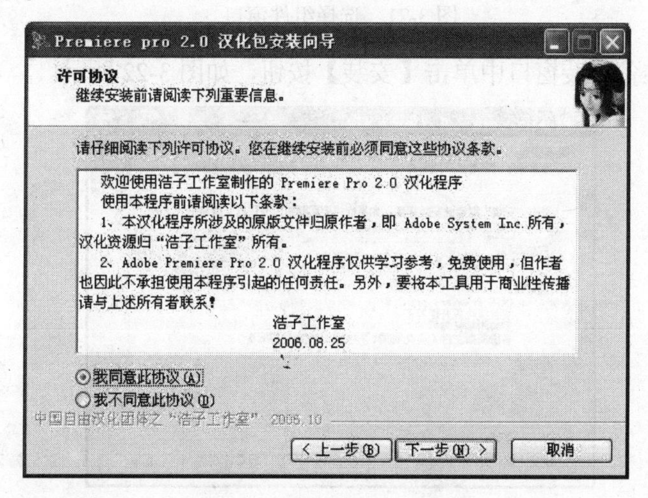

图 3-19　许可协议窗口

（18）在软件信息窗口中单击【下一步】按钮，如图 3-20 所示。

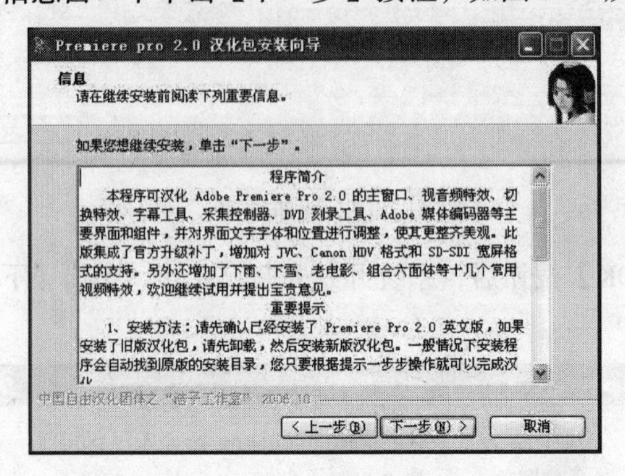

图 3-20　软件信息窗口

（19）在选择组件窗口中单击【下一步】按钮，如图 3-21 所示。

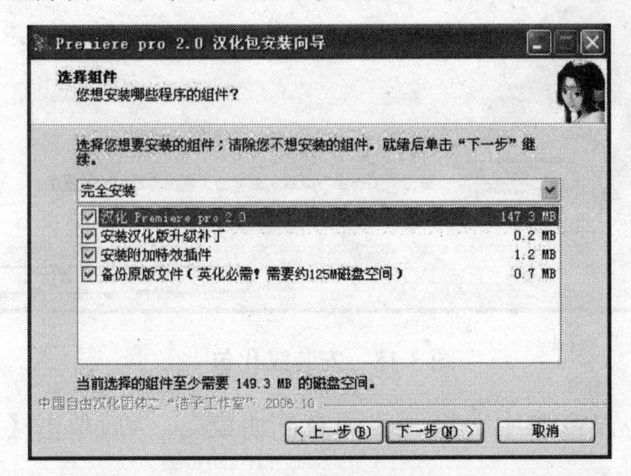

图 3-21　选择组件窗口

（20）在准备安装窗口中单击【安装】按钮，如图 3-22 所示。

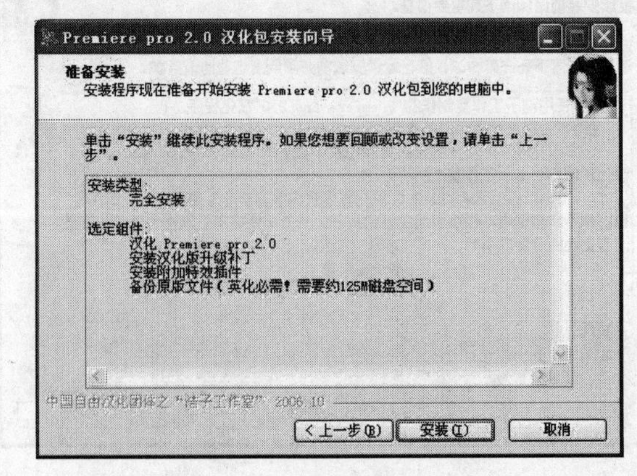

图 3-22　准备安装窗口

（21）安装过程如图 3-23 所示。

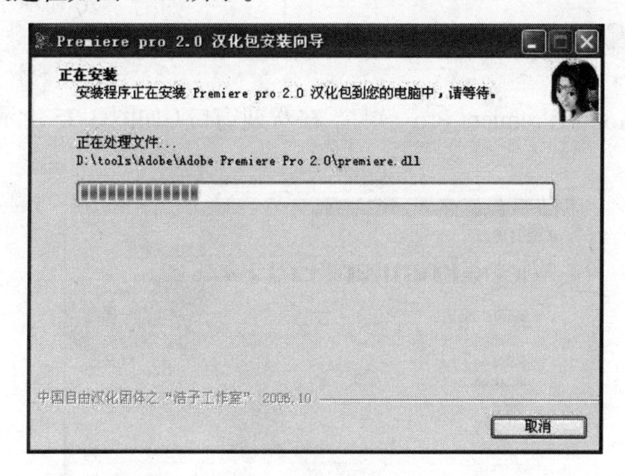

图 3-23　安装过程

（22）汉化完成，单击【完成】按钮，如图 3-24 所示。

图 3-24　汉化完成

3.3　软件设置

3.3.1　新建项目

学习目标

➢ 熟悉新建项目。

操作步骤

(1)打开 Adobe Premiere Pro 软件，在欢迎窗口(如图 3-25 所示)中选择“新建节目”。

图 3-25　欢迎窗口

(2)在“新建节目”窗口(如图 3-26 所示)中，已经有预置的节目配置，我们可以从中选择需要的配置。

(3)如果预置的节目配置中没有我们想要的配置，则可单击“自定配置”选项卡，如图 3-27 所示，自己定义节目的属性配置。

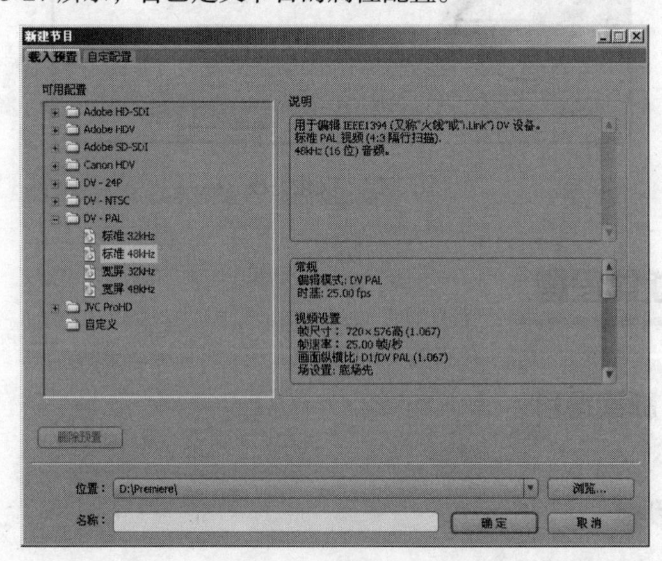

图 3-26　“新建节目”窗口

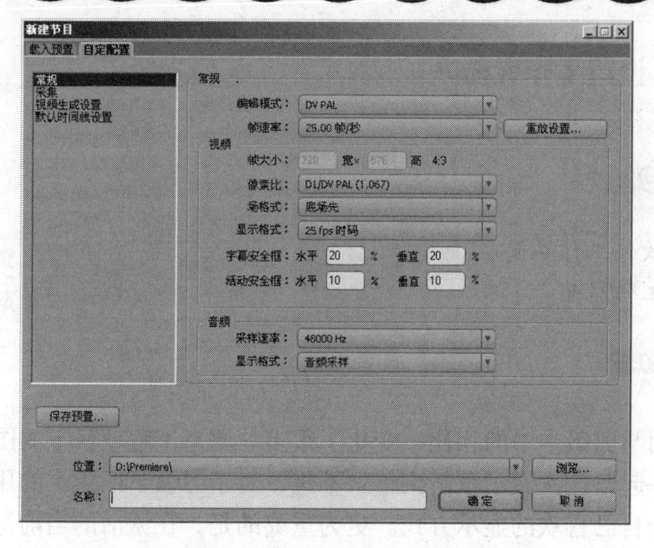

图 3-27　“自定配置”选项卡

3.3.2 打开项目

学习目标

➢ 学会打开已有项目。

操作步骤

打开 Adobe Premiere Pro 软件，在欢迎窗口（见图 3-25）中选择“打开节目”。在“打开节目”窗口（如图 3-28 所示）中找到已有节目，单击【打开】按钮即可。

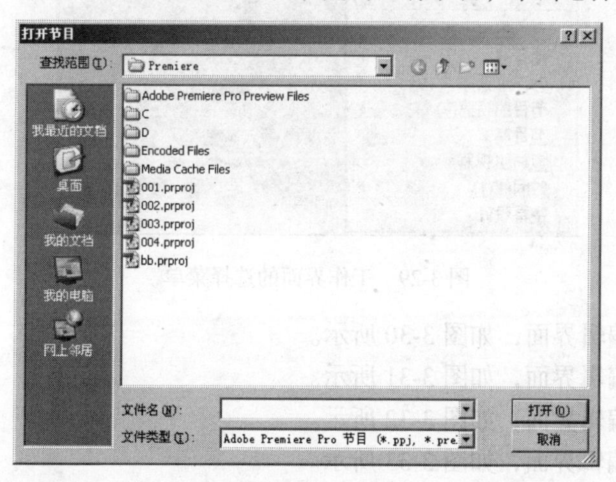

图 3-28　打开节目

3.3.3 设置工作界面

学习目标

- 了解软件工作界面。
- 设置工作界面。

相关知识

新的界面与旧版本中的相比，变化了很多。原来工程项目下的图标与转场、特技图标在一起，这次做了重新调整。不过，对于习惯了旧版本的用户来说，可以自己设置为自己喜欢的显示方式。更为重要的是，在激活的当前窗口，都会有一个深黄色的框，显示得更加清楚明白。

我们可以按照图 3-29 所示的工作界面的选择菜单来选择工作界面。

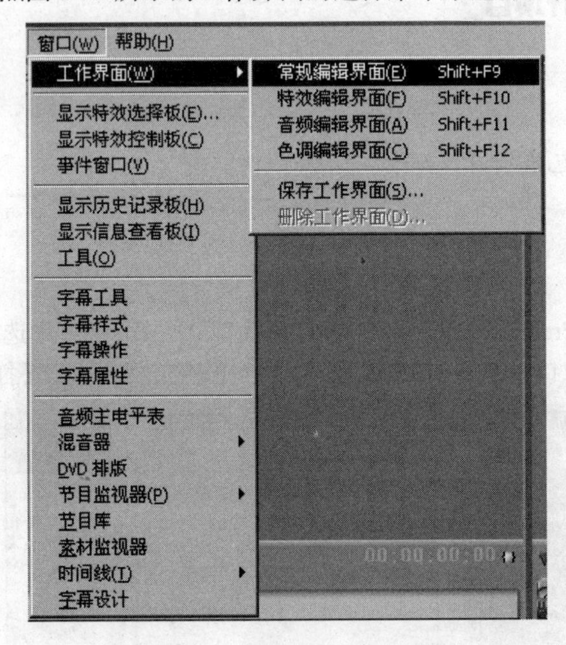

图 3-29 工作界面的选择菜单

（1）常规编辑界面，如图 3-30 所示。
（2）特效编辑界面，如图 3-31 所示。
（3）音频编辑界面，如图 3-32 所示。
（4）色调编辑界面，如图 3-33 所示。

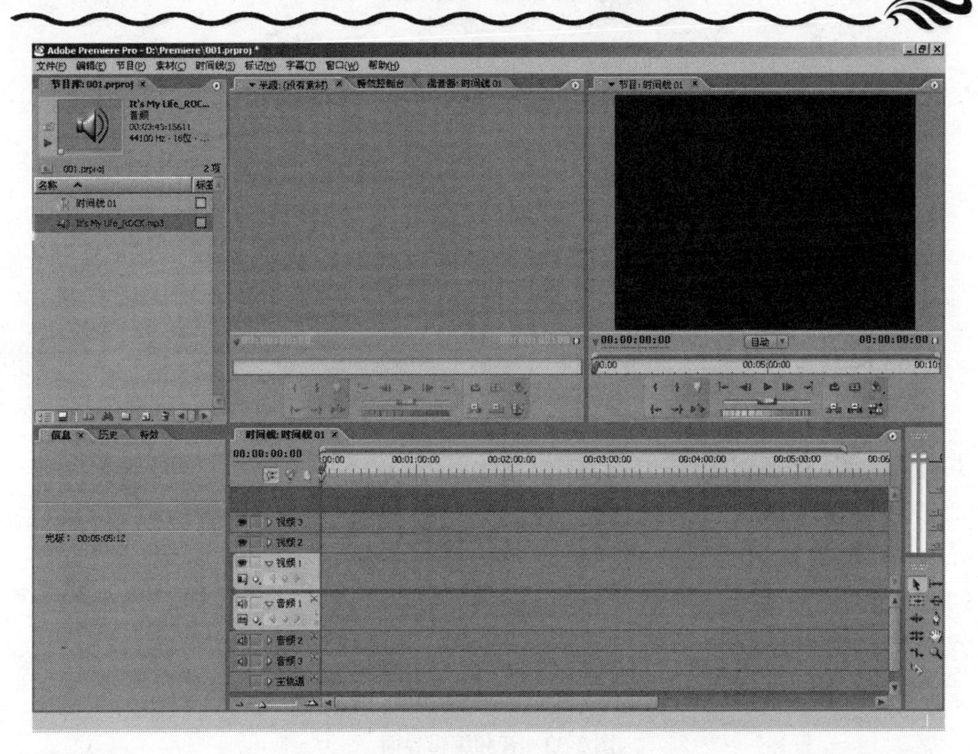

图 3-30　常规编辑界面

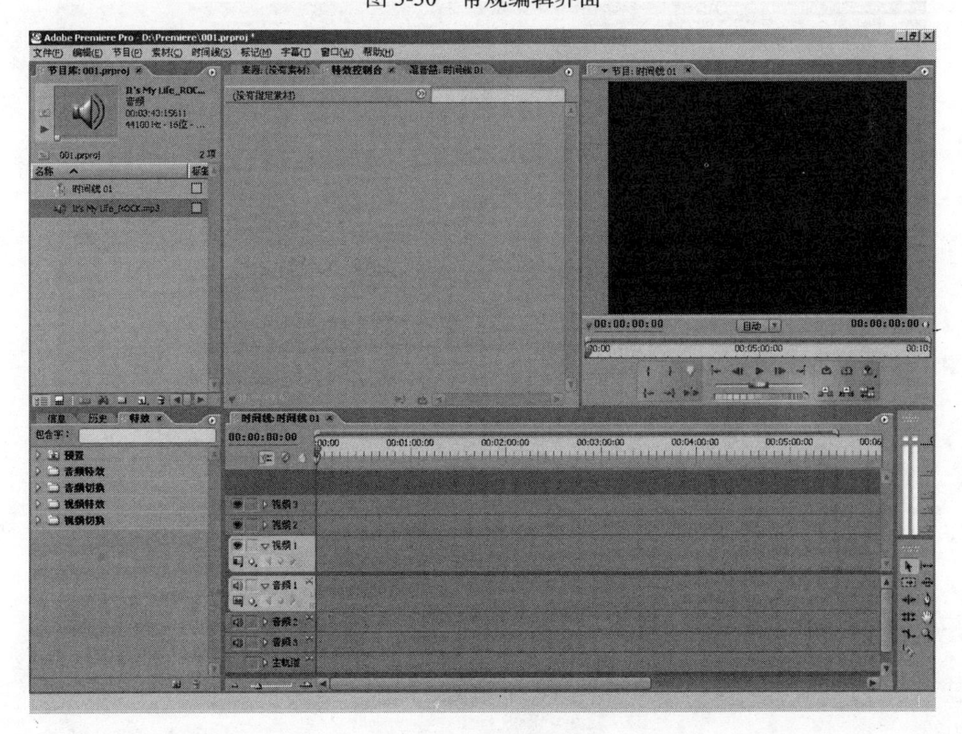

图 3-31　特效编辑界面

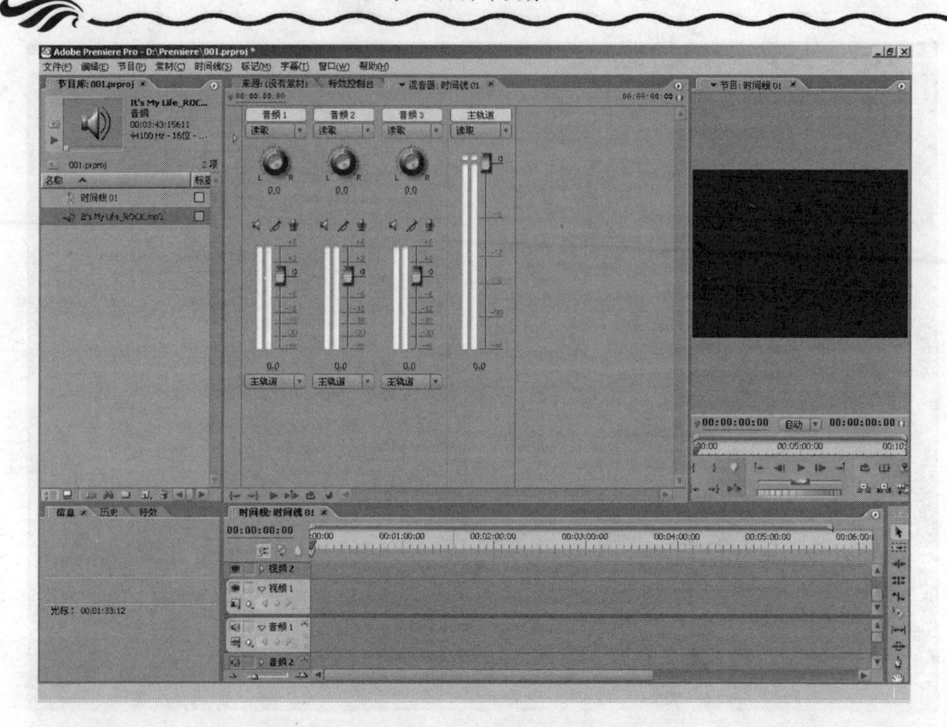

图 3-32 音频编辑界面

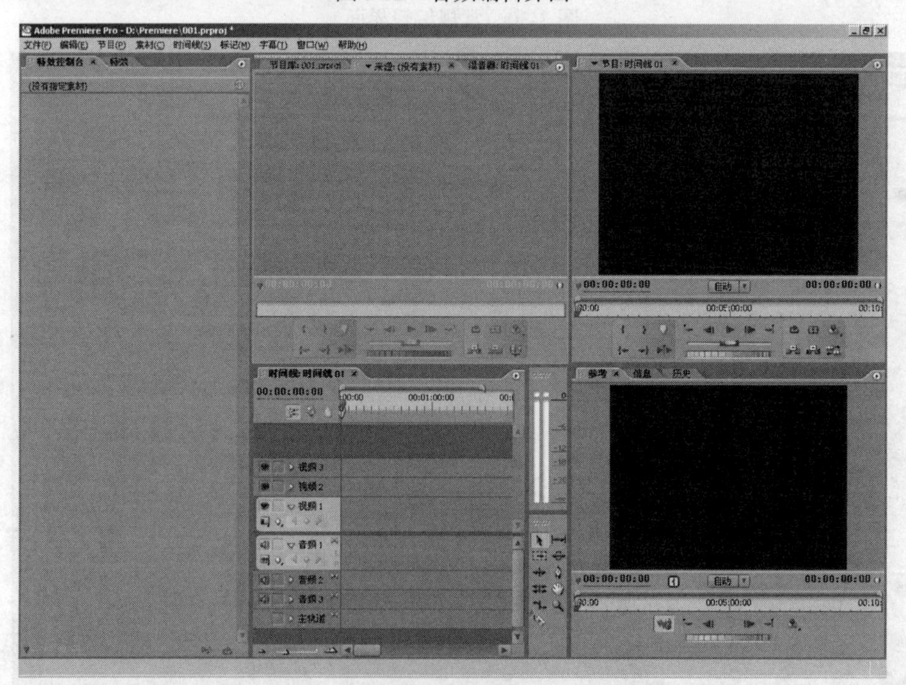

图 3-33 色调编辑界面

3.3.4　工作面板

学习目标

➢　了解每个工作面板。

相关知识

1．节目库

节目库中显示的是整个项目中所用到的文件，如音频、视频、字幕等，如图 3-34 所示。

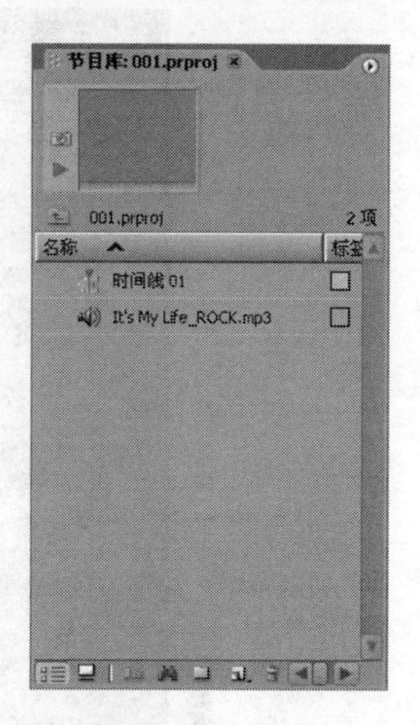

图 3-34　节目库

2. 素材（如图 3-35 所示）

图 3-35　素材

3. 特效控制台（如图 3-36 所示）

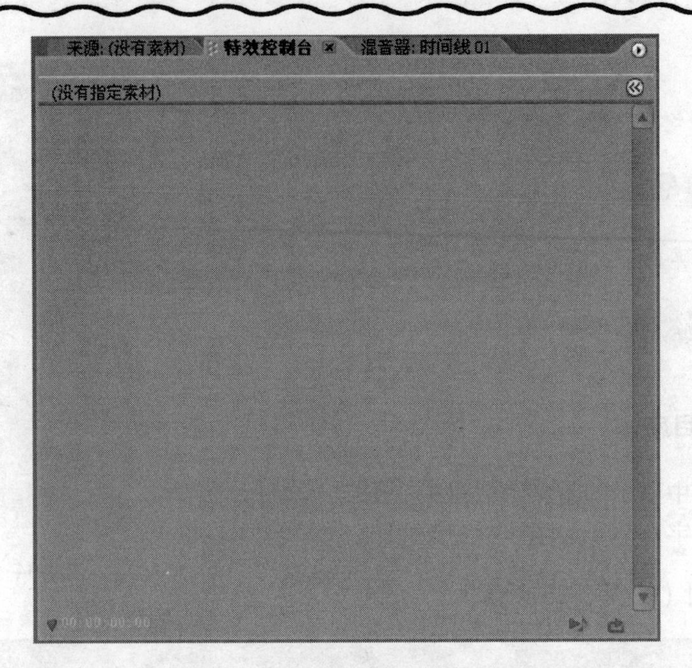

图 3-36 特效控制台

4. 混音器

将音频混合器集成在面板上，用户可以随时调整各个声道音量的大小及设置左右声道，如图 3-37 所示。

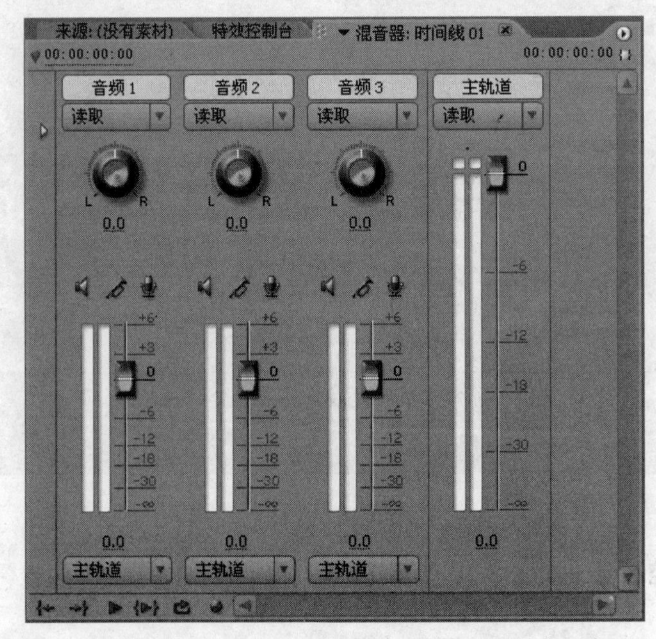

图 3-37 混音器

5. 节目（如图 3-38 所示）

6. 信息（如图 3-39 所示）

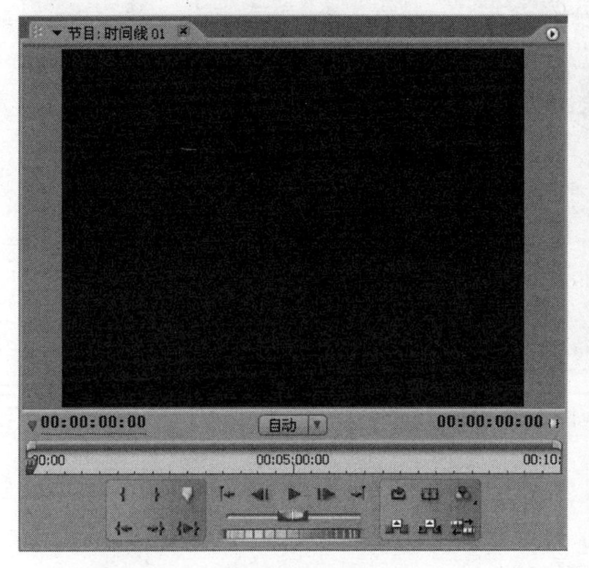

图 3-38　节目

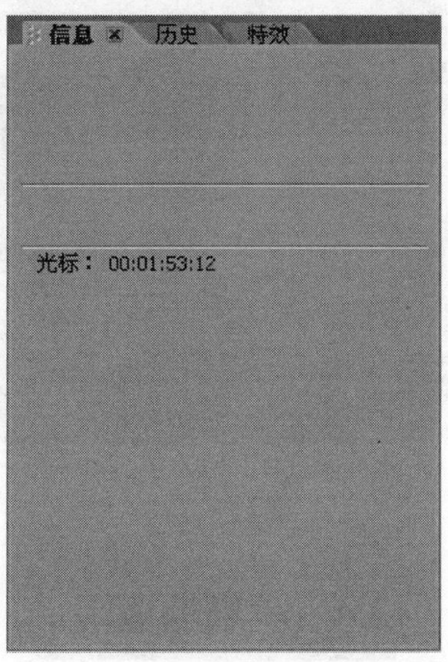

图 3-39　信息

7. 历史（如图 3-40 所示）

8. 特效（如图 3-41 所示）

图 3-40　历史

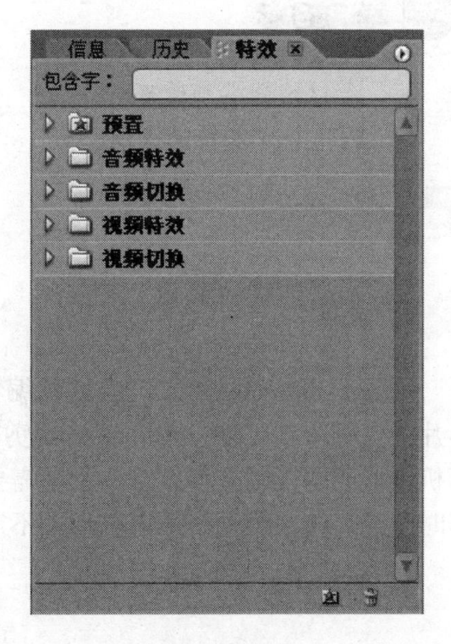

图 3-41　特效

9. 时间线（如图 3-42 所示）

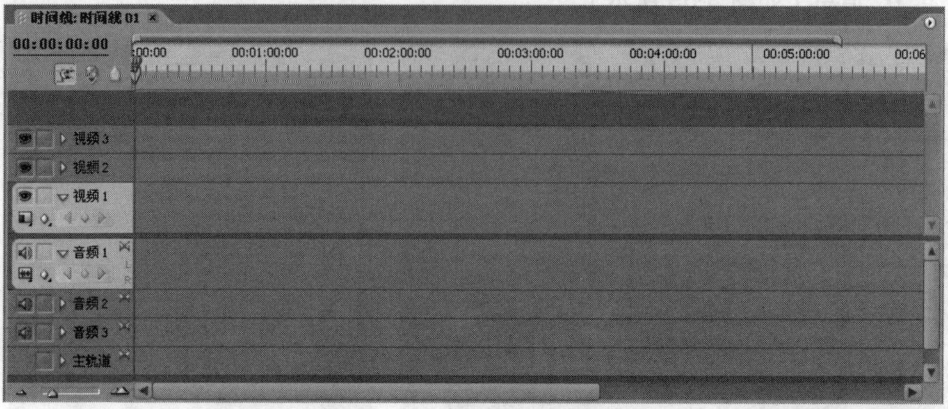

图 3-42 时间线

3.4 素材的调用

3.4.1 素材的分类与管理

➢ 素材的分类与管理。
➢ Premiere 支持的素材格式。

1. 素材

Adobe Premiere Pro 等非线性编辑软件一般都是通过组合素材的方法来制作影片的。所谓“素材”，指的是未经剪辑的视频、音频片段。将视频图像采集到计算机中形成的视频文件，基本上都需要 2 次加工。动画文件 FLC、FLI 由于在制作时已经过精心策划，所以基本上不需要 2 次加工。

2. 素材内容

素材的内容如下。

- 从摄像机、录像机或磁带机上捕获的数字化视频。

- 使用 Premiere 或其他资源建立的 Video For Windows 或 Quick Time 影片。
- 幻灯片或扫描的图像。
- 音频、合成音乐和声音。
- Adobe Photoshop 文件。
- Adobe Illustrator 文件。
- 动画文件。
- 在 Premiere 中建立或在 Adobe Photoshop 中编辑的胶片带格式的文件。
- 标题字幕。

3. Premiere 支持的素材格式

可以用各种各样的硬件设备向计算机硬盘中录入原材料，以建立视频、音频素材。常见的相关设备有摄像机、录像机、磁带机、扫描仪、数字相机、视频卡、声卡、超级 VCD、LD、DVD 视盘机等。国内非常流行的 VCD 视盘机由于本身是根据 MPEG-1 标准制造的,视频信号已经过大幅度的压缩,已从 AVI 转成 MPG,虽然是纯数字存储，但压缩过程中已损失了大量的信息，而且此过程是不可逆的，加之其本身画面质量较差，所以二次编辑意义不大。

Adobe Premiere Pro 支持多种音频文件、视频文件和静止图片的格式。可以同时将多个文件导入到项目窗口中。Adobe Premiere Pro 支持的文件格式如下。

（1）音频格式：AVI 格式、MP3 格式、WMA 格式、WAV 格式、MOV 格式和 AIFF 格式。

（2）视频格式：AVI 格式、WMA 格式、MPEG 格式（或 MPE 格式、MPG 格式）、MOV 格式。

（3）静止图片的格式：GIF 格式、JPGE 格式（或 JPG 格式、JPE 格式）、PSD 格式、TIFF 格式、BMP 格式、EPS 格式和 AI 格式。

提示： 虽然 Adobe Premiere Pro 支持的导入格式很多，但并不是所有的音、视频素材都可以导入 Adobe Premiere Pro 中。如果所拥有的素材不是 Adobe Premiere Pro 所支持的格式，则应先将要导入的素材转换为 Adobe Premiere Pro 所支持的格式后再导入。当然，对于有些素材，在互联网上可以找到相应的导入插件，将其安装到 Adobe Premiere Pro 相应的安装目录下，即可导入需要的素材，在此不再详细介绍了。

4. 素材的管理

在制作大型视频项目时，有效地组织视频和音频素材将大大提高工作效率。在 Adobe Premiere Pro 中提供了许多管理素材的便捷功能。通过这些功能，可以

重命名素材，在时间较长的原始素材中重建子素材或将不再使用的素材设为离线状态。在视频编辑时，这些原始的素材或经过加工的素材称为剪辑。下面介绍利用 Adobe Premiere Pro 进行影视编辑中的主剪辑、剪辑实例和子剪辑的概念及其相互之间的关系。

（1）主剪辑

初次导入到项目窗口中的素材叫做主剪辑。主剪辑表示磁盘上实际的媒体文件。可以在项目窗口中重命名或删除主剪辑，但是这种操作并不会影响到磁盘上的原始文件。

（2）剪辑实例

当剪辑被拖曳到时间线面板上时，Adobe Premiere Pro 就会为该主剪辑创建一个实例。在 Adobe Premiere Pro 中，可以在时间线面板上为同一个主剪辑创建多个子剪辑。当实例从时间线中移除时，主剪辑仍然存在于项目窗口中。但是，如果从项目窗口中移除了主剪辑，那么该剪辑的所有实例都会被从时间线中移除。

（3）子剪辑

子剪辑是指已被编辑过的主剪辑，而且子剪辑独立于主剪辑。例如，如果原始视频素材的时间较长，那么可以根据不同的主题将其划分成多个子剪辑，这样就可以在项目窗口中便捷地访问该素材中的每一部分了。如果在项目中删除了主剪辑，则其子剪辑仍然会存在于项目中。

（4）复制剪辑

在项目窗口中，复制剪辑是主剪辑的另一个实例。复制剪辑独立于原始的那份剪辑，并且可以重命名。如果从项目窗口中删除了主剪辑，那么复制剪辑仍然存在。

3.4.2 素材的导入

➢ 音频素材的导入。
➢ 视频素材的导入。
➢ 对素材的基本操作。

1. 素材的导入

Adobe Premiere Pro 中的素材是指那些导入到项目窗口中的所有媒体文件，

主要是视频文件、图形文件和音频文件。要在时间线上进行素材的编辑，必须先将素材添加到时间线（“Timeline”）上。将在编辑过程中所用到的素材添加到项目窗口中是进行编辑的前提。

将素材导入到项目窗口中的具体操作步骤如下。

（1）打开 Adobe Premiere Pro，新建一个项目窗口并制订存放路径和文件名，如图 3-43 所示。

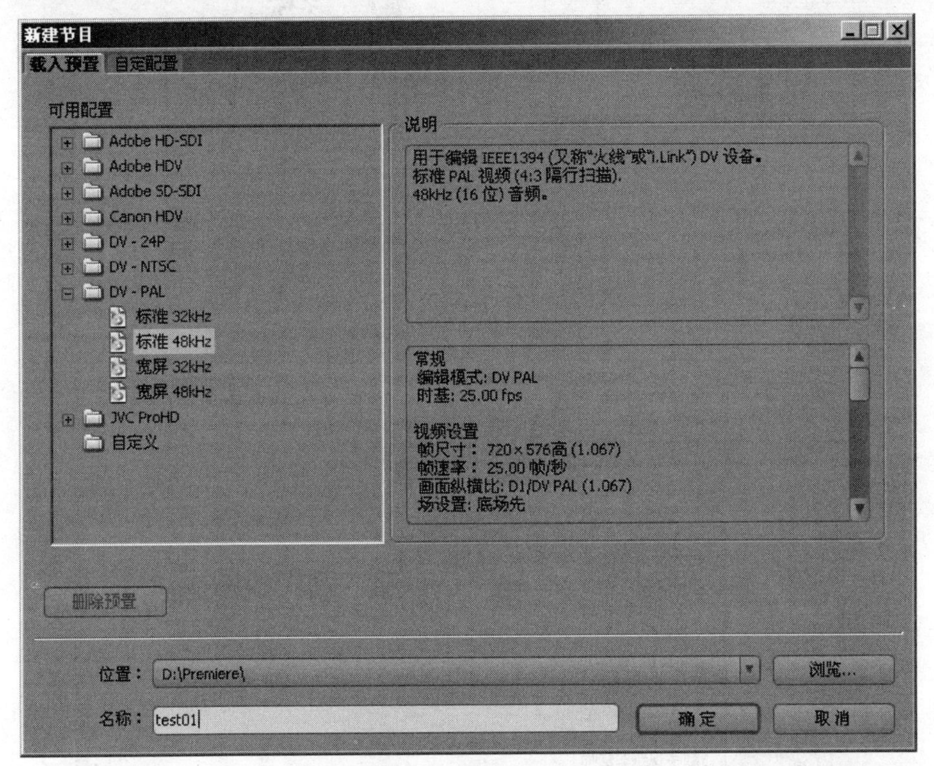

图 3-43　“新建节目”窗口

（2）执行下面的一种操作，将素材导入到项目窗口中。

- 选择“文件”菜单下的“导入”命令（或者按快捷键【Ctrl+I】），如图 3-44 所示。
- 在项目窗口中节目库的位置单击鼠标右键，在弹出的快捷菜单中选择“导入”命令，如图 3-45 所示。
- 在项目窗口中节目库的空白区域双击鼠标左键。

以上这三种方法，都可打开“导入”对话框，如图 3-46 所示。

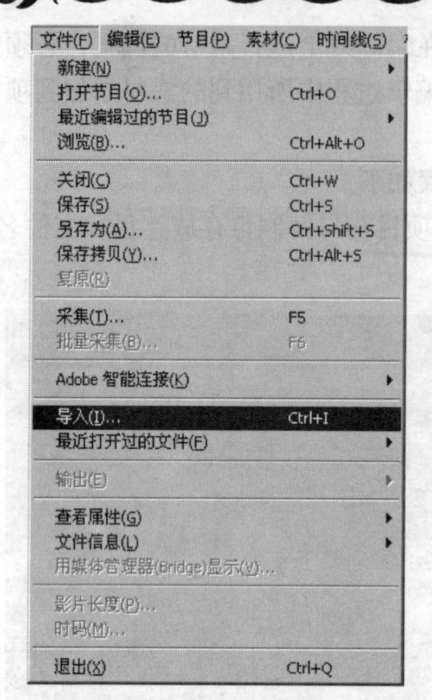

图 3-44 “文件”菜单

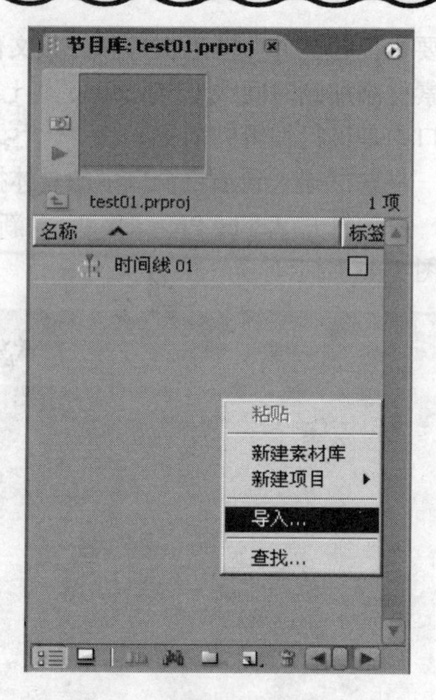

图 3-45 节目库中“导入”

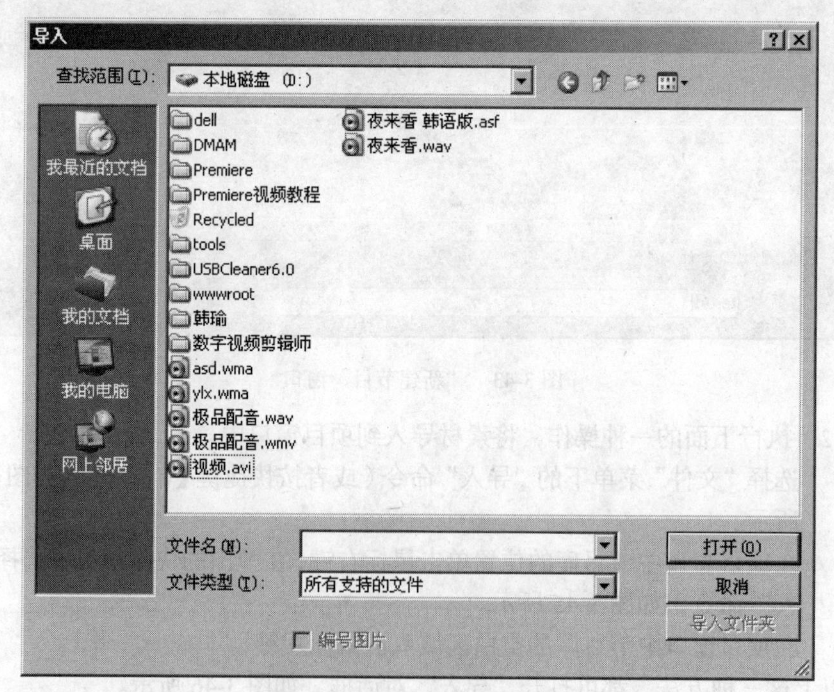

图 3-46 “导入”对话框

（3）导入的素材在节目库中，如图 3-47、图 3-48、图 3-49 所示。

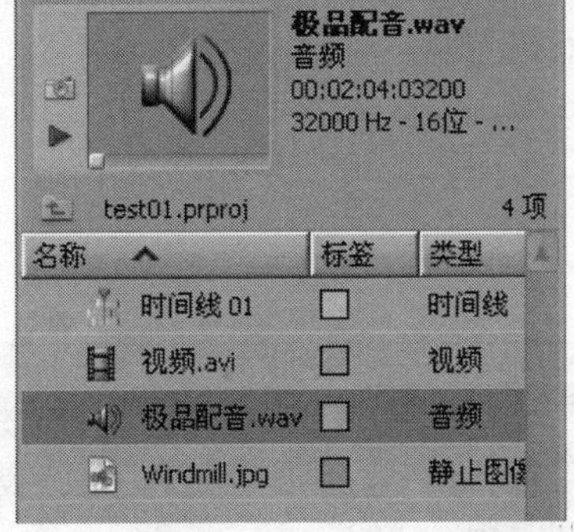

图 3-47　视频素材　　图 3-48　音频素材

图 3-49　静止图像素材

提示：

1. 默认情况下，导入的素材在项目窗口中表示为列表中的图标。在图标旁边会显示一些信息，指明该素材是视频、音频还是图像。

2. Adobe Premiere Pro 支持多种导入方式，包括导入单个文件、导入多个文件、导入整个文件夹。当然，也可以通过菜单命令“文件”→“导入”→“项目”将整个项目导入到另一个项目中。

2. 素材的重命名

当素材导入到项目窗口中时，默认情况下，Adobe Premiere Pro 将根据素材在磁盘中的文件名命名该素材。当然，此时也可以改变素材的名称。

如果需要对导入的素材重命名，则可以按照以下步骤操作。

（1）在项目窗口中选中需要进行重命名的素材。

（2）执行下列操作之一。

- 选择“素材”菜单中的“重命名...”命令，如图 3-50 所示。
- 单击鼠标右键，在弹出的快捷菜单中选择“重命名”，如图 3-51 所示。

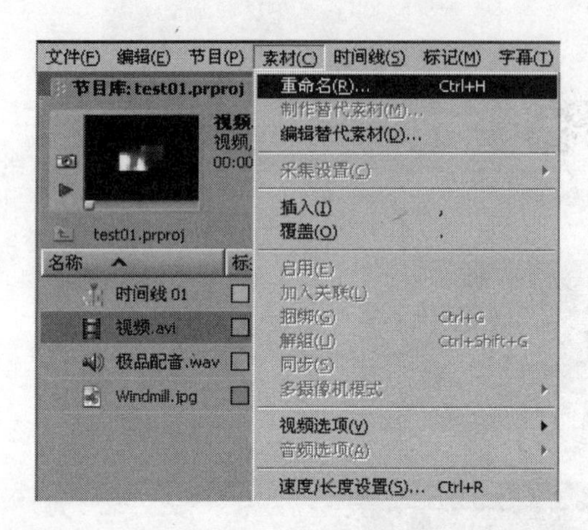

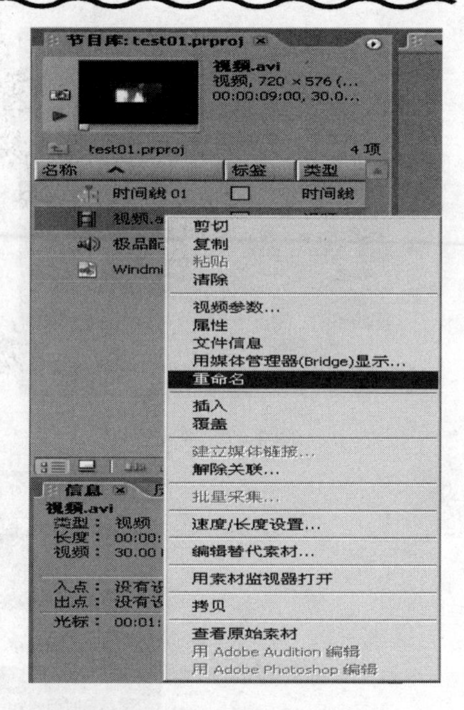

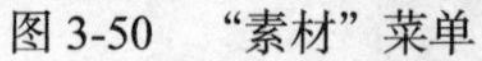
图 3-50 "素材"菜单

图 3-51 右键快捷菜单

（3）素材名称的地方变为蓝色可编辑状态，如图 3-52 所示。在变为蓝色的原素材名称处直接输入新的素材名称，然后按键盘上的【Enter】键即可实现对素材的重命名。

图 3-52 重命名

提示：对素材进行重命名，并不会影响到磁盘中素材的文件名称。

3. 素材的查找

对于一个比较复杂的项目，想要迅速找到所需要的素材，并不是一件很容易的事情。此时，可以利用查找素材的功能及时找到所需要的素材。

在实际工作中，当项目窗口中的素材较多时，可以按照如下的步骤操作，快

速找到需要的素材。

（1）激活项目窗口，使其成为可编辑状态。

（2）执行下列操作之一。

- 选择“编辑”菜单中的“查找”命令，如图 3-53 所示。

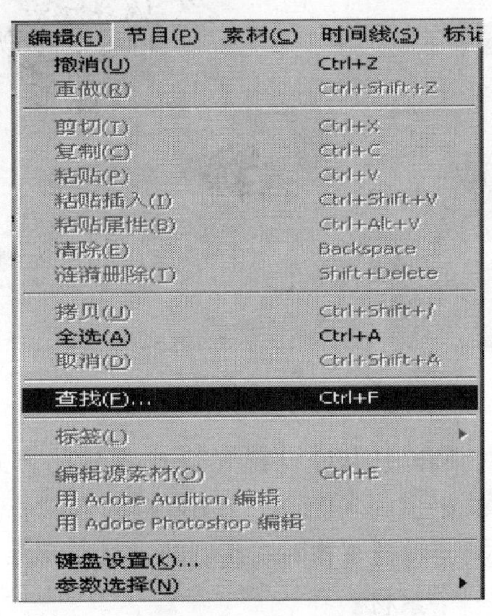

图 3-53　“编辑”菜单

- 在项目窗口中节目库的位置单击鼠标右键，在弹出的快捷菜单中选择“查找”命令，如图 3-54 所示。

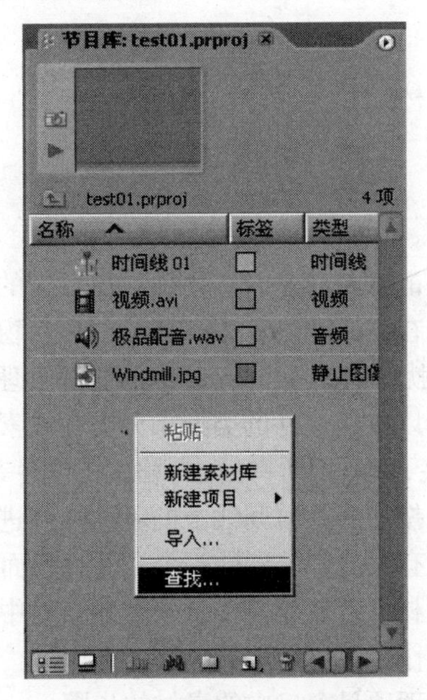

图 3-54　右键快捷菜单

- 单击项目窗口下方的“查找”按钮。

（3）弹出如图 3-55 所示的“查找”对话框。在“查找”对话框中输入想要查找的内容即可。被找到的素材在项目窗口中将变为选中状态，而且被查找的素材的信息将在“信息”面板中显示。

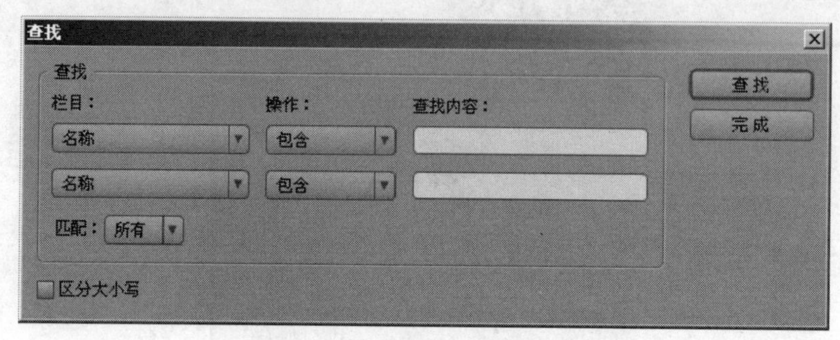

图 3-55 “查找”对话框

（4）在“查找”对话框中也可设置要查找素材的方式等。单击窗口中的 名称 包含 按钮，即可设置查找素材的方式。

（5）如果按素材的类型进行查找时，找到的素材有多个，则再次单击【查找】按钮时，将继续显示下一个素材。

3.4.3 素材的整理

➢ 管理项目中的素材。

当所编辑的影片需要的素材较多时，用项目窗口中的文件夹来管理素材文件是一个非常高效的方法。在 Adobe Premiere Pro 的项目窗口中，可以根据需要创建多层次的文件夹结构，就像使用 Windows 中的资源管理器来管理磁盘上的文件一样简单。一般来说，可以按照文件的类型来分类存放素材，例如，可以在项目窗口中建立 AVI 子文件夹，然后把所有的.avi 格式的文件都存放到这个文件夹中。另一种常用的分类方法是按照影片时间线上的不同片段进行素材的划分，即把影片中某一片段要用到的所有素材都放到同一个文件夹里面。

用文件夹方式管理素材可以使剪辑师从众多的素材中解脱出来，以用更清晰的思路从事影片的编辑工作。

下面介绍用文件夹整理项目窗口中的素材的步骤。

（1）激活项目窗口，单击项目窗口下方的 文件夹按钮，或者选择“文件”菜单中的“新建”子菜单下的“文件夹”命令。此时可以看到，在项目窗口中出现了一个新建文件夹，如图 3-56 所示。

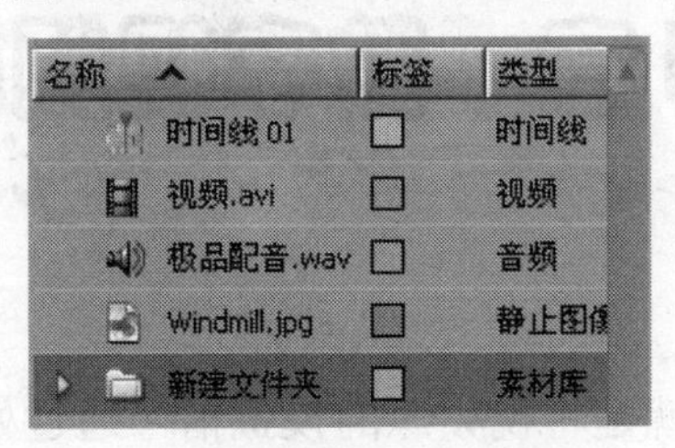

图 3-56　新建文件夹

（2）在项目窗口中的“新建文件夹”处输入新文件夹的名字，并按键盘上的【Enter】键。新文件夹的名字可任意指定，但最好是与文件夹中内容有关的词语或英文单词。

（3）在项目窗口中选中将要移动的文件，然后将选中的文件移至新建文件夹中。可以依次选取多个文件进行操作，方法是，按住键盘上的【Ctrl】键或【Shift】键，同时单击需要选择的文件。

（4）在项目窗口中双击文件夹图标，该文件夹会被打开，打开后即显示其中的素材。

提示： 在 Adobe Premiere Pro 中，可以在不同的文件夹之间移动文件夹中的素材。不需要的文件夹最好及时删除，删除文件夹的时候系统会给出警告，提醒用户慎重操作，因为文件夹的删除操作是不能用【Ctrl + Z】恢复的。在项目窗口中对素材进行整理时，可对素材进行分类。可以在项目窗口中创建多个文件夹，分别存放不同类型或不同时间线的素材文件，也可以在文件夹中再创建新的子文件夹。

本章习题

1．概述 NTSC、PAL、SECAM 制式。

2．概述 MPEG、AVI 数字视频格式。

3．Adobe Premiere Pro 对系统有什么要求？

4．列举 Premiere 支持的素材。

5．Premiere 是如何导入音频、视频文件的？

第4章 数字视频采集

原理上，视频采集就是将视频源的模拟信号通过处理转变成数码信息，并将这些数码信息存储在计算机硬盘上的过程。这种模拟数码转变是通过视频采集卡上的采集芯片进行的。通常，在采集过程中，对数码信息还进行一定形式的实时压缩处理，较高档的采集卡依靠特殊的处理芯片进行硬件实时数据压缩处理；而那些没有实时硬件压缩功能的采集卡，也可通过电脑上的 CPU 进行被称为软件压缩的处理。另外，对于开始流行的数码摄像机等数码视频源，通过其 IEEE1394 端口，不必再添加任何采集卡，就可以用电脑上的 IEEE1394 端口进行视频采集。

本章主要介绍模拟信号的采集与调整，以及数字信号的采集与调整两部分。其中，数字信号的属性调整是本章的重点和难点，大家在学习中应该注意。

4.1 模拟信号的采集与调整

4.1.1 模拟信号的采集

学习目标

➢ 了解信号的种类。
➢ 掌握模拟信号的特点和采集的方法。

相关知识

视频的采集与非线性编辑系统息息相关。就模拟视频来说，采集质量的好坏与非线性编辑系统中的视频卡有关。

传统的 PAL 制式、NTSC 制式的视频素材都是模拟信号。计算机处理的视频素材都是数字信号，外部模拟视频的输入过程是一个模拟、数字的转换过程，也称 A/D（模/数）转换过程。

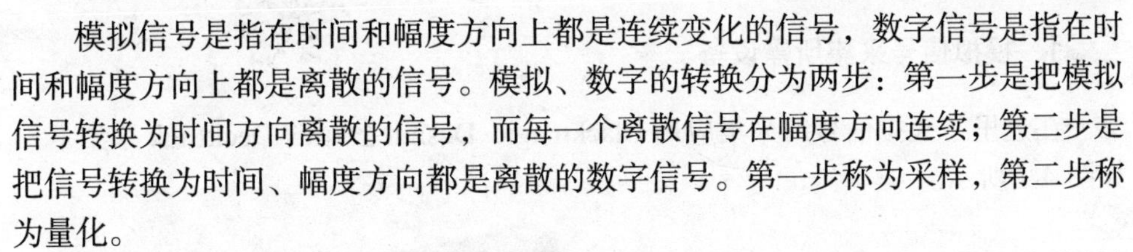

模拟信号是指在时间和幅度方向上都是连续变化的信号，数字信号是指在时间和幅度方向上都是离散的信号。模拟、数字的转换分为两步：第一步是把模拟信号转换为时间方向离散的信号，而每一个离散信号在幅度方向连续；第二步是把信号转换为时间、幅度方向都是离散的数字信号。第一步称为采样，第二步称为量化。

采样是根据一定频率的时钟脉冲，获得该时刻的信号幅度值。采样时的时钟频率称为采样频率，采样频率越高，效果越好，但需要的存储空间也越大。采样获得的信号在幅度方向上是一定范围内连续的值。

量化是把采样获得的信号在幅度方向上进一步离散化的过程。在电压信号的变化范围内取一定的间隔，在这个间隔范围内的电压值都规定为某一个确定值，以进行量化。

模拟视频采集需要特定的硬件，同时，采集的视频质量在很大程度上也取决于计算机硬件的配置。其中，视频采集卡、计算机 CPU、内存等硬件的作用最为突出。

模拟视频采集的过程通常是一个 A/D 转换的过程。这个过程需要视频采集卡，它是外部视频信号记录到计算机硬盘的中间媒介。通常的视频采集卡是单纯的视频采集卡，更多的是集成的视频、音频处理套卡。视频采集卡的速度越快，视频采集的质量越好，视频在屏幕上刷新的速度就越快。

计算机运行的速度越快，视频采集的质量越好。目前，能够安装 Adobe Premiere Pro 的计算机，其 CPU 的速度已经可以满足捕捉一般视频的要求。在视频采集的过程中，为了保证有足够的内存供采集设备使用，应该尽可能地关闭其他的应用程序。

模拟视频的采集在计算机上通过视频采集卡可以接收来自视频输入端的模拟视频信号，对该信号进行采集、量化成数字信号，然后压缩编码成数字视频。大多数视频采集卡都具备硬件压缩的功能，在采集视频信号时首先在卡上对视频信号进行压缩，然后再通过 PCI 接口把压缩的视频数据传送到主机上。一般的 PC 视频采集卡用帧内压缩的算法把数字化视频存储成 AVI 文件，高档一些的视频采集卡还能直接把采集到的数字视频数据实时压缩成 MPEG-1 格式的文件。

由于模拟视频输入端可以提供不间断的信息源，视频采集卡要采集模拟视频序列中的每帧图像，并在采集下一帧图像之前把这些数据传入 PC 系统。因此，实现实时采集的关键是每一帧所需的处理时间。如果每帧视频图像的处理时间超过相邻两帧之间的间隔时间，则会出现数据的丢失，即丢帧现象。视频采集卡都是把获取的视频序列先进行压缩处理，然后再存入硬盘的，即视频序列的获取和压缩是在一起完成的，免除了再次进行压缩处理的不便。不同档次的视频采集卡具有不同质量的采集压缩性能。

1. 模拟信号采集所需设备

在这里，模拟信号的采集应用 Blackmagic Design 公司的 DeckLink 采集卡，如图 4-1 所示。

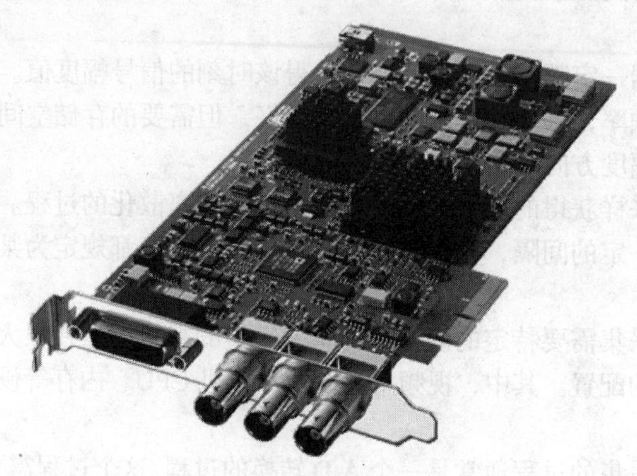

图 4-1 DeckLink 采集卡

采集过程中用到的设备还有摄像头。摄像头选用 SONY EVI-D31 彩色摄像机，如图 4-2 所示。

图 4-2 SONY EVI-D31 彩色摄像机

2. 具体操作

（1）在计算机中安装 DeckLink 采集卡的驱动程序。

（2）安装完毕后，打开 Adobe Premiere Pro。

（3）在新建节目窗口中，选择 Blackmagic Design 中的相应预置，如图 4-3 所示。

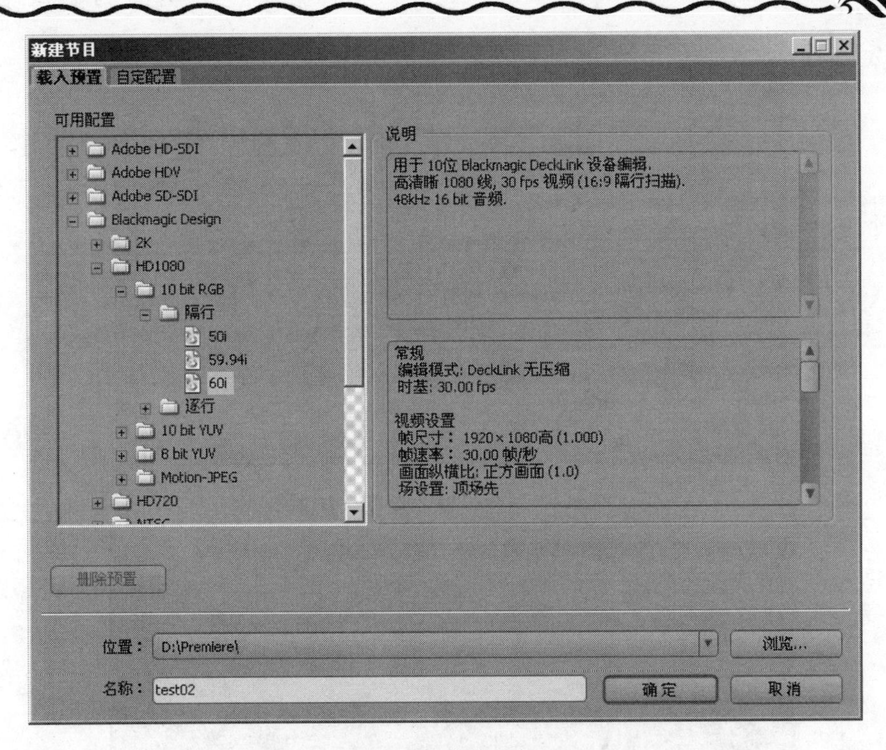

图 4-3　新建节目窗口

（4）选择“节目”→“节目设置”→“常规”，如图 4-4 所示。

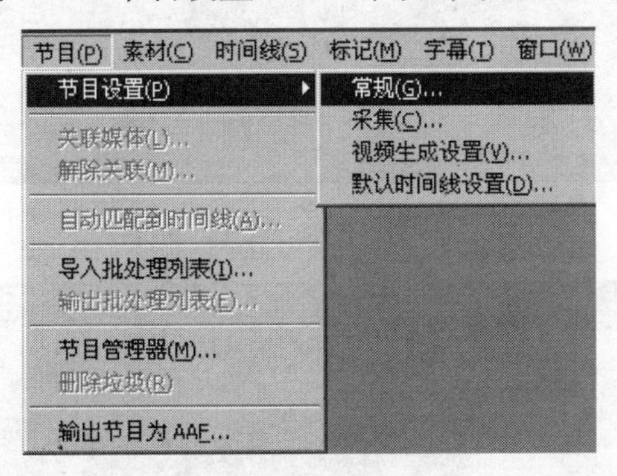

图 4-4　“节目设置”菜单

（5）节目设置“常规”窗口如图 4-5 所示。

（6）节目设置“采集”窗口如图 4-6 所示。

（7）节目设置“视频生成设置”窗口如图 4-7 所示。

（8）节目设置“默认时间线设置”窗口，如图 4-8 所示。

（9）设置完成后，在“文件”菜单中单击“采集”（如图 4-9 所示）或按功能键【F5】打开视频采集窗口“记录”标签，如图 4-10 所示。

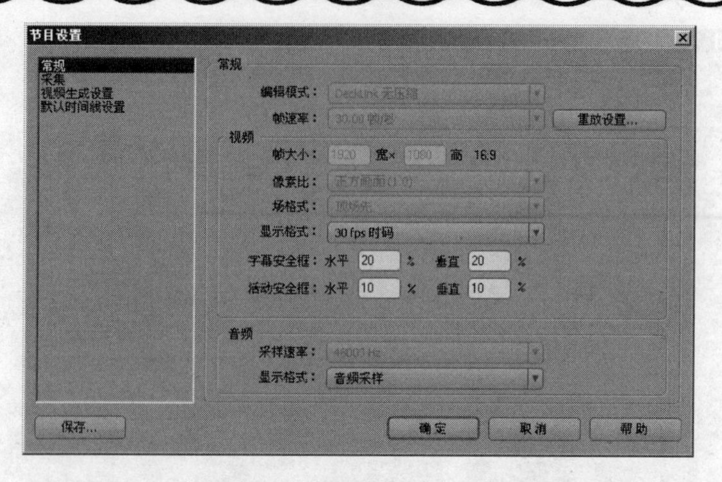

图 4-5 节目设置“常规”窗口

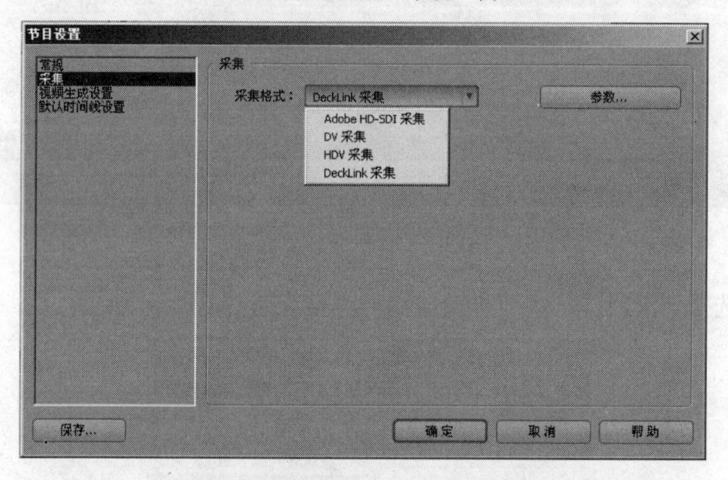

图 4-6 节目设置“采集”窗口

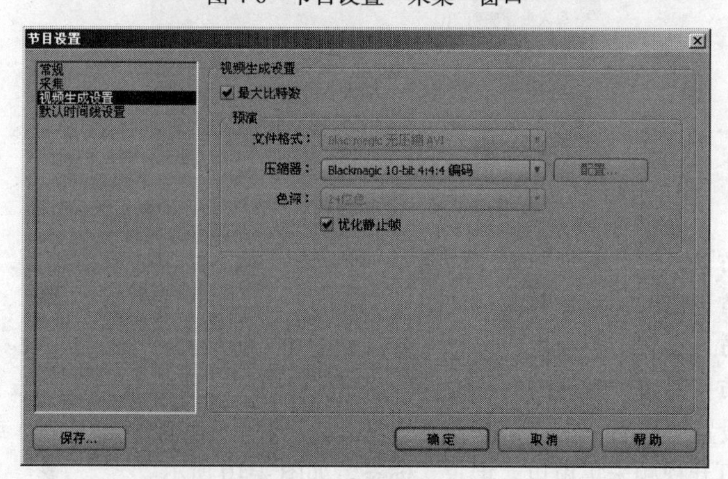

图 4-7 节目设置“视频生成设置”窗口

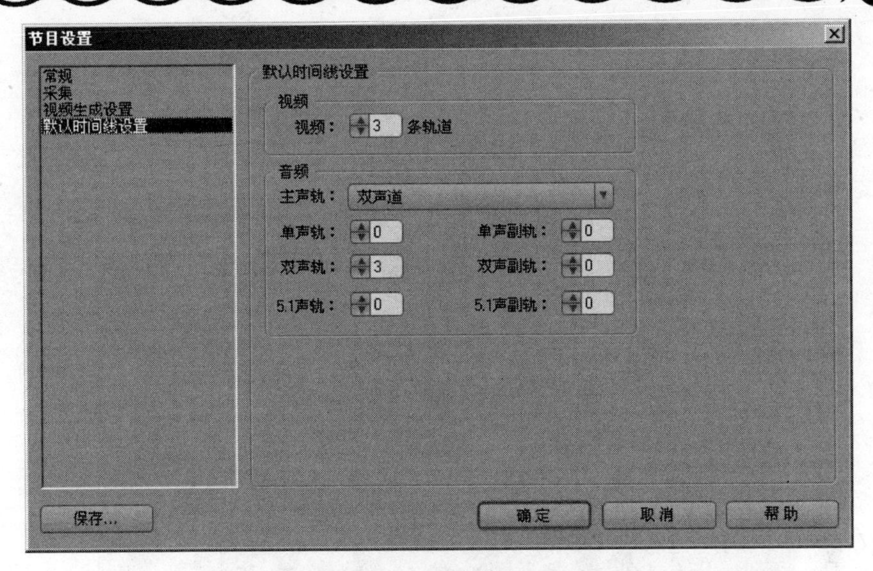

图 4-8　节目设置“默认时间线设置”窗口

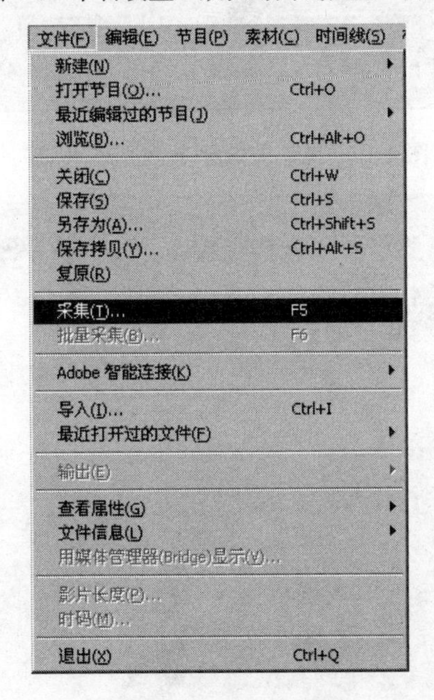

图 4-9　“文件”菜单

（10）视频采集窗口“设置”标签如图 4-11 所示。

（11）视频采集完成后，就可以对它进行编辑了，如图 4-12 所示。

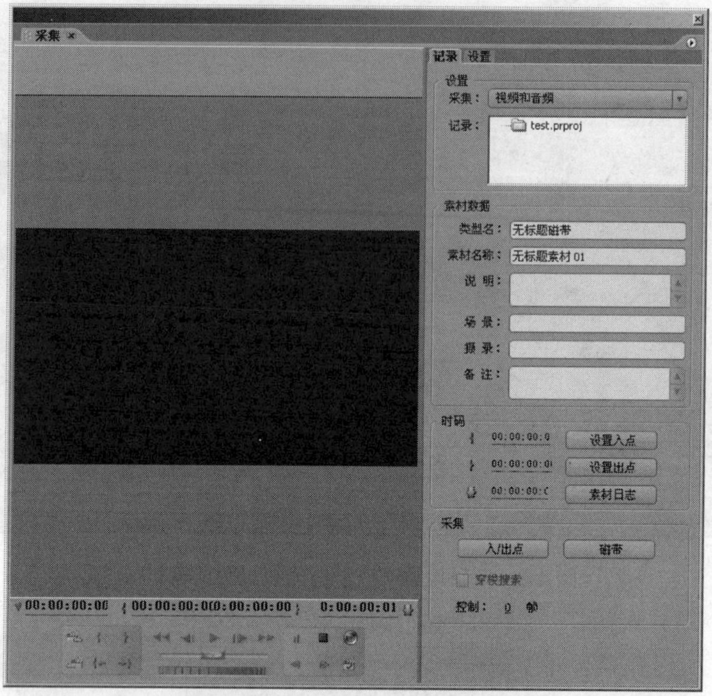

图 4-10 视频采集窗口“记录”标签

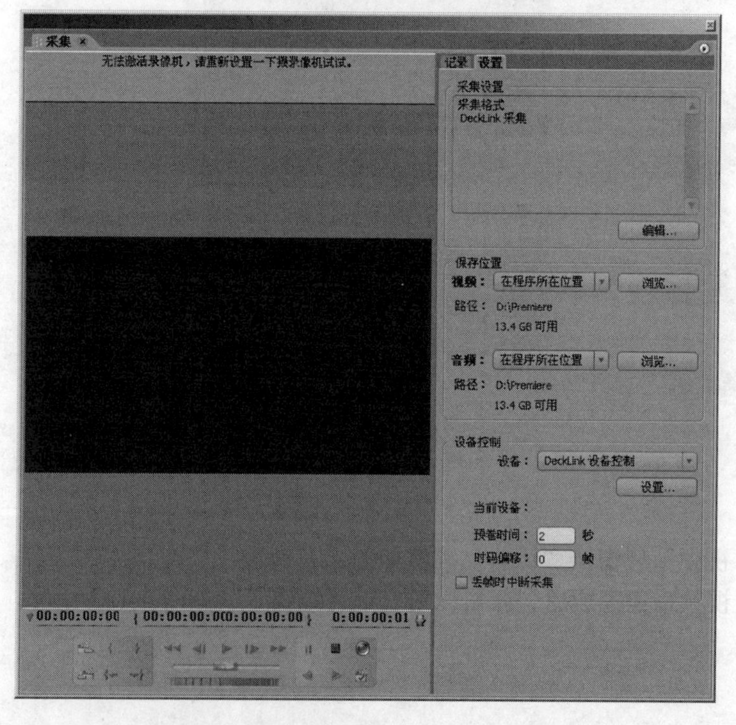

图 4-11 视频采集窗口“设置”标签

图 4-12　视频编辑

注意： 在视频采集中，硬盘的存储空间是一个非常大的问题，所以在采集视频时一定要留出足够大的空间来存储所采集的视频文件。

4.1.2　模拟信号的采集精度的提高

计算机的运行速度、视频采集的设备和环境的好坏等都影响着模拟信号的采集精度。因此，为了尽可能地提高采集的精度，一般应采取以下几个措施。

（1）保持计算机的比较高的配置。在视频采集的过程中，为了保证有足够的内存供采集设备使用，应该尽可能地关闭其他的应用程序。

（2）在条件允许的情况下，提高采集设备的性价比。

（3）在采集过程中尽可能地保持环境的稳定，避免受到外界干扰。

例如，在上文介绍的采集过程中，视频源设置中图像的调整（亮度、对比度、饱和度、色彩）和捕获属性中视频的调整都会影响图像的品质。

总之，在采集过程中应注意各个方面的问题和因素，使采集的精度达到用户的要求。

4.2 数字信号的采集与调整

4.2.1 数字信号的采集

学习目标

- 能够设置视频信号的采样频率。
- 掌握视频信号属性的调整方法。

相关知识

1. 视频采集基础

随着信息技术的不断发展，人们将计算机技术引入视频采集、制作领域，传统的视频领域正面临着从模拟化向数字化的变革。过去需要用大量的人力和昂贵的设备去处理视频图像，如今在家用计算机上就能够处理。用计算机处理视频信息和用数字传输视频信号在很多领域有着广泛的应用前景。

（1）视频模型

中国和欧洲采用的电视制式是 PAL 制（逐行倒相制），美国和日本采用的是 NTSC 制。一个 PAL 制信号有 25fbps 的帧率，一个 NTSC 制信号有 30fbps 的帧率。

视频信号在质量上可分为复合视频（Composite）、S-Vide、YUV 和数字（Digital）4 个级别。复合视频、SHS、VHS-C 和 Video8 都是把亮度、色差和同步信号复合到一个信号中，当把复合信号分离时，滤波器会降低图像的清晰度。亮度滤波时的带宽是有限的，否则就无法分离亮度和色差，这样亮度的分离受到限制，色差也是如此。因此复合信号的质量比较一般，但其硬件成本较低，目前普遍用于家用录像机。S-Vide、S-VHS、S-VHS-C 和 Hi8 都是利用 2 个信号表现视频信号的，即利用 Y 表现亮度同步。C 信号是编码后的色差信号，现在很多家用电器（电视机，VCD，SHVCD，DVD）上的 S 端子都是在信号的传输中，采用了 Y/C 独立传输的技术，避免了滤波带来的信号损失，因此图像质量较好。YUV 视频信号是由 3 个信号 Y、U、V 组成的，Y 是亮度和同步信号，U、V 是色差信号，由于无须滤波、编码和解码，因此图像质量极好，主要应用于专业视频领域。数字及同步信号利用 4 个信号——红、绿、蓝及同步信号加于电视机的显像管，因此图像质量很高。还有一种信号叫射频信号，取自复合视频信号，经过调制到 VHF 或 UHF，这种信号可长距离发送。现在，电视台均采用这种方式，通过使用不同的发射频率同时发送多套电视节目。

模拟视频信号携带了由电磁信号变化而建立的图像信息，可用电压值的不同来表示，如黑白信号，0V 表示黑，0.7V 表示白，其他灰度介于两者之间；数字视频信号是通过把视频帧的每个像素表现为不连续的颜色值来传送图像资料的，并且由计算机使用二进制数据格式来传送和存储像素值，即对模拟信号进行 A/D 转换后得到数字视频信号。数字视频信号的优点很多，如下所述。

① 数字视频信号没有噪声，用 0 和 1 表示，不会产生混淆，而模拟信号要求屏蔽以减少噪声。

② 数字视频信号可利用大规模集成电路或微处理器进行各类运算处理，而模拟信号只能简单地对亮度、对比度和颜色等进行调整。

③ 数字视频信号可以长距离传输而不产生损失，可以通过网络线、光纤等介质传输，很方便地实现资源共享，而模拟信号在传输过程中会产生信号损失。

（2）数字化视频采集

NTSC 和 PAL 视频信号是模拟信号，但计算机是以数字方式显示信息的，因此 NTSC 和 PAL 信号在被计算机处理之前，必须被数字化（或采样）。视频信号的数字记录需要大量的磁盘空间，例如，一幅 640×480 的彩色图像（24b/pixel），其数据量约为 0.92Mbps，如果存放在 650MB 的光盘中，则在不考虑音频信号的情况下，每张光盘也只能播放 24s，使用如此巨大的磁盘空间存储数字视频，是大多数计算机用户所无法接受的。所以，将视频带到计算机上，以有效的帧率播放存储信息，是使用计算机处理视频能力的最大障碍。鉴于此种情况，我们采用数据压缩系统和帧尺寸、色彩深度和图像精度折中的办法，对视频数据进行压缩，以节省磁盘存储空间，实现数字化视频采集技术。

数字化视频的过程，通常被叫做数字化视频采集，模拟信号到数字信号的转换中通常用 8b 来表示，对于专业或广播级的信号转换等级会更高。对于彩色信号，无论 RGB 还是 YUV 方式，只需用 24b 来表示。因此，采样频率的高低是决定数字化视频图像质量的重要指标，如表 4.1 所示。

表 4.1　数字化视频图像的采集方式

系统名称	采样频率	每行采样点数	图像大小
PAL CCIR601	13.50MHz	864	720 × 576
PAL 方阵	14.75MHz	944	768 × 576
PAL CCIR656	27.00MHz	1728	1440 × 576

由于显示时采用了 4∶3 方式，所以 PAL 制方阵的图像大小是 768×576，因为 768∶576＝4∶3。YUV 信号在数字化过程中可以采用不同的采样频率，如 4∶4∶4、4∶2∶2 或 4∶1∶0。由于色差信号用较低的采样频率，不会影响到整体的图像效果，所以通常是降低 U、V 的采样频率，以减少数据量。4∶1∶0 方式指 U、V 的采样频率是 Y 的 1/4，而且是隔行采样，即第 1 行采 U、第 2 行采 V、

第3行采U等，这样可以大大减少数据量。这对JPEG和MPEG编码是很重要的。

视频采集中计算机的处理设备通常有3种类型，即帧采集卡、动态图像连续采集卡和电视节目接收卡。帧采集卡的工作原理是把耦合视频信号解码成RGB或YUV，RGB或YUV信号经过A/D转换后进入帧存体，帧存体内的数据根据同步信号不断被刷新。当帧存体内的数据需要保存时，计算机给出控制信号，帧存体数据不再被刷新，这时计算机可以读出帧存体数据并传送到计算机内存或存放到硬盘中。由于视频信号是隔行扫描，在数字化过程中每帧图像分成两场，每场的分辨率是228行，因此高速运动的图像采集后有抖动的感觉，要解决这一问题可以只采集一场或缩短快门时间。采集连续图像到计算机中是比较困难的，因为仅一帧静止图像的数据量已经很大，而动态图像是25～30帧/秒，模拟的视频图像数字化后所得到的数据量巨大，使传输、存储和处理很困难。解决这一问题的办法一般有3种：

① 利用局部数据总线，提高数据传输速度；

② 大大降低分辨率；

③ 采用压缩编码。

对视频图像进行压缩编码，是目前最流行的方法。在实际工作中，对数字视频信号的质量要求也不尽相同。在军事和医学领域，对图像信号的采集要求高分辨率且不允许压缩；在广播级的视频制作上，要求高质量但允许压缩，如MPEG1、MPEG2；在普通的家用录像带或VCD、DVD光盘制作上，由于存储空间的限制，所以分辨率要求高但允许压缩。

（3）几种压缩算法

目前，流行的压缩算法主要有以下几种。

① JPEG。这是用于静态图像压缩的标准，主要方法是把一幅图像分成8×8的方阵并进行离散余弦变换（DCT），把图像变换成频率。其提高压缩比的方法就是去掉高频部分。原则上讲，JPEG标准是静态压缩标准，并不适合连续图像采集。JPEG定义了两种基本压缩算法：一种是基于差分脉冲码调制（DPCM）的无失真压缩算法，另一种是基于离散余弦（DCT）的有失真压缩算法。JPEG标准基本系统的压缩原理如图4-13所示。

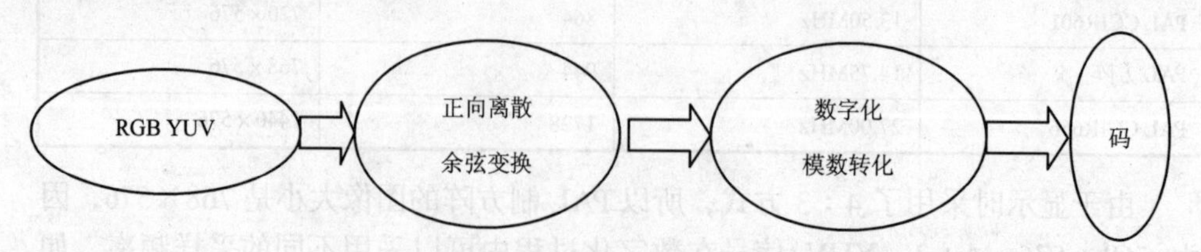

图4-13 JPEG标准基本系统的压缩原理图

在图4-13中，从RGB到YUV的彩色空间的变换，对减少数据冗余很有益，但最重要的是DCT离散余弦变换。基于DCT的JPEG压缩算法可分成以下几步进行。

- 通过 DCT 映射变换减少数据的冗余量。
- 利用人的视觉加权函数，对 DCT 的变换系数进行量化。
- 差分编码和行程编码。把原始图像数据分成一系列的 8×8 子块进行 DCT 变换，对于每个 8×8 子块的 64 个系数中的直流系数 DC 采用 DPCM 编码或差分编码，其余 63 个交流系数采用零行程长度编码，即“zig-zag”之字形扫描。
- 熵编码，是 JPEG 压缩编码的最后一步，是基于量化系数统计特性所进行的无失真编码，通常采用游程长度编码或 Huffman（哈夫曼）编码。

② M-JPEG。这是利用 JPEG 算法把一系列图像存于硬盘的压缩算法。目前，用于视频制作的非线性编辑系统，广泛采用的算法就是 M-JPEG。这种压缩方法对活动的视频图像通过实时帧内编码过程单独地压缩每一帧，在编辑过程中可以随机存取压缩视频的任意帧，而与其他帧不相关，对精确到帧的后期编辑是非常理想的。该系统的 M-JPEG 采集编辑卡对图像的采集分辨率均可达到 768×576、25 帧/秒（PAL 制）或 640×480、30 帧/秒（NTSC 制）。由于 M-JPEG 的算法不太复杂，只是在频域里对人眼不敏感的高频分量进行取舍，而在时域里能量仍能均匀分布，所以可以用很小的压缩比（如 2∶1）全帧采集，从而实现广播级指标所要求的无损压缩。

③ MPEG。MPEG 有 MPEG1 和 MPEG2 两种压缩编码方式。

MPEG1 采用动态图像编码的方法，目前在计算机和电视视频制作领域获得广泛的应用，其视频压缩算法的核心是处理帧间冗余，即在帧之间保持不变的图像信息来更好地压缩数据。而 M-JPEG 只压缩单独的帧，帧与帧之间并不压缩，于是所形成的数据流质量高且庞大，必须由专门的硬件来实现，在实际应用上受到了很大的限制。MPEG1 依赖于两个基本技术：一是基于 16×16 块的运动补偿；二是帧内图像的 JPEG 压缩。所谓运动补偿，就是为了寻找冗余，软件通常把两个帧分成像素块，在两帧之间寻找相似的像素块，并且只存储在两帧之间变化的图像。如果帧与帧之间有快速丰富的图像变化，则图像质量就会迅速降低。为了避免这种失真，动态压缩算法允许说明参考帧（也称内部帧、当前帧）。MPEG1 的帧间编码采用以下 3 种方式。

- Intra，简称①帧，也就是当前帧。大约半秒取①帧，作为其他帧的参考。
- Predicted，简称 P 帧，也称预测帧。P 帧根据当前帧的变化预测下一帧，对其预测误差做有条件的传送，以达到提高压缩比的目的。
- Bi-directional，简称 B 帧，也称插补帧、双向预测帧。B 帧他根据前面和后面的帧双向预测，增加 B 帧的数目会减少①帧和 P 帧之间的相关性。

这样对提高压缩比有益而对图像质量有损，所以 I 帧、B 帧、P 帧之间的时间间隔应根据被压缩视频画面的复杂程度和重建图像的质量综合考虑决定。

MPEG1 压缩算法能将视频信号压缩到 0.5～1b/pixel，压缩数据率为 1.2Mbps，

其还原图像的质量与 VHS 相当。目前，市场上流行的 VCD 光盘，也是 MPEG1 的一个代表产品，但由于其图像质量较差，故预计在不久的将来会被 DVD 产品所取代。

MPEG2 是一种图像能恢复到广播质量的编码方法，也采用帧间压缩的算法，但在视频信号质量上优于 MPEG1。目前，MPEG2 发展非常迅速，其典型产品是高清晰视频光盘 DVD、高清晰数字电视 HDTV 等。

④ WTP 小波变换压缩法。小波变换起源于 1989 年，是在研究函数分析中为克服三角函数的时域分析能力不足而提出的。小波变换采用局部函数在频域和时域同时分析的方法，将图像信号分析成不同的频率区域，然后根据图像统计特性和人眼的生理特性，在不同的频域采取不同的压缩算法，使视频数据量减小。小波变换不受带宽限制，只要选取的小波函数与相关滤波器合适，就能使视频能量集中在低频分量上。即使在编码过程中取较大的压缩比，还原图像的质量仍然较好。加拿大和美国的知名视频厂商生产的非线性编辑系统均采用小波变换算法，其优点是图像采集质量高，缺点是格式专用，与 M-JPEG 相比，交换性、通用性差。

⑤ DV 格式算法。DV 格式是数字视频磁带经常采用的一种压缩格式，其压缩算法主要基于 DCT 离散余弦变换进行帧内压缩，因此是一种可编辑的格式。如今，DV 格式已经演变出 DVCAM 和 DVCPRO 两种互不兼容的专业级数字视频格式，主要应用于 6.35mm 数字磁带摄/录系统，还支持 IEEE1394 接口和传输标准，可与当今流行的非线性编辑系统建立纯数字连接，因而具有良好的发展空间和应用前景。

视频信号被采集到计算机后，就可进入编辑制作阶段。硬盘录像机、数字摄像机、非线性编辑系统等数字产品的快速发展，将视频制作带入全面数字化时代，视频的网络化传输和直接播出技术已成为现实。

2. IEEE1394 接口

（1）IEEE1394 接口的一些相关知识

1995 年，美国电气和电子工程师学会（IEEE）制定了 IEEE1394 标准。它是一个串行接口，但能像并联 SCSI 接口一样提供同样的服务，而且成本低廉。IEEE 1394 接口的特点是传输速度快，现在为 400Mbps，以后可望提高到 800Mbps、1.6Gbps、3.2Gbps，所以传送数字图像信号也不会有问题。用电缆传送的距离现在是 4.5m，可进一步扩展到 50m。

目前，在实际应用中，当使用 IEEE1394 电缆时，其传输距离可以达到 30m；而在使用 NEC 研发的多模光纤适配器时，使用多模光纤的传输距离可达 500m。在 2000 年春季正式通过的 IEEE1394-2000 中，最大数据传输速率可达到 1.6Gbps，相邻设备之间连接电缆的最大长度可扩展到 100m。

IEEE1394 的前身是 1986 年由苹果电脑（Apple）公司起草的。苹果公司称之为火线（FireWire）并注册为其商标。而 Sony 公司称之为 i.Link。德州仪器公司则称之为 Lynx。实际上，上述商标名称都是指同一种技术，即 IEEE1394。

FireWire 完成于 1987 年，1995 年被 IEEE 定为 IEEE1394-1995 技术规范。在制定这个串行接口标准之前，IEEE 已经制定了 1393 个标准，因此将 1394 这个序号给了它，其全称为 IEEE1394，简称 1394。因为在 IEEE1394-1995 中还有一些模糊的定义，所以后来又出了一份补充文件 P1394a，用以澄清疑点、更正错误，并添加了一些功能。除此之外，还通过 P1394b 讨论增加新功能的接口标准。作为一个工作组标准，P1394b 是一个高传输率与长距离版本的 IEEE1394，其单信道带宽为 800Mbps。在这一方案中，一个重要的特性是，在不同的传输距离与传输速率下可以使用不同的传输媒介。

网络设备经数字接口进行信号交换。当连接多台机器时，由于存在音频、视频、控制等各种各样的信号，所以接口的信息传输方式、传输速度、传输容量、可带机器的数量、可接电缆的长度等是要考虑的主要方面。现在，世界上虽然有 IEEE1394、通用串行总线（USB）等多种数字接口，但用上述标准衡量，最受重视的还是 IEEE1394。

（2）IEEE1394 接口的物理特质

IEEE1394 是串行的数字接口。也许有人会问，为什么不采用像 IDE 或 PCI 这样的并行总线呢（因为更多的导线将提供更大的带宽）？其实，并行接口非常复杂，相对于串行总线来说需要更多的软件控制，而且系统开销也很大。因此，并行接口不一定能够提供更快的传输速率。更多的控制软件和连接导线都会增加技术的实现成本。而且，并行导线容易产生信号干扰，解决这一问题同样也需要增加费用。相对于并行总线，串行总线的另外一个优势就是节省空间。串联线体积更小，使用更加方便。

IEEE1394 接口有 6 针和 4 针两种类型。六角形的接口为 6 针，小型四角形接口则为 4 针。苹果公司最早开发的 IEEE1394 接口是 6 针的，后来，SONY 公司看中了它数据传输速率快的特点，将早期的 6 针接口进行改良，重新设计成为现在大家所常见的 4 针接口，并且命名为 iLINK。连接器如果要与标准的 6 导线线缆连接的话，则需要使用转换器。

两种接口的区别在于能否通过连线向所连接的设备供电。6 针接口中有 4 针是用于传输数据的信号线，另外 2 针是向所连接的设备供电的电源线。由于 1394 是串行总线，所以当数据从一台设备传至另一台时，若某一设备电源突然关断或出现故障，则将破坏整个数据通路。在电缆中传送电源将使每台设备的连接器电路工作，采用一对线传送电源的设计，不管设备状态如何，其传送信号的连续性都能得到保证，这对串行信号是非常重要的。而对于低电源设备，在电缆中传送电源可以满足所有的电源需求，因而无须配备外接电源连接器。这就是传送电源的优点。

传送电源的两根线，它们之间的电压一般为 8～40V，最大电流为 1.5A，供应物理层电源。为提供电隔离，常使用变压器或电容耦合。变压器耦合提供 500V 电压，成本低；电容耦合提供 60V 电位差隔离。

当然，并不是所有的情况都要传送电源。以 Sony 公司为代表推出的数字摄/录一体机中就采用第二种接口设计，所使用的电缆比第一种更细。接口为 4 芯，即只有双绞线，不含有电源。4 针接口由于省去了 2 根电源线，因此只剩 4 根信号线。

在应用方面，一般来讲，受配置接口的空间等因素的限制，6 针的接口主要用于普通的台式电脑。时下很多主板都整合了这种接口，特别是 Apple 电脑，全部采用这种接口；在笔记本电脑和一体机等电脑中则大多采用 4 针的接口。

另外，在数码摄像机等产品和家电中，采用 4 针的情况也比较常见。4 针接口从外观上就显得比 6 针小很多。与 6 针的接口相比，4 针的接口没有提供电源引脚，所以无法供电，但其优势也很明显。就是小！特别是近一段时间，笔记本电脑和 DV 都在朝着小型化和超薄化方向发展，像 SONY 近期上市的 IP 系列数码摄像机，机身小巧，整合度高，在这样的机器上如果采用 6 针的接口，则显得非常笨拙。

另外，DV 的 1394 接口主要用于传输影像数据，所以也无须供电。但是如果添加外置硬盘，则 6 针的 1394 端子就非常必要了。首先，外置硬盘体积比较宽大，所以不计较接口大小。其次，外置硬盘运行时需要供电，并且需要有非常高速的传输速率，此时带供电的 6 针 1394 接口就非常必要了。在这方面，Apple 的 iPOD 就比较有代表性：一方面通过 1394 接口传输文件，另一方面也通过 FireWire 线缆进行自动充电。虽然 IEEE1394 可以通过串联线为连接设备供电，但是对于各种连接设备来说只靠连接线供电还是远远不够的。例如，像硬盘这种对于电量要求较高的设备就很难从所接入的设备中得到充足的电力供应。以 Evergreen 推出的 HotDrive 为例，该硬盘如果与 PC 连接的话，则不需要任何的外部电源供应；但是如果与笔记本电脑连接的话，就需要使用一个外接电源。

综上所述，这两种 IEEE1394 接口可谓各有千秋，所以也无法说谁比谁更好。不过，目前市面上不仅有 4 针对 4 针、6 针对 6 针的传输线缆，也有 6 针转 4 针的传输线缆。但是由于 IEEE1394 接口的传输速率很快，以致其连接线缆对屏蔽性的要求非常高，所以市面上见到的 IEEE1394 的线都不长，大概最长的是 3 米多。

1394 接口的传输通过分层协议实现，分为物理层、链路层和处理层。处理层用于实现信号的请求和响应协议，其中串行总线管理（Serial Bus Manager）负责系统结构控制。

① 链路层（Link Layer）：提供数据包传送服务，即具有异步和同步传送功能。异步传送与大多数计算机的应答式协议相似；同步传送为实时带宽保证式协议。同步传送适合处理高带宽的数据，特别是多媒体信号。同步传送对于要把 AV 产

品的信号保存到 PC 的硬盘上的消费者尤其重要。

② 物理层（Physical Layer）：提供 1394 电缆与 1394 设备间的电气及机械方面的连接。物理层除了完成实际的数据传输和接收任务之外，还提供初始设置（Initialization）和仲裁（Arbitration）服务，以确保在同一时刻只有一个节点传输数据，以使所有的设备对总线都能进行良好的存取操作。

③ 处理层（Transaction Layer）：支持异步协议写、读和锁定指令。在这里，写即是将发送者的数据送往接收者；读即是将有关数据返回到发送者；锁定即是写、读指令功能的组合。

为了保证高速数据传送所需带宽及其时延，1394 总线具有同步传送功能。

1394 总线同步资源管理有一个可利用带宽（Bandwidth Available）寄存器，对具有同步传送能力的节点规定了剩余的可利用的带宽。在总线复位或同步节点加入总线时，就需要对节点进行带宽的分配。例如，一个 DV 设备需要近 30Mbps 的带宽（视频数据率为 25Mbps；音频、时码和包开销为 3~4Mbps）。带宽以带宽分配单元来度量。在 1600Mbps（s160）速率下，一帧为 125ms，一个分配单元约 20ms，共有 6144 个单元。一帧内，100ms 用于同步传送，25ms 用于异步传送，所以在总线复位时，可利用带宽寄存器的设定值为 4915 个单元。在 100Mbps（s100）系统中，DV 设备将需要约 1800 个单元；在 200Mbps（s200）系统中，将需要 900 个单元。

1394 设备需要通过物理层的控制传送数据。对于异步传送，首先要传送发送端和接收端地址（ID），然后传送数据包；一旦接收端收到数据包，将发送一个应答信号给发送端。当同步传输时，发送端需要一个具有规定带宽的同步通道。同步通道 ID 传出后将传输数据包；接收端监视进来的通道 ID，仅接收有关 ID 的数据。用户负责确定所需同步通道的数量和带宽，最多可以使用 64 个同步通道。这里，总线首先以定时间隙（Timing Gap）形式送出帧定时指示以表明帧包的开始，紧接着是同步通道#1 和#2 所规定的时间，其余时间用做异步传输。由于同步传输通道已经建立，所以总线就能保证所需带宽，从而进行数据传送。

1394 电缆标准规定了 3 种信号速率：90.304Mbps，196.608Mbps 和 393.216Mbps（简称为 S100、S200 和 S400）。更高的速率正在发展之中。

（3）IEEE1394 接口的特点

① 多媒体应用的实时数据传输。

② 现在的数据传输率为 100 Mbps、200 Mbps、400Mbps；将来可达到 800Mbps（或 Gbps）。

③ 实时连接或断开时数据不丢失或中断。

④ 支持即插即用自动配置。

⑤ 实时应用的宽带宽。

⑥ 不同设备和应用的通用连接。

⑦ 遵循 IEEE1394 高性能串行总线标准。

3. 视频采集卡

视频采集卡将模拟摄像机、录像机、LD 视盘机、电视机等输出的视频数据或者视频音频的混合数据输入计算机，并转换成计算机可辨别的数字数据，存储在电脑中，成为可编辑处理的视频数据文件。

视频采集卡，按照其用途可分为广播级视频采集卡、专业级视频采集卡和民用级视频采集卡，它们档次的高低主要是采集图像的质量不同。广播级视频采集卡的特点是采集的图像分辨率高，视频信噪比高，缺点是视频文件所需硬盘空间大，每分钟数据量至少要消耗 200MB。所以广播级视频采集卡多用于录制电视台所制作的节目。

专业级视频采集卡的档次比广播级的性能稍微低一些，分辨率是相同的，但压缩比稍微大一些，其最小的压缩比一般在 6：1 以内，输入/输出接口为 AV 复合端子与 S 端子，适用于广告公司和多媒体公司制作节目及多媒体软件应用。民用级视频采集卡的动态分辨率一般较低，绝大多数不具有视频输出功能。

在计算机上，通过视频采集卡可以接收来自视频输入端的模拟视频信号，对该信号进行采集，量化成数字信号，然后压缩编码成数字视频。大多数视频采集卡都具备硬件压缩的功能，在采集视频信号时首先在卡上对视频信号进行压缩，然后通过 PCI 接口把压缩的视频数据传送到主机上。一般的 PC 视频采集卡采用帧内压缩的算法把数字化的视频存储成 AVI 文件，高档一些的视频采集卡还能直接把采集到的数字视频数据实时压缩成 MPEG1 格式的文件。

由于模拟视频输入端可以提供不间断的信息源，视频采集卡要采集模拟视频序列中的每帧图像，并在采集下一帧图像之前把这些数据传入 PC 系统，因此，实现实时采集的关键是每一帧所需的处理时间。如果每帧视频图像的处理时间超过相邻两帧之间的相隔时间，则会出现数据的丢失，即丢帧现象。视频采集卡都是把获取的视频序列先进行压缩处理，然后再存入硬盘的，即视频序列的获取和压缩是在一起完成的，免除了再次进行压缩处理的不便。不同档次的视频采集卡具有不同质量的采集压缩性能。

4. DV 格式视频的采集

对于 DV 格式的数字视频，一个重要优势是可以通过普通的 IEEE1394（Fire Wire）接口将其传输到普通计算机中，不存在 A/D 转换或数据格式之间的转换，就像磁盘数据复制一样，不再需要过去昂贵的视频压缩卡，同时还没有任何质量损失。在 Premiere 2.0 中，就可以直接采集、编辑、输出 DV 格式，或者生成其他格式的输出。

下面，我们先看看 DV 格式视频的采集方法。首先，DV 录像机要接通电源，并通过 IEEE1394 连线与计算机相连。

（1）进入 Premiere2.0 工作界面，选择一个 DV 预设置，如图 4-14 所示。选择“标准 32kHz”还是“标准 48kHz”，要根据 DV 磁带的记录方式进行。如果该设定不正确，则在电视上播放时，运动画面就会抖动。

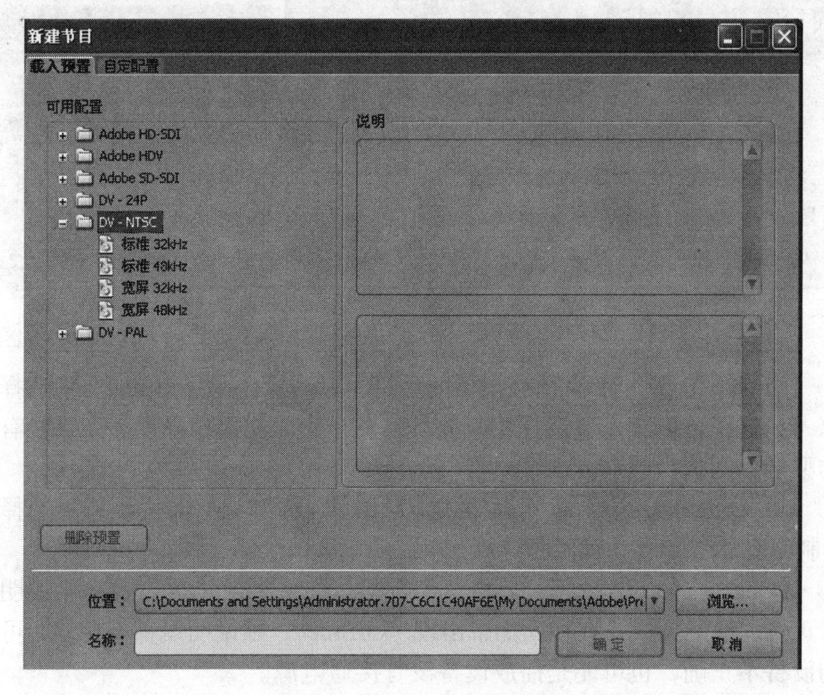

图 4-14　选择 DV 预设置

（2）选择“编辑”→“参数选择”→“设备控制”命令，进行采集、视频预演和音频预演临时设置，并在“设备”设置下拉列表中选择“DV/HDV 设备控制”，如图 4-15 所示。

（3）单击【设置】按钮，打开“设置”窗口，“Video Standard”选项选择“PAL”，“Device Brand”选项选择“Panasonic”，“Device Type”选项选择“Standard”，“Timecode Format”选项选择“Non Drop-Frame”。单击【Check Status】按钮，将出现“Online”，表明设置正确，如图 4-16 所示，单击【OK】按钮退出。

图 4-16 中各选项含义如下。

① Video Standard：设置电视制式，有 PAL 制和 NTSC 制两种选择。

② Device Brand：DV 播放设备生产厂家，包括 9 个厂家。选择了与设备相匹配的厂家，就能够使用计算机遥控采集。如果没有合适的厂家，则可以使用“Generic”通用控制选项。

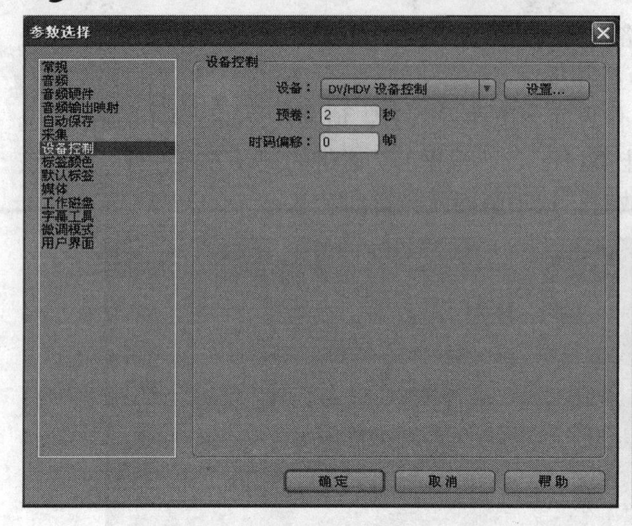

图 4-15 选择“设备控制”

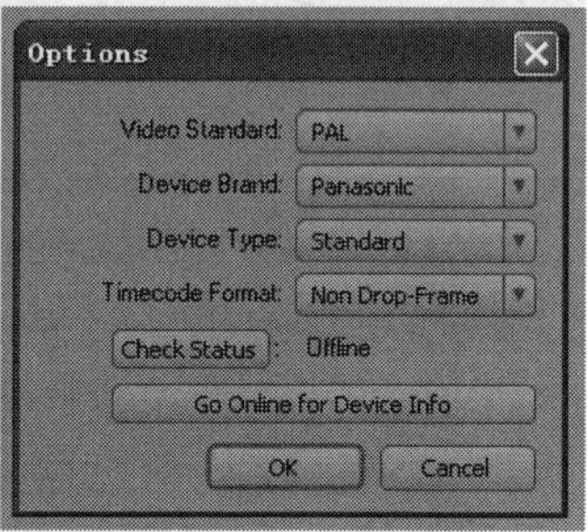

图 4-16 进行设备控制设置

③“Device Type”：DV 播放设备的型号。针对“Device Brand”中选择的不同厂家，在这里可以进一步选择相应的设备型号，以便遥控采集。如果没有找到合适的型号，则选择“Standard”也可以。

④ Timecode Format：时间码格式，对于 PAL 制只有非丢帧一种选择；而 NTSC 制则有非丢帧和丢帧两种选择。

⑤【Check Status】按钮：单击这个按钮，如果出现“Online”，则说明前面的设置正确，检测到设备在线；如果出现“Offline”，则说明设备不在线，可能是前面的设备不正确，也可能是播放设备没有接通电源。

⑥【Go Online for Device Info】按钮：单击这个按钮，可以登录 Adobe 公司的相关网页查询 DV 播放设备的一些信息。

（4）选择“文件”→“采集”命令，打开“采集”窗口，如图 4-17 所示。左下方的各个按钮和录像机上的一致，可以快进、快退到相应的位置，然后单击【播放】按钮播放。

（5）在采集过程中，采集窗口左下角会出现采集帧数和丢帧数，结束采集后按键盘上的【Esc】键，此时会出现“文件名”对话窗口，在“文件名”栏命名“test1”。单击【OK】按钮后，所采集的片段就以“test.avi”出现在“Project”窗口。

（6）在“采集”窗口中，单击“记录”选项卡，出现了可以设置采集出入点的显示界面。找到需要采集的入点，单击【设置入点】按钮；找到结束的出点，单击【设置出点】按钮，相应的时间显示出来，如图 4-18 所示。单击【Capture In/Out】按钮，就开始进行采集。

（7）采集结束后，同样会出现“文件名”窗口，可以使用默认的文件名“tests”，也可以修改名称保存。默认的文件名，是在以前一个存储名称的后面增加序列数字而成的。

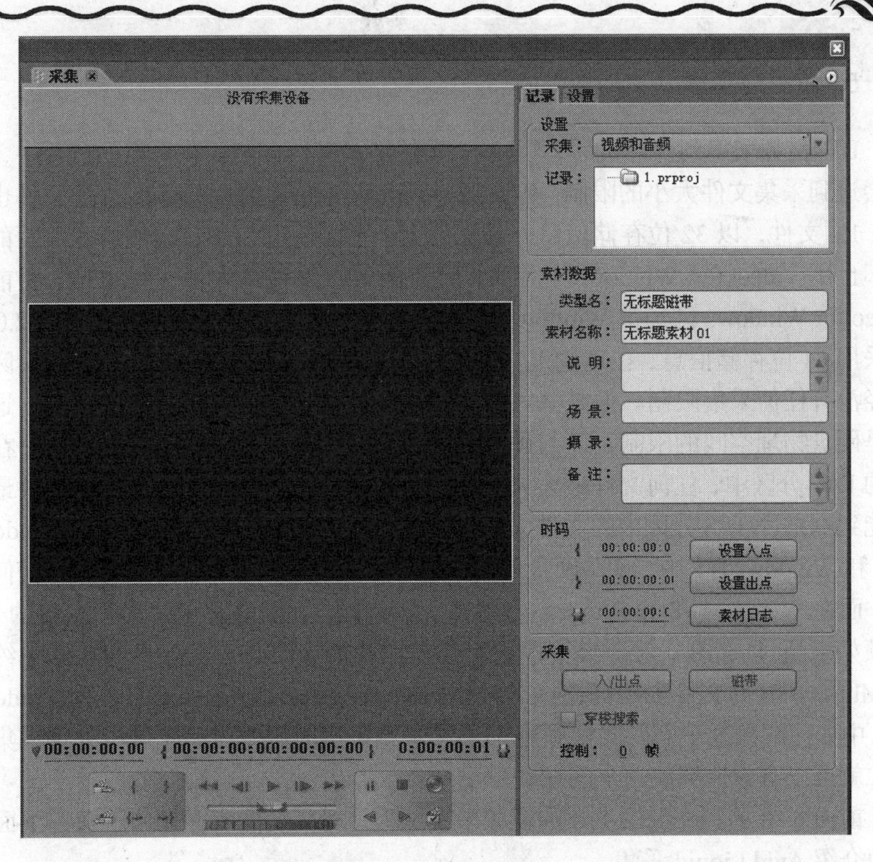

图 4-17　采集窗口

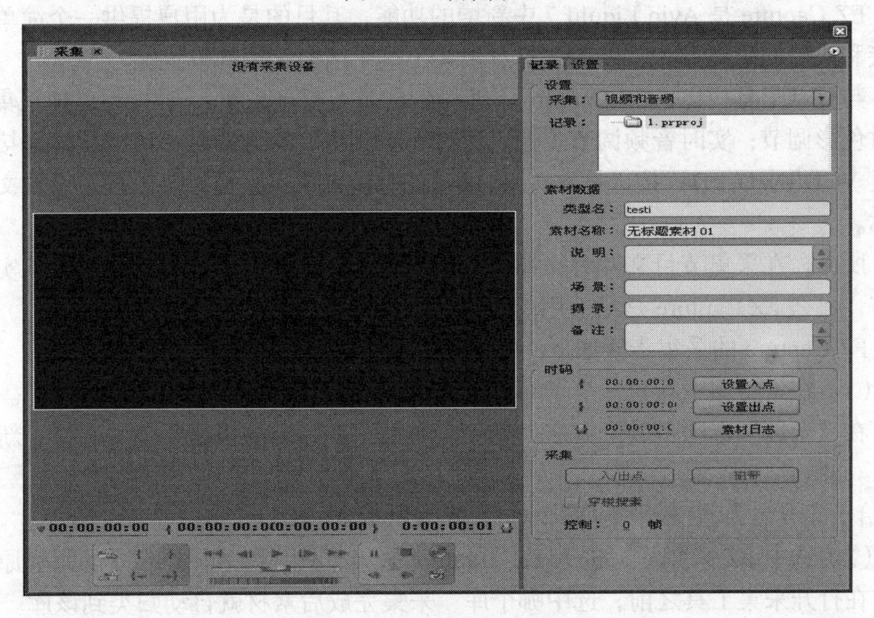

图 4-18　设置采集出入点

5. 批处理采集

DV 视频采集到计算机后，以 AVI 文件格式进行存储。在采集的过程中，可能会遇到采集文件大小的限制。基于 Video for Windows 使用的标准 AVI 文件也叫 AVI 1.0 文件，以 32 位存储信息，其文件大小不能超过 2GB；运用特殊编写的程序，也用 Video for Windows 子程序，允许的 AVI 文件最大可达到 4GB。目前，Video for Windows 已经被 Windows Direct Show 子程序替代，由此新的 AVI 2.0 格式采用 64 位存储信息，在理论上文件的最大长度可达 18 000 000 000GB，实际上已经没有任何采集限制。但是 AVI 2.0 格式的使用还受到硬盘分区的限制，这不仅是硬盘物理空间的限制，还与硬盘采用什么分区方式分区有直接的关系。在标准的 FAT 分区中，任何文件最大只有 2GB；在 FAT32 分区中，任何类型文件最大只能到 4GB；NTFS 分区中的文件大小没有限制。显然，在 Windows 2000、Windows XP 和 Windows NT 中，只要硬盘采用 NTFS 分区，采集的 DV 视频就没有任何限制。而在 Windows 98 和 Windows ME 中，因为硬盘分区的限制，所以采集的 DV 视频如果超过 4GB，就会报错停止。在前面我们介绍过，DV 总的数据率约为 3.6Mbps，4GB 的文件限制，只能采集大约 18 分钟。那么在 Windows 98 和 Windows ME 中如何解决这个问题呢？利用 DV 视频精确的时码记录，采用批处理采集方式，就可以有效地解决这个问题。

前面介绍了 Premiere Pro 的视频采集过程，对其功能有了初步了解，下面简单地介绍 Avid Liquid 采集。

EZ Capture 是 Avid Liquid 7 中新增的功能，其目的是为用户提供一个简单、直接和快捷的采集方式，以免去打点采集工具中诸多无用的设置。

与打点工具相比，EZ Capture 不能做到的是：打点采集；音/视频单独采集；实时色彩调节；实时音频调节。但它比打点工具更好的地方是：可以从任何接口采集 VCD/DVD（DV 接口是软压）；可以任意设置采集路径；可以任意设置文件名称。

所以，在采集节目文件时，如果不需要打点，也不需要进行色彩或音频实时调节，那么 EZ Capture 是最适用的工具。

EZ Capture 的采集步骤如下。

（1）在素材库中新建一个子库，并为子库取一个名字，如“EZ 采集库”。首先，在“全部”选项卡的下方空白处单击右键，在弹出的快捷菜单中选择“新建库”，如图 4-19 所示。

给子库取名为“EZ 采集库”，如图 4-20 所示。

（2）选中 EZ 采集库，进入 EZ Capture 采集工具。注意，Liquid 的归类原则是，在打开采集工具之前，选中哪个库，采集完成后素材就自动归类到该库。

选择 Liquid 菜单“文件”→“EZ Capture”，如图 4-21 所示。

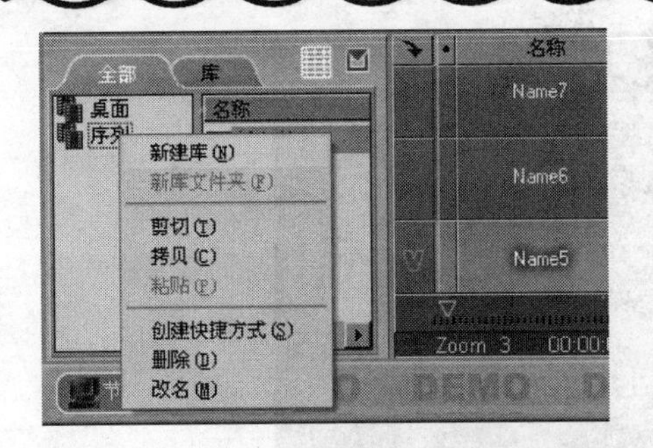

图 4-19　新建库

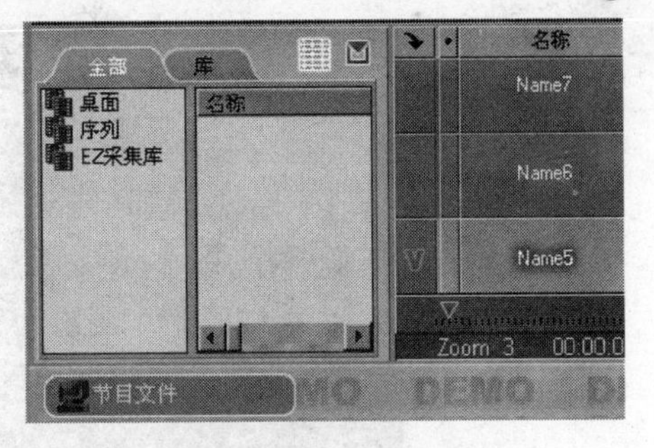

图 4-20　新建 EZ 采集库窗口

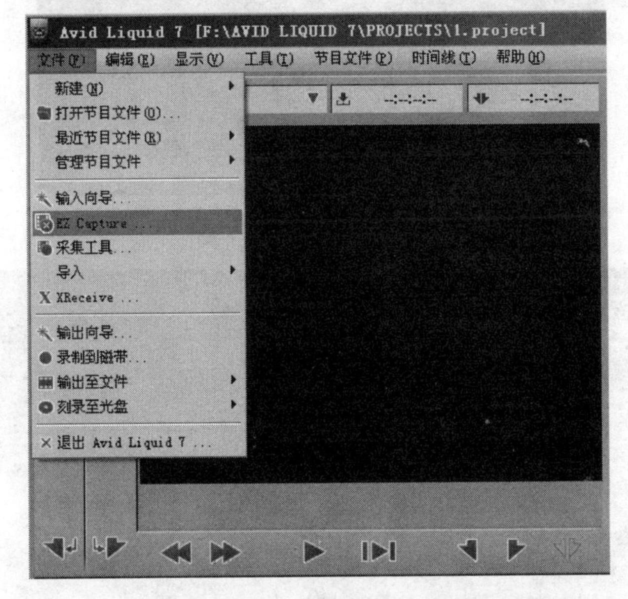

图 4-21　进入 EZ Capture 窗口

（3）图 4-22 所示就是 EZ Capture 的界面。其界面很简单，一目了然。

（4）下面点开设置来看一下。

首先是播放器设置，其实就是选择输入接口。这里是用 DV 接口采集的，所以选择“Sony DV Device”，如图 4-23 所示。如果是用模拟，则选择“Pinnacle Systems MovieBox Deluxe Device”，那么就可以选择 CVBS/S 视频接口（CVBS 在 Liquid 中表示复合接口，以后不再说明）。

然后切换到编码解码器设置，即选择采集格式。如图 4-24 所示，它可以支持实时采集 DV AVI、DVD、VCD 及 SVCD 格式的文件。另外，如果选择自定义，则可以调节数据码流或音频采样率，一般选择 Liquid 预设值就可以了。如果直接刻录光盘，则可选择 VCD、SVCD、DVD，这样 EZ Capture 就相当于一个 MPEG 实时采集软件了。这里，我们要对素材进行再编辑，所以选择 Full Dv quality［DV］。

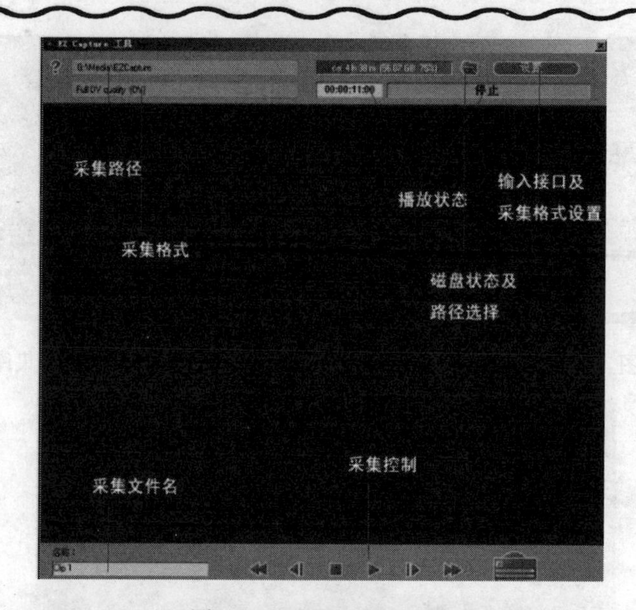

图 4-22　EZ Capture 界面

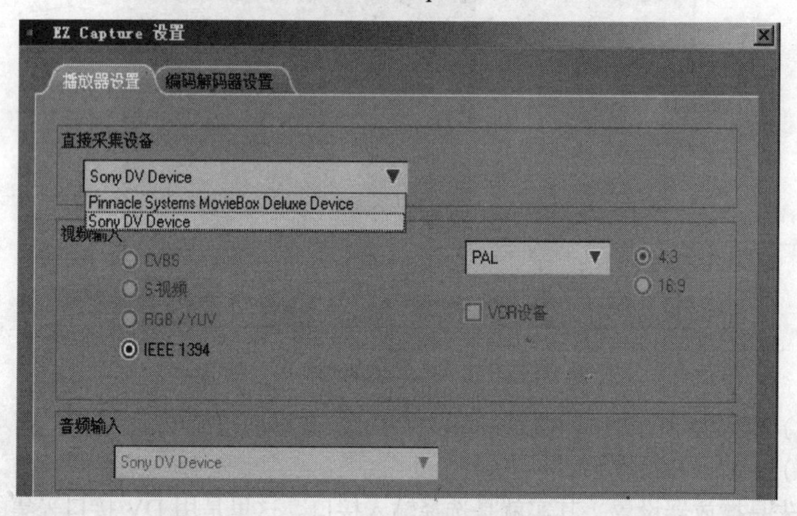

图 4-23　EZ Capture 播放器设置

（5）选择好采集路径，并设置好文件名称后，单击“播放”按钮，可以预览到磁带上的画面，如图 4-25 所示。如果采用的是模拟接口，则直接按摄像机上的【Play】键。

（6）单击开始直接采集工具，进行画面采集，如图 4-26 所示。

（7）这时，采集工具呈现红色，再次单击它，就会停止采集。

（8）采集完成后，关闭 EZ Capture 采集工具，回到 Liquid 主界面，查看 EZ 采集库，已经有采集到的素材了。双击该素材，在素材预览窗口中预览一下。

（9）查看磁盘上的采集文件目录，可以看到采集的文件名。

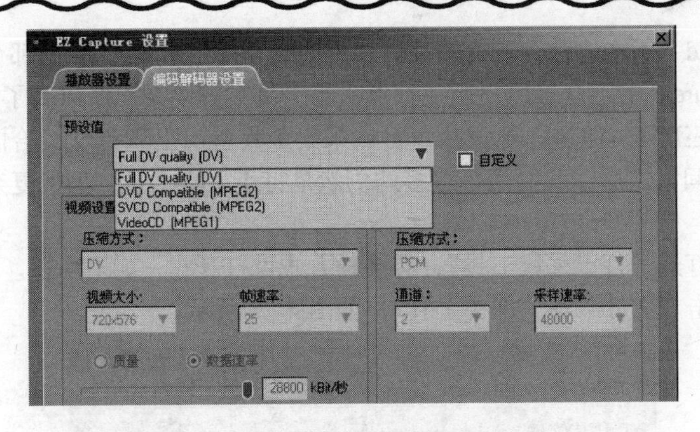

图 4-24　EZ Capture 编码解码器设置

图 4-25　画面预览

图 4-26　画面采集

在 Liquid 7 版本之前，采集的唯一工具就是“打点采集工具”，那个时候还没有 EZ Capture，由于众多用户反映打点采集工具太过复杂，所以有了今天的 EZ Capture 采集工具。但这并不意味着打点采集工具就退出舞台了，恰恰相反，在 EZ Capture 问世之后，我们用得最多的仍然是打点采集工具，虽然复杂，但其功能的确强大。

首先，打开“打点采集工具”，有多种方式可打开它，如下所述。

（1）单击“文件”→“采集工具”，如图 4-27 所示。

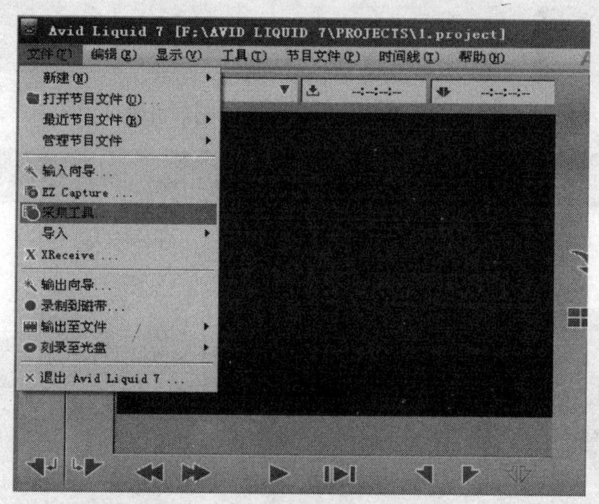

图 4-27　通过文件菜单打开

（2）通过工具栏，如图 4-28 所示。

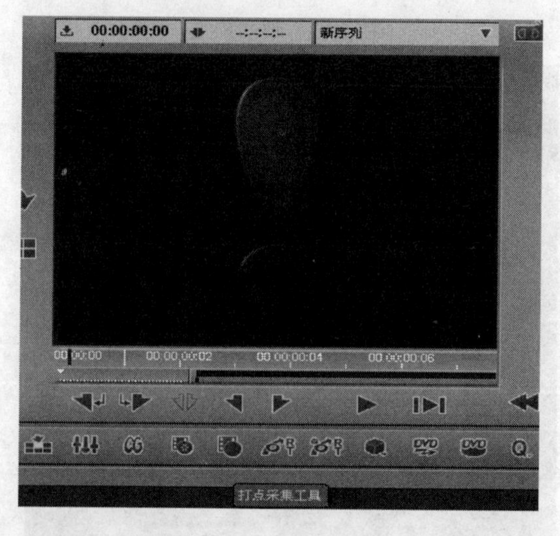

图 4-28　通过工具栏打开

（3）通过快捷键【F6】，如图 4-29 所示。

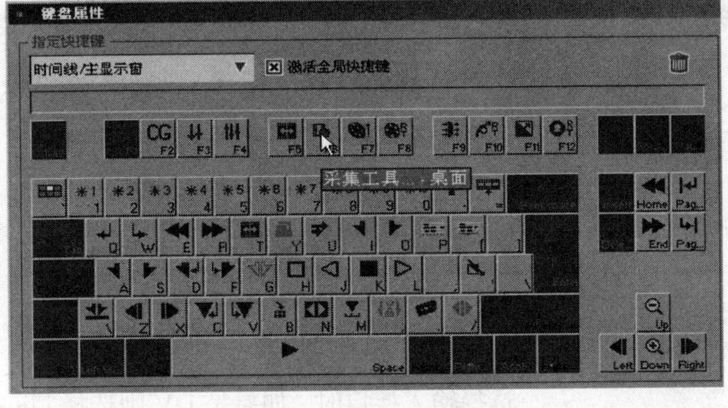

图 4-29　通过快捷键打开

无论使用上述哪种方式打开，打开之后都会进入到如图 4-30 所示的界面。

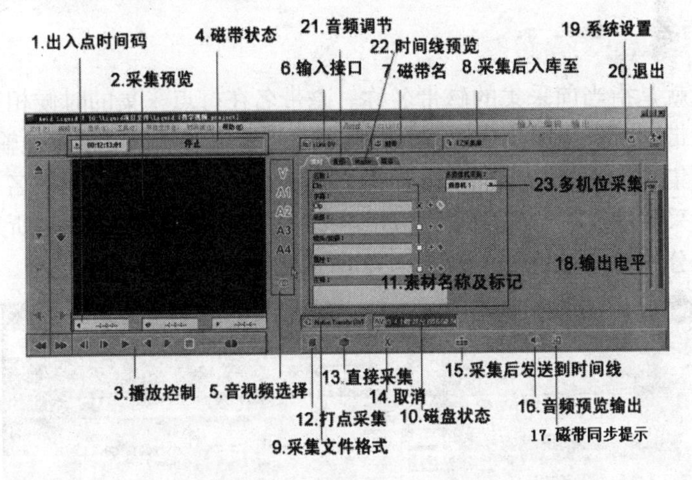

图 4-30　打点采集工具窗口

下面，我们按图 4-30 上的编号顺序讲解其工具的作用。

1. 出入点时间码

只会在打点采集的时候用到。

2. 采集预览

播放/采集的时候预览画面的地方。

3. 播放控制

通过 1394 或 com 口控制摄像机，实现在软件中控制放像机的播放、暂停、快进、快退、入点、出点等功能。

4. 磁带状态

显示当前的磁码，以及当前放像机的状态。

5. 音/视频选择

黄色的表示选中需要采集的，灰色的表示忽略不采集。这里，我们可以设置只采集声音或者视频，或者采集其中的某一个声道。

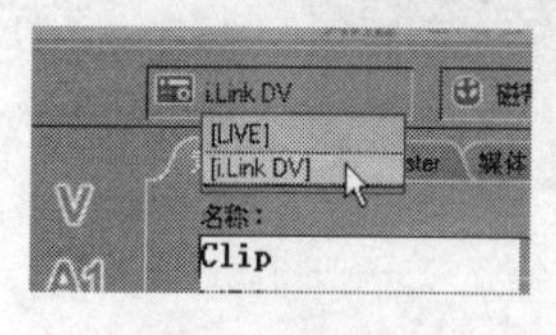

图 4-31 输入接口窗口

6. 输入接口（如图 4-31 所示）

选择输入接口时，如果是 DV 则选择 i.link DV；如果是复合或 S 端口，则选择 LIVE；如果是 Betacam，则这里还会多出一项机器的名字。

7. 磁带名

磁带名就是指当前采集的磁带名称。磁带名在打点采集的时候相当重要，尤其是多个磁带同时打点采集的时候。即使不是打点采集，也要慎重地输入磁带名，因为打点采集工具不像 EZ Capture 那样会自定义采集文件夹和文件名。如果要在磁盘上找到采集的文件，只能依靠磁带名。使用打点采集工具后，所采集的文件在磁盘中的分布（注意目录）如图 4-32 所示。

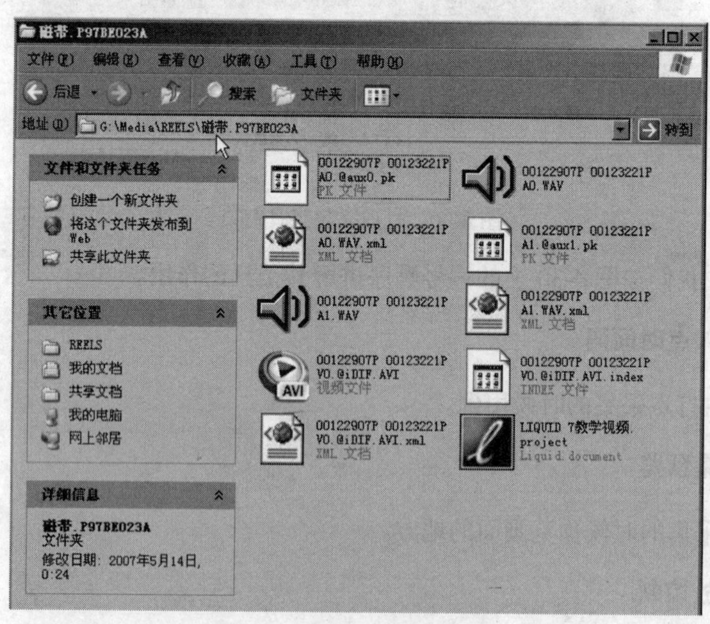

图 4-32 打点采集的文件窗口

打点采集工具的命名完全是不规则的，识别它们的唯一方法就是寻找所设置

的磁带名。软件会在采集目录内创建一个以磁带名命名的文件夹，来存放该磁带中的采集文件。

8. 采集后入库至

指采集完成后，素材归类到 Liquid 素材库中的哪一个子库。

9. 采集文件格式

选择采集格式的地方。用 DV 采集的话，打点采集工具就只有一项可选，那就是 native AVI，即 Pinnacle DV AVI 文件。如果用模拟采集的话，则根据使用的硬件，格式会多一些。另外，如果是 HDV 的磁带，也会只有一项，那就是 native m2v，即原始 HDV 流。

10. 磁盘状态

显示当前采集目录所在的分区状态。可以清楚地看到它还有多大空间，还可以采集多少时间的视频文件，如图 4-33 所示。在这里，可以设置自己的采集目录。

（1）单独视频和音频卷：选中后可以将视频和音频采集在不同的目录里。这个似乎用不着。

（2）显示媒体选项卡上的素材名：是否在节目文件的 Media 库中显示该素材的名称。

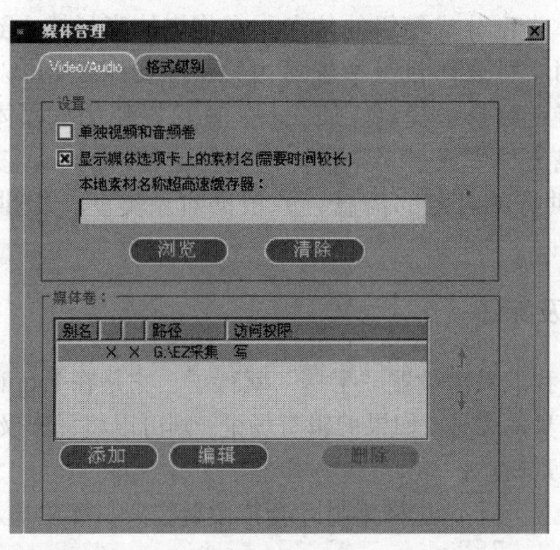

图 4-33　“媒体管理-Video/Audio”对话框

（3）媒体卷：采集路径。可以添加多个采集路径。两个 × × 表示可以单击右键可以对它们进行设置，前一个 × 表示将该目录设置为默认采集目录，后一个 × 表示将该目录设置为默认导入目录。需要注意的是，媒体管理是所有项目共用的，删除目录一定要慎重，否则将使某些项目中有的素材出现感叹号，因为它们找不到路径了。

（4）“格式级别”选项卡：如果有不同文件格式的相同素材（视频或音频），则需要此列表，如图 4-34 所示。

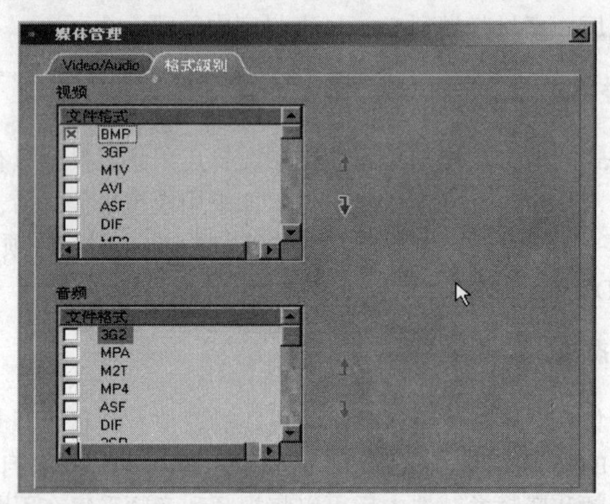

图 4-34 “格式级别”选项卡

在 Avid Liquid 早期的版本中，可以规定一个喜欢的播放格式，但是只能指定一个。现在，可以指定的格式种类增多了，其结果是“媒体管理”需要有关如何将不同媒体类型分成等级的信息。在将媒体素材输入到节目文件中时，可以在相关的节目文件媒体目录中创建相关媒体文件，也可以按说明绕过输入操作。如果已在特定目录中找到媒体文件，则可以使用从媒体文件创建素材功能，在节目中为该文件生成一个素材。但是在这种情况下，该媒体文件并未对对象属性窗口提供有关对象的信息，并根据对象类型，提供有关功能的少量信息。

11. 素材名称及标记

一般情况下，我们只需设置“字幕”就行了，它是在 Liquid 中显示的名称，而并非采集文件本身的名称。如果剪辑有场记，则可以将场影及镜头等信息附上，以方便查找和管理素材。

一定要记得把 X 点上，这样素材才会依设置在素材库中显示。

12. 打点采集

13. 直接采集

其实就是单击后就开始采集。

14. 取消

就是放弃采集的东西。

15. 采集后发送到时间线

选中后变成黄色，表示采集的素材直接发送到时间线上。一般不选中。

16. 音频预览输出

选择要监听的音频通道，或者将所有通道静音。

17. 磁带同步提示

激活后，会让你对磁带进行确认。这在多磁带时有用，一般不选中。

18. 输出电平

采集时的声音大小。如果明显爆音或者声音过小，则可以在“音频”选项卡中调节。

19. 系统设置

20. 退出

退出采集界面，回到编辑界面。

21. 音频调节

对各通道的音频进行监看，并对素材回放时的音量进行调节，如图 4-35 所示。

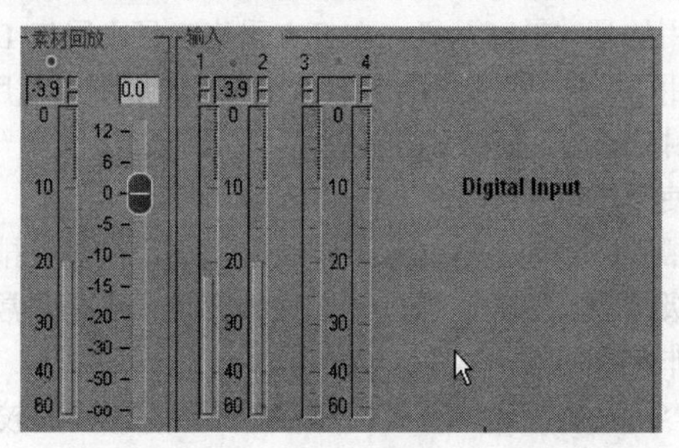

图 4-35　素材回放的音量调节窗口

22. 时间线预览（Master）

Liquid 允许在采集的同时进行其他的编辑工作，此时原来的编辑预览窗口被遮住了，所以提供了这个小窗口来进行时间线素材的预览，拖动时间线就可以看到了。

23. 多机位采集

24. 媒体

在Master的旁边有一个“媒体”标签，有时候可能会用到，如高采低编的时候。“媒体”标签可以指定该素材的质量等级（如图4-36所示），但并非素材本身的质量。关于Liquid的“质量等级”的概念如下所述。

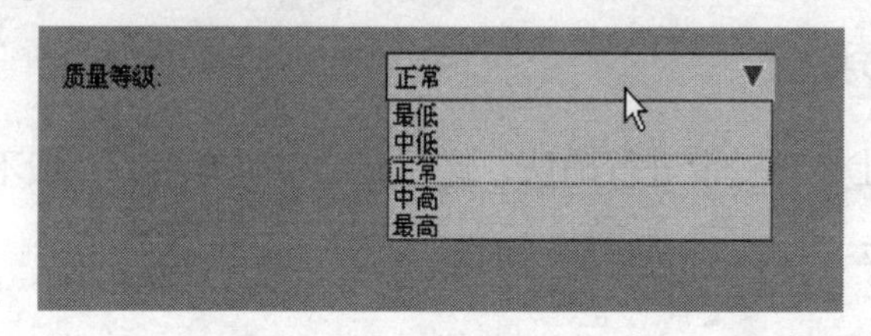

图4-36 质量等级选择窗口

除非有特别的理由，否则不要改变设定为“正常”的质量等级，不管在什么地方。在直接采集时，质量等级不会影响视频的图像质量。“质量”是一个主观的而不是一个精确的变量。Avid Liquid 提供了五级（等级）的标度，用于区分在Avid Liquid 中使用的材料，其中“最低”表示质量最差，而“最高”表示质量最好。我们可以在“打点采集工具”、素材“属性”和“时间线”属性中找到这些质量等级。质量等级可以指定给任何媒体格式（编码解码器），不论HD还是SD。但是请注意，质量等级最终还是完全取决于自己。预置质量等级并非永久性地与任何媒体格式相连接。

此外，即使使用的是“最高”级，在打点采集工具中采集DV磁带时，其收看效果也不会比使用“最低”级采集的收看效果好。如果不想使用不同材料的“质量等级”，则最好保持默认值不变（正常情况）。

那么，为什么使用质量等级呢？

质量等级可以帮助区分同一素材的不同版本。一个个等级排列的结果，形成一个媒体文件的分级结构。例如，当进行离线编辑时，这是非常有用的。或者在下列情况下，也是非常有用的。

（1）存储媒体容量发生问题。首先选择一种需要存储空间较少的格式。

（2）网络中带宽短缺。数据速率低的格式需要的带宽少。

典型的离线－在线工作流程所涉及的质量等级如下所述。

（1）选择质量等级（打点采集工具）。

（2）利用数据速率较低的格式采集材料（如DV（AVI））。例如，给每个素材分配“中低级”的属性。

（3）在时间线上编辑“序列”。

（4）利用“未压缩”（批量采集模块）、以主格式对“序列”进行批量采集。例如，将此格式称做“最高级”（基本上没有什么差别），媒体文件保持“中低级”。

（5）进入时间线属性-（最低级）媒体质量。在“时间线属性”中，将“序列”变成主兼容格式。在播放材料时，系统现在存取的是未压缩媒体文件。

（6）输出到磁带、磁盘媒体等。

我们对 DV 格式视频的采集、批处理采集等做了基本的介绍，其实还有多种采集方法，大家在以后的学习和工作中会遇到。

注意：数字接口采集与模拟接口采集相比，操作过程基本是一样的，只有以下几个不同。

（1）数字采集能控制摄像机，如播放、快进、出带等，而模拟采集不可以。

（2）它们需要选择不同的输入端口。

（3）数字接口可以采集的文件格式比模拟的少。

4.2.2　音频信号的采集

学习目标

- 能够设置音频信号的采样频率。
- 掌握音频信号属性的调整方法。

相关知识

1. 音频基础知识

从本质上讲，声音是一种连续的波，称为声波。要把声音信号存储到计算机中，必须把连续变化的波形信号（称为模拟信号）转换成为数字信号，因为计算机中只能存储数字信号。把模拟信号转换为数字信号，一般由对声音信号的采样和转换两步来完成。所谓采样，就是采集声音模拟信号的样本；然后再转换成数字信号。计算机对声音信号采样能力的大小也用两个参数来衡量：采样频率和声音样本的位数（bit）。理解这两个参数十分重要，因为它们是声卡的主要指标。它们不仅影响声音的播放质量，还与存储声音信号所需要的存储空间有直接的关系。

采样频率是指计算机每秒钟采集多少个声音样本，是描述声音文件的音质、音调，衡量声卡、声音文件的质量标准。采样频率越高，即采样的间隔时间越短，在单位时间内计算机得到的声音样本数据就越多，对声音波形的表示也越精确。采样频率与声音频率之间有一定的关系，根据奎斯特理论，只有采样频率高于声音信号最高频率的两倍时，才能把数字信号表示的声音还原成为原来的声音。也就是说，采样频率是衡量声卡采集、记录和还原声音文件的质量标准。

当前声卡常用的采样频率一般为11kHz(每秒采集声音样本11千次)、22kHz、44.1kHz和48kHz。11kHz的采样频率获得的声音称为电话音质，基本上能分辨出通话人的声音；22kHz的称为广播音质；44.1kHz的称为CD音质。采样频率越高，获得的声音文件质量越好，占用磁（光）盘的空间也就越大。一首CD音质的歌曲会占去40M左右的空间。

声音样本的位数（bit），也称为采样值的编码位数，表示计算机度量声音波形幅度（音量）的精度，即通常所说的声卡的位数。声音样本的位数越多，度量的单位越小，计算机对声音波形描述的精度越高，声音的质量越高。

采样到计算机内的声音信号经过模数转换生成数字信号后就可以保存在计算机的存储介质中，这样的文件一般称为波形声音文件（简称声音文件）。在Windows中，声音文件的扩展名一般是.wav。.wav文件的制作和播放过程与普通录音机录放声音磁带的过程很相似。.wav文件的最大缺点是要占用相当大的存储空间，例如，采样频率为44.1kHz、16位样本的单道声音每分钟需要的存储空间为5.28MB，而如果是双声道立体声则存储空间还要增加一倍。MIDI文件需要的存储空间则很小。

2. 音频文件的格式

音频文件的格式见表4.2。

表4.2 音频文件的格式

音频格式	扩展名	相关公司或组织	主要优点	主要缺点	适用领域
WAV	wav	Microsoft	可通过增加驱动程序而支持各种各样的编码技术	不适于传播和用作聆听。支持的编码技术大部分只能在Windows平台下使用	音频原始素材保存
MP3（MPEG音频）	mp3（包括mp2、mp1、mpa等）	Fraunhofer-IIS	在低至128kbps的比特率下提供接近CD音质的音频质量。广泛的支持	出现得比较早，因此音质不是很好	一般聆听和高保真聆听
MP3 PRO	mp3	Fraunhofer-IIS CodingTechnologies Thomson Multimedia	在低至64kbps的比特率下提供接近CD音质的音频质量	专利费用较高，支持的软件和硬件不多	一般聆听和高保真聆听

续表

音频格式	扩展名	相关公司或组织	主要优点	主要缺点	适用领域
Windows Media	wma, asf	Microsoft	功能齐全，使用方便。同时支持无失真、有失真、语音压缩方式	失真压缩方式下音质不高。必须在Windows平台下才能使用	音频档案级别保存，一般聆听，网络音频流传输
MIDI	MID MIDI RMI XMI 等	MIDI Association	音频数据为乐器的演奏控制，通常不带有音频采样	没有波表硬件或软件配合时播放效果不佳	与电子乐器的数据交互，乐曲创作等
Ogg Vorbis	OGG	Xiph Foundation	在低至 64kbps 的比特率下提供接近CD音质的音频质量。开放源代码，不需要支付使用许可费用。跨平台	发展较慢。推广力度不足	一般聆听和高保真聆听
VQF	vqf tvq	NTT Human Interface Laboratories	在低至 96kbps 的比特率下提供接近CD音质的音频质量	相关软件太少	一般聆听
MOD（Module）	mod s3m it xm mtm ult 669 等	Amiga 和 mod 社区	音频数据由乐器采样和乐谱、演奏控制信息组成	具体的文件格式太多，影响推广和使用	一般聆听
Monkey's Audio	ape	Matthew T. Ashland	无失真压缩。部分开放代码	个人作品，使用上存在一定风险	高保真聆听和音频档案级别保存
aiff	aiff	Apple	可通过增加驱动程序而支持各种各样的编码技术	一般限于苹果电脑平台使用	苹果电脑平台下音频原始素材保存
au	au	Sun	UNIX和Java平台下的标准文件格式	支持的压缩技术太少且音频数据格式受文件格式本身局限	UNIX 和 Java 平台下音频原始素材保存

以上是音频文件格式列表，现在来介绍几种常用的音频文件。

（1）WAV

WAV 是 Microsoft Windows 本身提供的音频格式。由于 Windows 的影响力，所以这个格式已经成为了事实上的通用音频格式。通常使用 WAV 格式来保存一些没有压缩的音频，但实际上，WAV 格式的设计是非常灵活（非常复杂）的，该

格式本身与任何媒体数据都不冲突，换句话说，只要有软件支持，甚至可以在 WAV 格式里面存放图像。之所以能这样，是因为 WAV 文件里面存放的每一块数据都有自己独立的标识，通过这些标识可以告诉用户究竟这是什么数据。在 Windows 平台上通过 ACM（Audio Compression Manager）结构及相应的驱动程序（通常称为 Codec，编码解码器），可以在 WAV 文件中存放超过 20 种的压缩格式，如 ADPCM、GSM、CCITT G.711、G.723 等，当然也包括 MP3 格式。

虽然 WAV 文件可以存放压缩音频甚至 MP3，但由于它本身的结构，所以注定了其用途是存放音频数据并用做进一步的处理，而不是像 MP3 那样用于聆听。目前，所有的音频播放软件和编辑软件都支持这一格式，并将该格式作为默认文件保存格式之一。

（2）WMA

WMA 的全称是 Windows Media Audio，是微软力推的一种音频格式。WMA 格式是以减少数据流量但保持音质的方法来达到更高的压缩率的，其压缩率一般可以达到 1：18。Windows Media 专有的串流音频格式，通常用来下载与播放文件或串流传递内容，生成的文件大小只有相应 MP3 文件的一半。

（3）MP3

MP3 是 Fraunhofer-IIS 研究所的研究成果，是第一个实用的有损音频压缩编码。在 MP3 出现之前，一般的音频编码即使以有损方式进行压缩而能达到 4：1 的压缩比例已经非常不错了。但是，MP3 可以实现 12：1 的压缩比例，这使得 MP3 迅速地流行起来。MP3 之所以能够达到如此高的压缩比例同时又能保持相当不错的音质，是利用了知觉音频编码技术，即利用了人耳的特性，削减音乐中人耳听不到的成分，同时尝试尽可能地维持原来的声音质量。

衡量 MP3 文件的压缩比例通常用比特率来表示。这个术语的英文是 bps（bit per second），即每 1 秒钟的音频可以用多少个二进制比特来表示。通常，比特率越高，压缩文件就越大，但音乐中获得保留的成分就越多，音质就越好。由于比特率与文件大小、音质的关系，所以后来又出现了 vbr（variant bitrate ，可变比特率）方式编码的 MP3。这种编码方式的特点是可以根据编码的内容动态地选择合适的比特率，因此编码的结果是，在保证了音质的同时又照顾了文件的大小，大受欢迎。

3. 麦克风的使用

音频制作和处理首先从录音开始，声音产生后经历的第一个环节就是麦克风，通过麦克风进行拾音，完成声电转换，成为电信号存储到计算机里。麦克风的使用在计算机音频处理过程中对声音的质量影响最大，也最容易被人忽略。

（1）正确使用麦克风

在不具备专业麦克风时，录音时主要考虑的技术因素就是麦克风所放的位

置，这是业余录音过程中最容易忽视的。麦克风放得离声源越远，录音中就会出现越多的房间氛围、反射和回声等。而且，随着麦克风与声源距离的增大，麦克风输出的信号强度会快速地下降。如果可能，应避免用手拿着麦克风录音，尽量用麦克风座，或者用吊架把麦克风从天花板上悬挂下来。任何对麦克风、电缆或麦克风座的摩擦都会产生能被录制到的噪声。在录制语音或歌唱时，某些辅音的发音会产生称为"嘶嘶"的高频哨音，当麦克风被直接放在说话者或歌唱者的前面时，这种声音会被加强，从而制造出一种非常不自然和令人讨厌的效果。把麦克风放在嘴的上面、下面或一侧，可以减少嘶声。只要麦克风仍然直指向艺术家的嘴，就不会损失频率响应。这种放置技术在减少爆破音——b 和 p 等辅音时的砰声方面也很有用。爆破音在声音中产生难听的"砰"声的现象叫做"喷麦"。

（2）减少外来噪声干扰

录音时需要注意的另一个重要问题就是，避免噪声。在家中用麦克风录音也不是不可能的，但要尽可能地避免拾取常见的家庭噪声制造者，如冰箱、空调机、电风扇、洗衣机、汽车电动机、荧光灯的嗡嗡声、加热器和通过敞开的窗户进来的声音等。在计算机附近录音，可能会导致计算机冷却风扇的噪声和磁盘存取的"咔嚓"声进入现场麦克风中。可以购买按最小噪声散射而设计的计算机。但是，用很普通的常识就可以减少与在计算机附近录音相关的大多数噪声问题，即使用屏蔽电缆来连接麦克风，并让麦克风电缆远离显示器和计算机风扇。

电磁干扰（EMI）也是电子设备工作时会遇到的一个常见问题。电磁波，如电源和显示器中发出的无线电波，会进入附近的电缆中，对有用信号产生干扰。这在音频信号中很明显，表现为"嗡嗡"声、静电声和其他类型的音频失真。为最大限度地避免电磁干扰带来的影响，请考虑以下的原则。

① 在所有的连接中使用尽可能短的电缆，让信号电缆远离电源线和直流变压器，以避免拾取干扰。

② 为计算机声卡尝试不同的插槽位置，尽可能使声卡远离电源。

③ 远离任何内部有大电机的东西，如冰箱、空调机、复印机等，把录音设备和这些设备连在同一根交流线上会导致干扰的发生。

④ 不要在录音室使用荧光照明，因为荧光灯会产生大量的电磁干扰，很容易被录音设备所拾取。

完全满足上述避免干扰的条件在普通环境下很难做到，但这种努力的结果将是更为干净、没有"嗡嗡"声的录音。

（3）处理"喷麦"的问题

① 把麦克风的音量调小，尽量放在脸侧，不要让口中的气流直扑麦克风头。

② 可以用丝绸蒙在麦克风头上，以缓冲气流。

4. 音频的录制

（1）使用 Windows 自带的录音机录制音频

① 单击“开始”→“程序”→“附件”→“娱乐”→“录音机”，打开录音机软件，如图 4-37 所示。

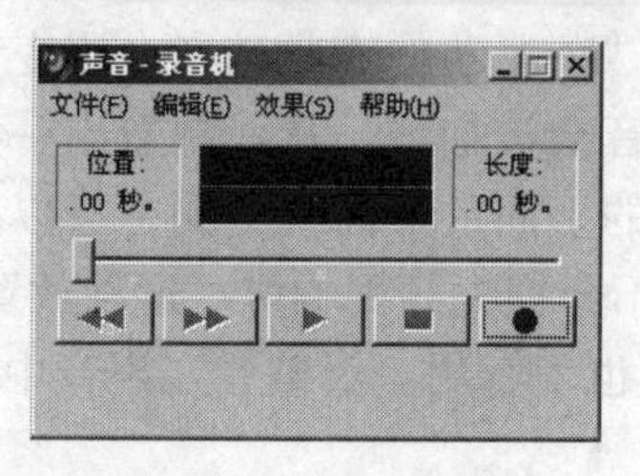

图 4-37 录音机软件

② 单击 ● 按钮，开始音频的录制。

③ 录制完成后，单击 ■ 按钮，结束录制。

④ 单击“文件”→“另存为”，将录制的音频保存，其默认格式为 WAV。

（2）使用 Windows Media 编码器录制音频

① 打开 Windows Media 编码器，如图 4-38 所示。

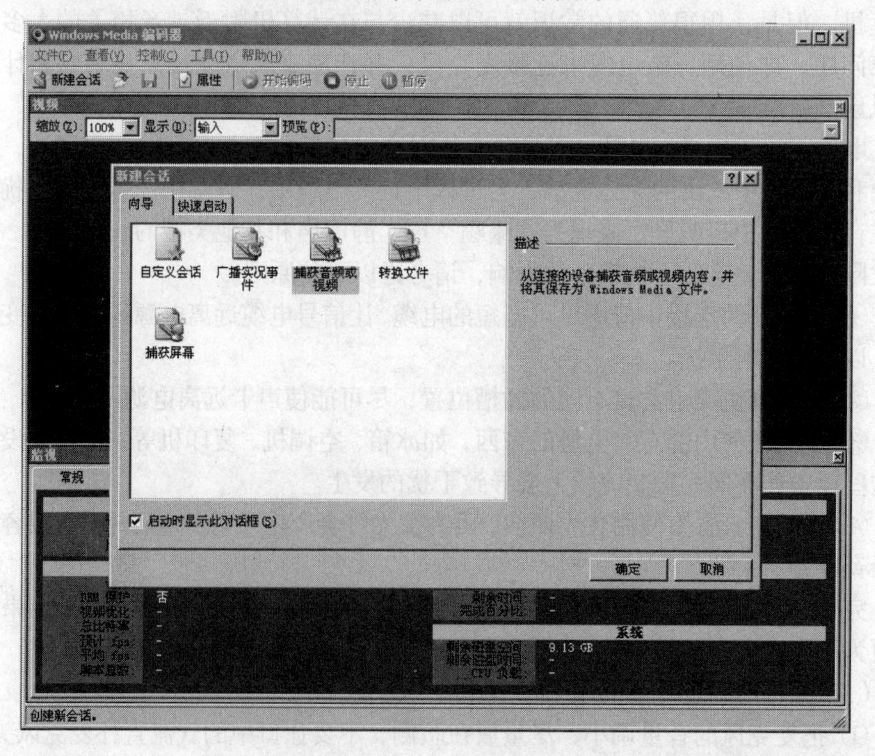

图 4-38 Windows Media 编码器

② 在新建会话向导窗口中，选择“捕获音频或视频”，打开选择设备窗口，如图 4-39 所示。

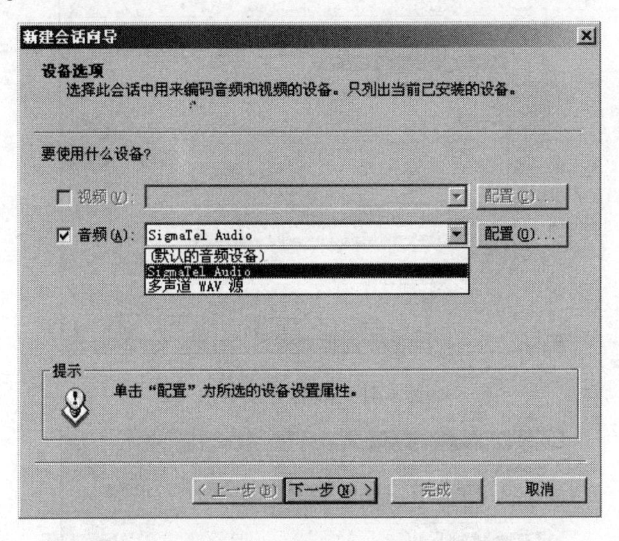

图 4-39　选择设备窗口

③ 选择文件存放的位置和名称，如图 4-40 所示。

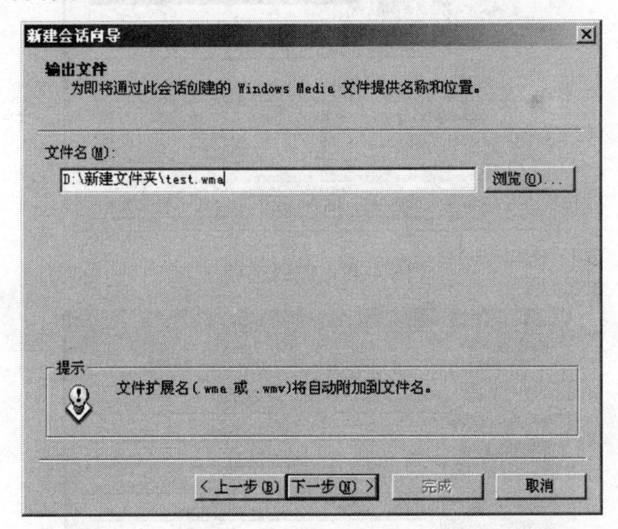

图 4-40　文件存放的位置和名称

④ 选择内容分发方法，如图 4-41 所示。
⑤ 编码选项，如图 4-42 所示。
⑥ 显示信息，如图 4-43 所示。
⑦ 检查刚才的设置，如图 4-44 所示。

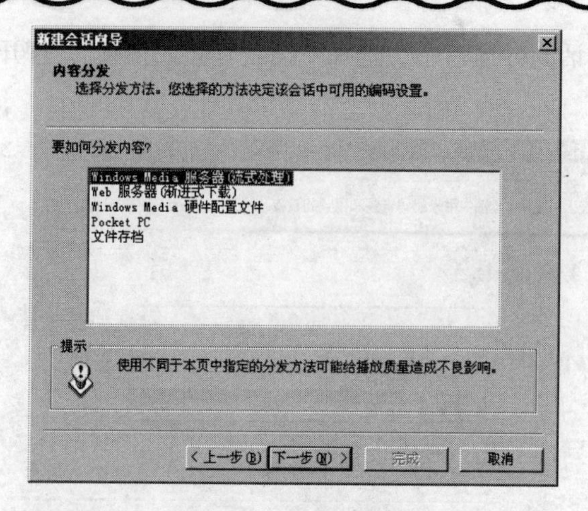

图 4-41　内容分发方法

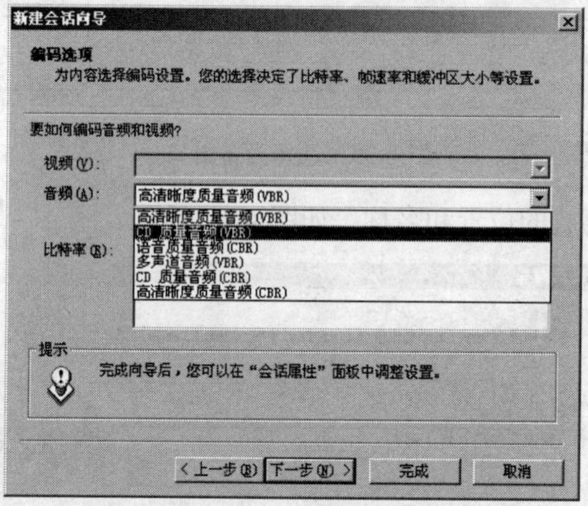

图 4-42　编码选项

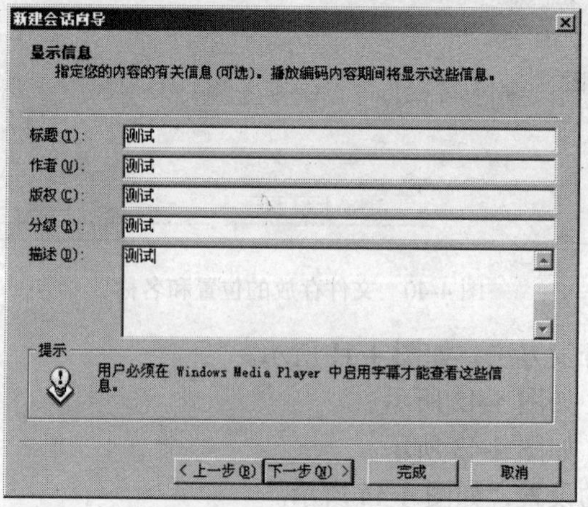

图 4-43　显示信息

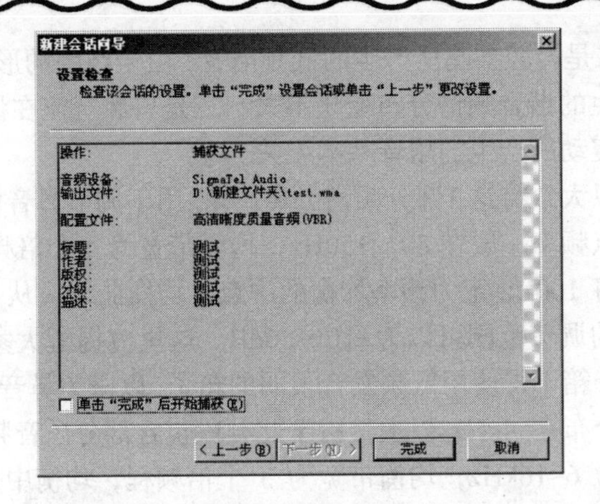

图 4-44　检查设置

⑧ 设置完成后，单击“开始编码”按钮，进行音频的录制。录制完成后，单击“停止”按钮结束，同时显示编码结果，如图 4-45 所示。

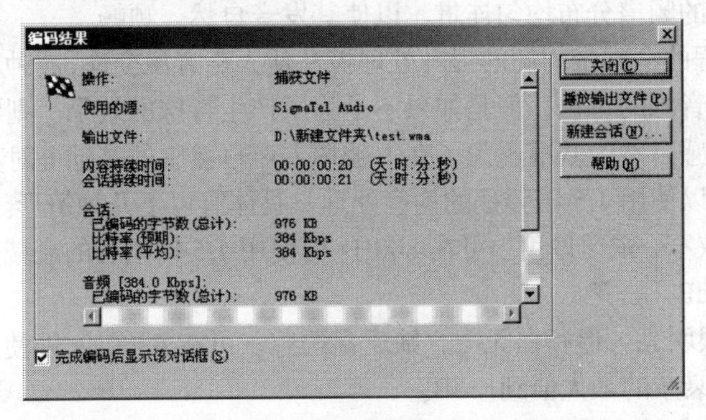

图 4-45　编码结果

数字接口采集不能实时调节各声道的音量，而模拟接口可以。

5. 音频的调整

对人声常用的音频处理一般包括以下几个方面（注意顺序，很重要）。

（1）EQ

EQ，即均衡。因为话筒的拾音频响曲线差异及歌手嗓音特征差异，所以一般需要对录出的人声实际效果作适当处理。例如，有的歌手声音太尖，有的听起来很闷，有的鼻音很重，有的唇齿音很重。这些都是由于声音各频段的强弱不均衡所造成的听觉差异，可以通过 EQ 对各频段的声音信号均衡（增减）处理，起到改善作用。

人声音源的频谱分布比较特殊，就其发音方式而言，有 3 个部分：一是由声带振动所产生的乐音，此部分的发音量灵活，不同音高、不同发音方式所产生的频谱变化较大；二是鼻腔共鸣所产生的低频谐音，由于鼻腔的形状相对比较稳定，因而其共鸣所产生的谐音频谱分布变化不大；三是口腔气流在齿缝间的摩擦声，这种齿音与声带震动所产生的乐音基本无关。

频率均衡可以大致将这3部分频谱分离出来。用于调节鼻音的频率段在500Hz以下，均衡的中点频率一般在80～150Hz，均衡带宽为4个倍频程。

例如，可以将100Hz定为频率均衡的中点，均衡曲线应从100～400Hz平缓过渡，均衡增益的调节范围可以为+10～-6dB。这里应提醒大家的是，进行此项目调整时的监听音箱不得使用低频发音很弱的箱子，以避免鼻音被无意过分加重。人声齿音的频谱分布在 4kHz 以上。由于此频段包含部分乐音频谱，所以建议调节齿音的频段应为 6~16kHz，均衡带宽为 3 个倍频程，均衡中点频率一般在 1/2倍频程。均衡中点频率为6800Hz的均衡处理，其均衡增益最低可向下调至-10dB。

由以上分析可以看出，对人声进行频率均衡处理时，为突出某一音感而进行的频段提升，都尽量使用曲线平缓的宽频带均衡。这是为了使人声的鼻音、乐音和齿音3部分的频谱分布均匀连贯，以使其发音自然、顺畅。

1/2倍频程的窄频带均衡的提升处理极易使人声音源变怪，此种均衡方式虽然可以大幅改变音源的音色，但是如果不是为了产生特殊的效果，则歌唱发音的均衡处理应以音感自然为基准。为了在不破坏人声自然感的基础上对其进行特定的效果处理，可以使用1/5倍频程的均衡处理。具体有以下几种情形。

① 音感狭窄，缺乏厚度。可在800Hz处使用1/5倍频程的衰减处理，衰减的最大值可到-8dB。

② 音感很明亮，但苍白无力，缺乏穿透感。可在6800Hz处使用1/5倍频程的衰减处理，衰减的最大值到-3dB。

③ 卷舌齿音的音感尖肃，“嘘”音缺乏清晰感。可在6800Hz处使用1/5倍频程的衰减处理，衰减的最大值可以到-6dB。

对音源的均衡处理，最好是使用能显示均衡曲线的均衡器。例如，全数字调音台的均衡器就具有显示均衡曲线的功能。这样可在进行均衡处理时，看到均衡曲线的形状，为以后重调带来方便。

一般情况下，数字调音台均衡器上的均衡增益调节钮用“G”表示，均衡频率调节钮用“F”表示，均衡带宽调节钮用“F”或“Q”来标识。

（2）激励器

激励器也叫谐波发生器，能将声音在某些频段增加一些随机的谐波。合适的激励会给声音带来美化的成分。激励器和EQ的区别是，EQ只是调整某些频段的信号强弱，激励器则在某些频段增加新的声波成分。

（3）压缩（压限）器

压缩器自动调整声音电平的动态范围。通俗地说，就是自动将时间轨上所有的声音信号做以下处理：当声音小的时候，按预调整的参数提升音量；当声音大

而超过某个界限的时候，开始按预先设置参数的比例压缩、减小音量；最后的结果是改变整个声音轨的动态范围（最大音量和最小音量的差值）。通常，压缩器的作用是减小动态范围。经过压缩的声音听起来更饱满、有力，声音小的地方听起来不费劲，声音很大的地方也不震耳。

（4）混响器

混响器用于美化声音，让声音听起来有空间感，圆润通透。

除噪常用的方法有以下几种。

（1）噪声门

设定一个电平的门限值，低于门限值的信号电平全部过滤掉，高于门限值的信号电平全部通过（这里，信号电平指的是信号和噪声电平总和的电平）。这种方法能很有效地除去演唱间歇的背景底噪，并且对原始声音无破坏作用，其缺点是当人声出来的时候噪声门打开，噪声信号也跟着进来了，所以不能去掉整个素材的底噪。信噪比高的信号强噪声不明显，所以信噪比高的声音素材不需要再除噪。WAVE 插件中的 RVOX 就是一个噪声门的效果器。

参数调到多少合适？一般为-50～-40dB，实际背景底噪的大小是不一定的，自己试吧，正确的位置是听不到背景噪声，但人声发出的最小声音不能被滤掉。

（2）采样除噪法

采样除噪法是专业音频处理软件比较有效地除去持续稳定的背景噪声的一种方法。其除噪的原理就是对噪声的波形样本进行取样，然后对整段素材的波形和采样噪声样本分析，自动去除噪声。采样除噪的优点是能彻底除去噪声，缺点是对原始人声音质有破坏作用，信噪比越小破坏性越大。经过这种除噪后的声音金属味很浓。所以一般不推荐采样除噪法对唱歌的人声除噪，尽可能地在前期录音时控制到最高的信噪比才是真正解决问题的关键。

（3）其他除噪方法

用频谱分析噪声所在的频段，通过对 EQ 的调整，衰减底噪所在的频段信号电平。但对原始人声频段的信号也衰减了，形成了新的问题，所以用得比较少。

本章习题

1. 简述数字视频的压缩算法。
2. 说说 1394 接口的特点。
3. 什么是音频的采样频率？
4. 列举几种音频文件的格式。
5. 如何处理喷麦的问题？

剪辑是电影制作工序之一，也指担任这一工作的专职人员。影片拍摄完成后，依照剧情发展和结构的要求，将各个镜头的画面和声带，经过选择、整理和修剪，按照蒙太奇原理和最富于银幕效果的顺序组接起来，成为一部结构完整、内容连贯、含义明确并具有艺术感染力的影片，即剪辑。剪辑是电影声像素材的分解重组的整个工作，也是一部影片在摄制过程中的一次再创作。

通过本章的学习，我们可以了解到关于影视的一些基础知识，如镜头的表现技巧、蒙太奇的知识、镜头组接的规律和方法、脚本和故事板的知识，还能学习到 Premiere 中剪辑工具的使用方法。

5.1 影视基础知识

- 熟悉影视基础知识。
- 了解影视中的一些名词。

1. 电影

电影由活动照相术结合幻灯放映发展起来的一种表现手段，是科学技术发展到一定阶段的产物。用电影摄影机以每秒钟若干格画幅的运转速度，将被摄对象的运动过程拍摄在带状胶片上，成为一系列动作逐渐变化的画面，再经过一定的工艺过程，即制成可以放映的影片，当放映机将影片以同样的运转速度投映于银幕时，由于“视觉暂留”原理，观众便从银幕上看到放大了的活动影像。1895 年，法国卢米埃尔兄弟制造出“活动电影机”，公开放映所摄短片，电影正式诞生。

早期电影是无声的，仅拍摄一些活动景象或舞台演出的片断，而后逐步从通俗娱乐形成一种独立的艺术形式。20 世纪 20 年代开始出现有声影片，电影遂从纯视觉艺术发展为视听结合的综合艺术。以后又出现彩色电影、立体电影等。电影片种有故事片、新闻纪录片、科学教育片、美术片等。50 年代以来，电影已成为具有广泛影响的现代艺术和社会文化现象，它由企业组织、艺术创作、制作生产、发行放映、观众消费、社会影响、教学研究等方面组成，涉及自然科学和人文科学等各个领域。

2. 遮幅宽银幕电影

遮幅宽银幕电影也称“假宽银幕电影”，是一种非变形宽银幕电影。使用 35mm 胶片，在拍摄和放映时，在摄影机和放映机片窗前加装格框，遮去画幅的上下两边，以压缩画面高度，但不改变画面宽度，使画面高宽比由原来的 1∶1.33 变成 1∶1.66～1∶1.85，得到与宽银幕电影相同的银幕效果。摄制宽银幕电影较为简便，现已得到广泛应用。

3. 全景电影

全景电影也称“西尼拉玛”，是宽银幕电影的一种。拍摄时由三台连接在一起的摄影机，在三条 35mm 的胶片上分别摄取宽幅画面的三分之一，放映时使用三台同步运转的放映机，将各占画面三分之一的三条影片同时投映于银幕，并合成整幅画面。全景电影放映在宽阔的弧形银幕上，提供观众以 146° 的水平视野，并配有多路立体声还音装置。

4. 银幕

银幕是放映电影用的白色幕布。无声电影时期，幕布上涂有无光泽白色颜料，幕面平整，用永久性银幕架固定，竖起于放映台上。有声电影诞生后，因传声需要，采用由橡胶和塑料材料制成的有孔银幕，使装置在幕后的扬声器透过银幕发出声音。银幕大小因影片画幅宽高比不同而有不同规格。早期银幕宽高比为 4∶3（即 1.33∶1）。宽银幕电影出现后，银幕宽高比增至 8∶3（即 2.66∶1）。随着宽银幕电影工艺的不断改进，影片画幅宽高比也在不断变化。电影院为适应这种变化，相应设置了更宽规格的银幕，并根据放映不同规格影片的需要，设置两端可以移动的黑布，以便将银幕遮成合乎需要的宽高比规格。

5. 长焦距镜头

长焦距镜头指焦距长于标准尺寸的摄影物镜。在电影摄影中，选取水平视角为 23°～24°、相应焦距约为画幅对角线长度两倍的摄影物镜作为标准镜头。35mm 电影摄影的标准镜头，其焦距相当于 50mm，凡长于 50mm 者即为长焦距镜头；16mm 电影摄影的标准镜头，其焦距相当于 25mm，凡长于 25mm 者即为长焦距镜头。故事片摄影，使用 75mm 或 100mm 的长焦距物镜拍摄特写或大特写镜头，因摄影机远离被摄对象，故可避免演员产生紧张心理，且便于照明布光。焦距特别长的摄影物镜（如 400mm、800mm、1000mm 甚至更长）称为“望远镜头”，能摄取很远景物的某个细部而成为特写镜头，造成远处景物被移近的银幕效果，但其所摄画面缺乏空间感、纵深感和透视关系。在科教影片中，运用望远镜头，可在隐蔽的远处摄取野生动物，避免动物受到惊扰，从而使画面显得自然真实。

6. 长镜头

长镜头是“短镜头”的对称，指在一段持续时间内连续摄取的、占用胶片较长的镜头，能包容较多所需内容或成为一个蒙太奇句子（不同于由若干短镜头切换组接而成的蒙太奇句子）。其长度并无明确的、统一的规定，一般分为固定长镜头、变焦长镜头、景深长镜头、运动长镜头四种。其中，运动长镜头包括摄影机的推、拉、摇、移、跟、升、降等运动。由于长镜头能把镜头中的各种内部运动方式统一起来，因此显得自然流畅，又富有变化 ，可为画面造成多种角度和景别，既能表现环境、突出人物，同时也能给演员的表演带来充分的自由，有助于人物情绪的连贯，使重要的戏剧动作能完整而富有层次地表现出来。长镜头的拍摄，由于不会破坏事件发生、发展中的空间与时间的连贯性，所以具有较强的时空真实感。

7. 分镜头剧本

分镜头剧本又称“导演剧本”，是将影片的文学内容分切成一系列可以摄制的镜头，以供现场拍摄使用的工作剧本。由导演根据文学剧本提供的思想与形象，经过总体构思，将未来影片中准备塑造的声画结合的银幕形象，通过分镜头的方式予以体现。导演以人们的视觉特点为依据划分镜头，将剧本中的生活场景、人物行为及人物关系具体化、形象化，体现剧本的主题思想，并赋予影片以独特的艺术风格。

分镜头剧本是导演为影片设计的施工蓝图，也是影片摄制组各部门理解导演的具体要求、统一创作思想、制订拍摄日程计划和测定影片摄制成本的依据。分镜头剧本大多采用表格形式，格式不一，有详有略，一般设有镜号、景别、摄法、长度、内容、音响、音乐等栏目。表格中的“摄法”是指镜头的角度和运动；“内容”是指画面中人物的动作和对话，有时也把动作和对话分开，列为两项。在每个段落之前，还注有场景，即剧情发生的地点和时间；段落之间，标有镜头组接的技巧。有些比较详细的分镜头剧本，还附有画面设计草图和艺术处理说明等。

8. 跟镜头

跟镜头又称“跟拍”，即摄影机跟随运动着的被摄对象拍摄的画面。跟镜头可连续而详尽地表现角色在行动中的动作和表情，既能突出运动中的主体，又能交代动体的运动方向、速度、体态及其与环境的关系，使动体的运动保持连贯，有利于展示人物在动态中的精神面貌。

9. 拉镜头

拉镜头，是将摄影机放在移动车上，对着人物或景物向后拉远所摄取的画面。摄影机逐渐远离被摄主体时，画面就从一个局部逐渐扩展，使观众视点后移，看到局部和整体之间的联系。

10. 推镜头

推镜头，是将摄影机放在移动车上，对着被摄对象向前推进的拍摄方法及所摄取的画面。摄影机向前推进时，被摄主体在画幅中逐渐变大，将观众的注意力引导到所要表现的部位。其作用是突出主体、描写细节，使所强调的人或物从整个环境中突现出来，以加强其表现力。推镜头可以连续展现人物动作的变化过程，逐渐从形体动作推向脸部表情或动作细节，有助于揭示人物的内心活动。

11. 闪回

闪回是影片中表现人物内心活动的一种手法，即突然以短暂的画面插入某一场景，用以表现人物此时此刻的心理状态和感情起伏。与一般回忆及倒叙不同，闪回不需要中断原来场景中的动作和节奏，而撷取最富于特征、最具有鲜明形象性的动作或细节，用极其简洁明快的手法加以强调和表现，给观众以清晰而深刻的印象。闪回的内容一般为过去和已经发生的事情，如表现人物对未来或即将发生的事情的想象和预感称为“前闪”，两者统称为“闪念”。

12. 圈入圈出

圈入圈出是“划”的一种变化，即以圆圈的方式，从画面中心圆点开始逐渐扩大（圈出），或以圆圈将整个画面逐渐收缩为圆点（圈入），并由下一个画面所取代。有时圈入也用于强调或突出画面上的细节部分。

13. 出画入画

出画入画是电影艺术处理镜头结构的一种手法。镜头画面中的中心人物或运动物体离开画面，称为出画；人物或运动物体进入画面，称为入画。当一个动作贯穿在两个以上的镜头中时，为了使动作流程继续下去而不使观众感到混乱，相

连镜头间的人物或运动物体的出画和入画方向应基本上一致，否则必须插入中性镜头作为过渡。

14．淡入淡出

淡入淡出也称“渐显渐隐”，是电影中表现时间、空间转换的技巧之一。若后一个画面逐渐显现，最后完全清晰，则这个镜头的开端称“淡入”，表示一个段落的开始；前一个画面渐渐隐去直至完全消失，称“淡出”，表示一个段落的结束。淡入、淡出节奏舒缓，具有抒情意味，并能给观众以视觉上的间歇，产生一种完整的段落感。随着电影节奏的加快，今已较少采用。

15．先期录音

先期录音也称“前期录音”，是影片制作中先录音后拍摄画面的一种摄制方式，多用于有大量唱词和音乐的戏曲片和音乐歌舞片，即在影片画面拍摄前，先将影片中的唱词和乐曲录制成声带，然后，当演员在拍摄相应画面时，合着声带还音进行表演即可。先期录音类似于先选音乐做预演，最后再与画面协调的程序。

16．切出切入

切出切入指上下镜头直接衔接。前一个镜头叫“切出”，后一个镜头叫“切入”。这种不需外加任何技巧的镜头组接方法，能增强动作的连贯性，不打断时间的流程，具有干净、紧凑、简洁、明快的特点。切入切出往往用于环境描写、人物对话和行动的衔接。在故事影片的拍摄中，同一场面内的镜头，一般多采用这种衔接方式。随着镜头的切出切入，观众在视点的不断变换中，逐渐了解表现对象，并不感到画面的组接痕迹。

17．划入划出

划入划出简称“划”，是电影中表现时间、空间转换的技巧之一，即用不同形状的线，将前一个画面划去（划出），代之以后一个画面（划入）。划入划出一般适用于表现节奏较快、时间较短的场景转换；尤其是在描写同时异地或平行发展的事件时，划的组接技巧有着其他方法所不能替代的作用。其不足之处在于，若处理不当，则容易使观众意识到银幕的四面框的存在，削弱了画面形象的真实感。

18．化入化出

化入化出也称“溶入溶出”、“溶变”，或简称“化”、“溶”，是电影中表示时间、空间转换的技巧之一。化入化出指前一个电影画面渐渐消失（化出）的同时，后一个画面渐渐显现（化入），两者隐、显的时间相等，并且在银幕上呈现一个短

时间的重叠，即经过“溶”的状态实现交替。化入化出也常用以表现现实与梦幻、回忆、联想场面的衔接。“化”的方法，比较含蓄、委婉，并往往有某种寓意。根据内容、节奏的需要，“化”的时间可长可短，一般在1～3s之间。

19. 后期合成

后期合成泛指除“现场合成摄影”以外，需要经过后续加工才得以完成的电影特技方法（参见“合成摄影”）。

在建筑动画制作中，后期合成指的就是利用后期制作软件将两部分动画进行合成等。

20. 后景

后景指镜头中位于主体后面或靠近后边的人或物。在镜头画面中，后景与前景相对应，有时作为表现的主体或陪体，但大多是戏剧环境的组成部分。后景可以丰富画面形象，产生多层景物的造型效果，增加镜头的空间深度，从而构成场景的典型环境和生活氛围。摄影机取俯角拍摄时，画面中后景的表现最为明显。在某些场面处理中，后景即构成背景。根据场面调度的需要，随着摄影机在场景中的运动及机位的变化，后景也可能相应地转换为前景。

21. 远景

远景指摄取远距离人物和景物的电影画面。这种画面可使观众在银幕上看到广阔深远的景象，以展示人物活动的空间背景或环境气氛。远景可用以表现规模浩大的人群活动，渲染气势磅礴的宏伟场面。同时，远景也常被用来抒发情感、创造意境，即通过对自然景物的描写，烘托或突出人物的内心波澜。

22. 近景

近景提摄取人物胸部以上的电影画面，其视距比特写稍远。近景中，人物的上半身活动占据画面显著地位，成为主要表现对象，能使观众看清人物的面部表情或某种形体动作。近景和特写的作用有相似之处，即视觉效果比较鲜明，有利于对人物的容貌、神态、衣着、仪表作细致的刻画。在表现人物的感情交流、揭示特定的人物关系方面，近景有其独到的艺术功能。近景有时也用于摄取景物的某一局部。有些摄取人物腰部以上的镜头，一般称为“中近景”。

23. 特写

特写指拍摄人物的面部、被摄对象的一个局部的镜头，为美国早期电影导演格里菲斯（David Wark Griffith）所创用。特写镜头是电影画面中视距最近的镜头，因其取景范围小，画面内容单一，故可使表现对象从周围环境中突现出来，造成清晰的视觉形象，得到强调的效果。特写镜头能表现人物细微的情绪变化，揭示人物心灵瞬间的动向，使观众在视觉和心理上受到强烈的感染。特写镜头与其他景别镜头结合运用，能通过镜头长短、远近和强弱的变化，造成一种特殊的蒙太奇节奏效果。

24. 大特写

大特写又称“细部特写”，是把拍摄对象的某个细部拍得占满整个画面的镜头。其取景范围比特写更小，因此所表现的对象也被放得更大。这种明显的强调作用和突出作用，使大特写与特写一样，成为电影艺术中独特的表现手段，具有极其鲜明、强烈的视觉效果。但在一部影片中，如果大特写镜头太长、太多，则会减弱其独特的感染作用。

25. 音画对位

音画对位是影片音画关系的一种，包括音画对比和音画对立两种艺术处理。

（1）音画对比，即音乐与画面的内容、情绪一致，只存在量的差别。例如，在故事片《红色娘子军》中，有一组表现战士们充满青春活力、节奏快速的生活画面，而音乐是气势悠长、从容不迫的《五指山上红旗飘》。这样的对比，产生了加强画面结构的作用。

（2）音画对立，即音乐的形象和情绪完全相反。例如，在故事片《祝福》中，善良的祥林嫂被逼成亲时撞头寻死，兴奋欢快的结婚音乐，与祥林嫂头破血流、痛不欲生的画面形成尖锐的对立，深刻地表现了旧时代的悲剧性。

音画对位有时也能预示剧情的发展。例如，在故事片《天云山传奇》中，当宋薇和吴遥结婚时，表现宋薇沉重痛苦心情的音乐与喜庆场面相对立，预示着她婚后的不幸。

26. 片头字幕

片头字幕简称“片头”，是影片正式画面出现之前的部分，用以介绍厂名、厂标、片名、演职员姓名，有时以简短的文字介绍剧情或故事背景。片头字幕常在绘画、浮雕或某种实物的衬底上出现，有的配以某些与影片内容有一定联系的电影画面。片头字幕及其衬底、音乐等应与影片内容、风格相一致。片头字幕常用长度为150尺（1分40秒）、180尺（2分）、201尺（2分14秒）等。

27. 定格

定格是电影镜头运用的技巧手法之一，表现为银幕上映出的活动影像骤然停止而成为静止画面（呆照）。定格是动作的刹那间“凝结”，显示宛若雕塑的静态美，用以突出或渲染某一场面、某种神态、某个细节等。具体制作方法是，选取

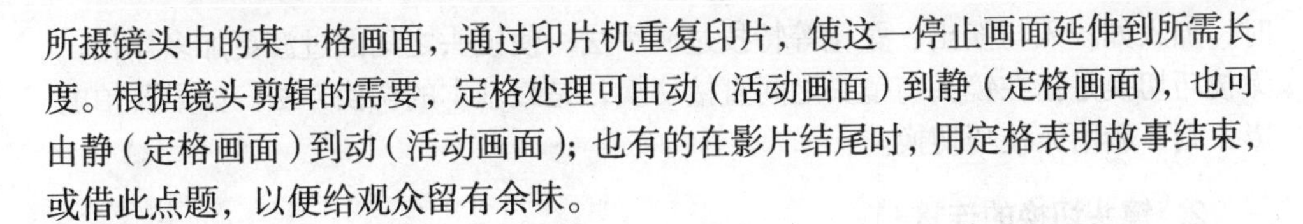

所摄镜头中的某一格画面，通过印片机重复印片，使这一停止画面延伸到所需长度。根据镜头剪辑的需要，定格处理可由动（活动画面）到静（定格画面），也可由静（定格画面）到动（活动画面）；也有的在影片结尾时，用定格表明故事结束，或借此点题，以便给观众留有余味。

28. 动作衔接

动作衔接是使影片主体动作具有连贯性的剪接方法，包括人物形体动作、镜头动作和景物动作三个方面。人物形体动作以动作变换瞬间的转折处为剪接点，运用分解法或增减法，使上一个镜头与下一个镜头的转换连接具有连续性而无跳跃感；镜头动作指推、拉、摇、移、跟、升、降等运动性镜头的剪接，一般以动接动、以静接静，使上下镜头动作有机结合，连贯流畅；景物动作指自然界景物在镜头中的动作，如行驶中的轮船、火车，日出月落，风云变幻等，一般根据影片内容、情节和人物情绪选择最佳的剪接点，以取得情景交融的艺术效果。

29. 剪辑

剪辑是电影制作工序之一，也指担任这一工作的专职人员。影片拍摄完成后，依照剧情发展和结构的要求，将各个镜头的画面和声带，经过选择、整理和修剪，按照蒙太奇原理和最富于银幕效果的顺序组接起来，成为一部结构完整、内容连贯、含义明确并具有艺术感染力的影片，即剪辑。剪辑是电影声像素材的分解重组的整个工作，也是一部影片在摄制过程中的一次再创作。

5.2 镜头的表现技巧

5.2.1 镜头的切换

学习目标

➢ 了解镜头的切换方式及切换的连贯。

相关知识

1. 镜头的切换方式

镜头的切换分为有技巧切换和无技巧切换两种。有技巧切换是指在镜头组接时，加入如淡入与淡出、叠化等特技过渡手法，使镜头之间的过渡更加多样化。无技巧切换是指在镜头与镜头之间直接切换，是最基本的切换方法。如果要拍电影，则一般用无技巧切换。

2. 镜头切换的连贯

对画面的连贯，有人认为在镜头组接的地方，画面越接近越好。实际上正好相反，画面构图越缺乏变化、景别越接近，就越会产生画面连接的“跳动”，使画面中的物体的动作很不连贯，给观众以不舒服的感觉。另外，如果不注意景别的变化，盲目地变换视点和处理镜头的编辑点，就会失去画面的流畅自然，妨碍观众对内容的正确理解。因此，在进行镜头的切换组接时，应考虑内容表达和观众的接受心理，合理选用不同的画面景别。

5.2.2 镜头的表现技巧

➢ 了解镜头的表现技巧。

在影视制作中，尤其是在前期的拍摄中，需要对镜头的表现技巧非常熟悉，什么样的镜头技巧表现什么样的主题内容，我们都要熟知于心。通常，我们提起镜头技巧，都能说出几个耳熟能详的来，其实镜头的基本技巧无非就这么几个，用一句话概括就是“推、拉、摇、移、跟、甩”。当然，这里说的是镜头技巧在运动镜头中的技巧，也就是我们通常所说的镜头技巧。其实，在拍摄中还有相当多的技巧也被称为镜头技巧。

运动摄像，就是利用摄像机的推、拉、摇、移、跟、甩等形式的运动进行拍摄的方式，是囿于画面边缘框架的局限，扩展画面视野的一种方法。运动摄像符合人们观察事物的视觉习惯，以渐次扩展或者集中、逐一展示的形式表现被拍摄物体，其时空的转换均由不断运动的画面来体现，完全与客观的时空转换相吻合。在表现固定景物或人物的时候，运用运动镜头技巧还可以变固定景物为活动画面，增强画面的活力。以下就详细介绍这些镜头技巧的内容。

1. 镜头推、拉技巧

镜头的推、拉技巧是一组在技术上相反的技巧，在非线性编辑中往往可以使用其中的一个来实现另一个。推镜头相当于沿着物体的直线直接向物体不断走近观看，而拉镜头则是摄像机不断地离开拍摄物体。当然，这两种技巧都可以通过变焦距的镜头来实现。推镜头在拍摄中起的作用是重点突出介绍在后面的影片中出现的重要人物或者物体，这是推镜头最普通的作用。它可以使观众的视线逐渐接近被拍摄对象，逐渐把观众的观察与整体引向局部。在推的过程中，画面所包含的内容逐渐减少，也就是说，镜头的运动摈弃了画面中多余的东西，突出重点，把观众的注意力引向某一个部分。

用变焦距镜头也可以实现这种效果，即从短焦距逐渐向长焦距推动，使得观众看到物体的细微部分，突出要表现内容的关键。推镜头也可以展示巨大的空间。

拉镜头和推镜头正好相反，即摄像机不断地远离被拍摄对象，也可以用变焦距镜头来拍摄（从长焦距逐渐调至短焦距）。其作用有两个，一是为了表现主体人物或者景物在环境中的位置，拍摄机器向后移动，逐渐扩大视野范围，可以在同一个镜头内反映局部与整体的关系；二是为了镜头之间的衔接需要，例如，前一个是一个场景中的特写镜头，而后一个是另一个场景中的镜头，这样两个镜头通过这种方法衔接起来就显得自然多了。

需要注意的是，镜头的推拉和变焦距的推拉效果是不同的。例如，在推镜头技巧上，使用变焦距镜头的方法等于把原来的主体部分放大了来看，在屏幕上的效果是景物的相对位置保持不变，场景无变化. 只是原来的画面放大了。在拍摄场景无变化的主体、要求连续不摇晃地以任意速度接近被拍摄物体的情况下，比较适合使用变焦距镜头来实现这一镜头效果。而移动镜头的推镜头等于接近被拍摄物体来观察，在画面里的效果是场景中的物体向后移动，场景大小有变化。这在拍摄狭窄的走廊或者室内景物的时候效果十分明显。移动摄像机和使用变焦距镜头来实现镜头的推拉效果是有着明显区别的，因此，在拍摄构思中需要明确的意识，不能简单地将两者互相替换。

2. 摇镜头技巧

摇镜头技巧是法国摄影师狄克逊在1896年首创的拍摄技巧，也是根据人的视觉习惯加以发挥的。用摇镜头技巧时摄像机的位置不动，只是镜头变动拍摄的方向。这非常类似于我们站着不动，而转动头来观看事物。

摇镜头分为好几类，可以左右摇，也可以上下摇，还可以斜摇或者与移镜头混合在一起。摇镜头的作用是对所要表现的场景进行逐一的展示。缓慢的摇镜头技巧，也能造成拉长时间、空间效果和给人表示一种印象的感觉。

摇镜头把内容表现得有头有尾、一气呵成，因而要求开头和结尾的镜头画面目的明确，从一定被拍摄目标摇起，结束到一定的被拍摄目标上，并且两个镜头之间一系列的过程也应该是被表现的内容。用长焦距镜头远离被拍摄物体遥拍，也可以造成横移或者升降的效果。

摇镜头的运动速度一定要均匀，起幅先停滞片刻，然后逐渐加速、匀速、减速，再停滞，落幅要缓慢。

3. 移镜头技巧

移镜头技巧是法国摄影师普洛米澳于1896年在威尼斯的游艇中受到的启发，设想用“移动的电影摄影机来拍摄，使不动的物体发生运动”。于是，他首创了“横移镜头”，即把摄影机放在移动车上，向轨道的一侧拍摄的镜头。这种镜头的作用是为了表现场景中的人与物、人与人、物与物之间的空间关系，或者把一些事物连贯起来加以表现。

移镜头和摇镜头有相似之处，都是为了表现场景中的主体与陪体之间的关系，但是在画面上给人的视觉效果是完全不同的。摇镜头是摄像机的位置不动，拍摄角度和被拍摄物体之间的角度在变化，适合于拍摄远距离的物体。而移镜头则不同，是拍摄角度不变，摄像机本身的位置移动，但与被拍摄物体之间的角度无变化，适合于拍摄距离较近的物体和主体。

移动拍摄多为动态构图。当被拍摄物体呈现静态效果的时候，摄像机移动，使景物从画面中依次划过，造成巡视或者展示的视觉效果；当被拍摄物体呈现动态时，摄像机伴随移动，形成跟随的视觉效果；还可以创造特定的情绪和气氛。移动镜头时除了借助于铺设在轨道上的移动车外，还可以用其他的移动工具，如高空摄影中的飞机、表现旷野时候的火车等。其运动按照移动方向大致可以分为横向移动和纵深移动两种。在摄像机不动的条件下，改变焦距或者移动后景中的被拍摄体，都能获得移镜头的效果。

4. 跟镜头技巧

跟镜头技巧指摄像机跟随着运动的被拍摄物体拍摄，有推、拉、摇、移、跟、升、降、旋转等形式。跟拍使处于动态中的主体在画面中保持不变，而前、后景可能在不断地变换。这种拍摄技巧既可以突出运动中的主体，又可以交代物体的运动方向、速度、体态及其与环境的关系，使物体的运动保持连贯，有利于展示人物在动态中的精神面貌。

5. 升降镜头技巧

升降镜头技巧是指摄像机上下运动着拍摄画面，是一种从多视点表现场景的方法，其变化的技巧有垂直方向、斜向升降和不规则升降。在拍摄的过程中不断改变摄像机的高度和仰俯角度，会给观众造成丰富的视觉感受，若巧妙地利用则能增强空间深度的幻觉，产生高度感。

升降镜头在速度和节奏方面如果运动适当，则可以创造性地表达一个情节的情调。它常常用来展示事件的发展规律或处于场景中上下运动的主体运动的主观

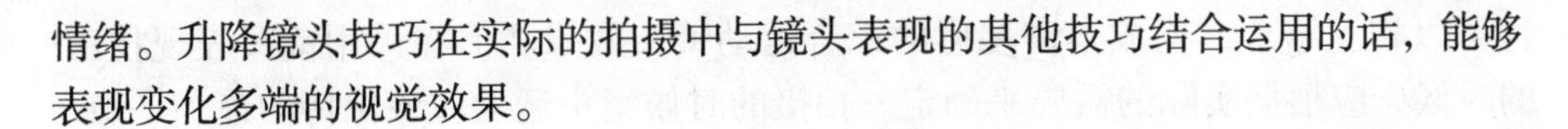

情绪。升降镜头技巧在实际的拍摄中与镜头表现的其他技巧结合运用的话，能够表现变化多端的视觉效果。

6. 甩镜头技巧

甩镜头技巧对摄像师的要求比较高，是指一个画面结束后不停机，镜头急速“摇转”向另一个方向，从而将镜头的画面改变为另一个内容，而中间在摇转过程中所拍摄下来的内容变得模糊不清。这也与人的视觉习惯十分类似，即类似于我们观察事物时突然将头转向另一个事物，可以强调空间的转换和同一时间内在不同场景中所发生的并列情景。

甩镜头的另一种方法是专门拍摄一段向所需方向甩出的流动影像镜头，再剪辑到前后两个镜头之间。

甩镜头所产生的效果是极快速度的节奏，可以造成突然的过渡。剪辑的时候，对于甩的方向、速度和快慢、过程的长度，应该与前后镜头的动作及其方向、速度相适应。

7. 旋转镜头技巧

旋转镜头技巧是使被拍摄主体或背景呈旋转效果。其常用的拍摄方法有以下几种。

（1）沿着镜头光轴仰角旋转拍摄；

（2）摄像机超360° 快速环摇拍摄；

（3）被拍摄主体与拍摄几乎处于一轴盘上作360° 的旋转拍摄；

（4）摄像机在不动的条件下，将胶片或者磁带上的影像或照片旋转，倒置或转到360° 圆的任意角度进行拍摄，可以顺时针或者逆时针旋转。

另外，还可以运用旋转的运载工具拍摄。

旋转镜头技巧往往被用来表现人物在旋转中的主观视线或者眩晕感，或者以此来烘托情绪，渲染气氛。

8. 晃动镜头技巧

晃动镜头技巧在实际拍摄中用得不是很多，但在合适的情况下使用这种技巧往往能产生强烈的震撼力和主观情绪。晃动镜头技巧，是指在拍摄过程中摄像机机身做上下、左右、前后摇摆的拍摄，常用做主观镜头，如在表现醉酒、精神恍惚、头晕或者造成乘船、乘车的摇晃颠簸等，创造特定的艺术效果。如果仔细观看过张艺谋的影片《有话好好说》，则肯定对此深有体会。

晃动镜头技巧在实际的拍摄中需要多大的摇摆幅度与频率，要根据具体的情况而定，拍摄的时候手持或者肩扛摄像机效果比较好。

上述的各种镜头技巧在实际的拍摄中不是孤立的，往往是千变万化的，并且可以相互结合，构成丰富多彩的综合运动镜头效果。但在采用镜头表现技巧的时候，应根据实际的需要来确定。拍摄的时候镜头运动应该保持匀速、平稳，并稳定果断。切忌无目的地滥用镜头技巧，无故停顿或者上下左右前后晃动，这样不但影响内容的表达，而且会使观众眼花缭乱，摸不着头脑。在运用镜头技巧时，不仅要考虑镜头运动的方向、速度，而且还要考虑前后镜头的节奏和速度的一致性。

5.3 蒙太奇与镜头组接

5.3.1 基础知识

学习目标

➢ 蒙太奇的概念。
➢ 镜头组接的概念。
➢ 长镜头的概念。

相关知识

1. 蒙太奇

蒙太奇，是电影构成形式和构成方法的总称。

蒙太奇，是法语 montage 的译音，原是法语建筑学上的一个术语，意为构成和装配，后被借用过来，引申用在电影上就是剪辑和组合，表示镜头的组接。

简要地说，蒙太奇就是根据影片所要表达的内容和观众的心理顺序，将一部影片分别拍摄成许多镜头，然后按照原定的构思组接起来。一言以蔽之，蒙太奇就是把分切的镜头组接起来的手段，即将摄影机拍摄下来的镜头，按照生活逻辑、推理顺序、作者的观点倾向及其美学原则连接起来的手段。首先，它是使用摄影机的手段，然后是使用剪刀的手段。

电影的蒙太奇，主要是通过导演、摄影师和剪辑师的再创造来实现的。电影的编剧为未来的电影设计蓝图，电影的导演在这个蓝图的基础上运用蒙太奇进行再创造，最后由摄影师运用影片的造型表现力具体体现出来。在电影的制作中，导演按照剧本或影片的主题思想，分别拍成许多镜头，然后再按原定的创作构思，把这些不同的镜头有机地、艺术地组织、剪辑在一起，使之产生连贯、对比、联想、衬托悬念等联系，以及快慢不同的节奏，从而有选择地组成一部反映一定的

社会生活和思想感情、为广大观众所理解和喜爱的影片。这些构成形式与构成手段，就叫蒙太奇。

早在19世纪末期的时候，电影大师们就开始使用蒙太奇——这个使电影产生了飞跃的手法。蒙太奇在电影创作中呈现出了惊人的艺术效果并创造了感人的艺术力。在流动的画面结构里面，蒙太奇成了最有效的创作方法。

蒙太奇方法，就是把两个或者多个元素合成一个具有全新内容的方法。著名的蒙太奇大师、前苏联电影理论家兼导演艾森斯坦曾经在其著作中提到："汉字中的"口"和"犬"组成"吠"，要知道，这就是蒙太奇——"口"和"犬"都是名词，各自有独立的含义，但是，当把它们组合到一起的时候便发生了质的变化，成了动词。它们展现在银幕上，"口"和"犬"的特写镜头剪辑在一起，自然使观众悟到那里是一只叫着的狗，或是那里有一只狗在叫，并且如闻其声。这种蒙太奇方法成了电影独特的语言形式"。电影中的蒙太奇指的是镜头的分切与组合，或者是剪辑。

综上所述，可见电影的基本元素是镜头，而连接镜头的主要方式、手段是蒙太奇，而且可以说，蒙太奇是电影艺术的独特的表现手段。

2. 镜头组接

所谓镜头组接，即把一个片子的每一个镜头按照一定的顺序和手法连接起来，成为一个具有条理性和逻辑性的整体。镜头组接的目的是通过组接建立起作品的整体结构，更好地表达主题；增强作品的艺术感染力，使其成为一个呈现现实、交流思想、表达感情的整体。镜头组接需要解决的问题是转换镜头，并使之连贯流畅——逻辑上连贯、视觉上流畅；创造效果，创造新的时空关系和逻辑关系。

影视作品最小的单位是镜头，若干镜头连接在一起形成镜头组，一组镜头经有机组合构成一个逻辑连贯、富于节奏、含义相对完整的电影片段。电影片段是导演组织影片素材、揭示思想和创造形象的最基本单位，称为蒙太奇句子。

在一般意义上所说的段落转换，有两层含义：一是蒙太奇句子间的转换；二是意义段落的转换，即叙事段落的转换。段落转换是内容发展到一定程度的要求。在影像中段落的划分和转换，是为了使表现内容的条理性更强，层次的发展更清晰。为了使观众的视觉具有连续性，需要利用造型因素和转场手法，使人在视觉上感到段落与段落间的过渡自然、顺畅。

3. 长镜头

长镜头，在影视艺术中，也被称为段落镜头，是指拍摄机在不停机的比较长的时间运动后所拍摄的连续镜头。有些长镜头可以达到几分钟以上。

长镜头的理论首先是由法国电影理论家安德烈·巴赞提出的。他认为，镜头和镜深镜头的运动可以避免严格限定观众的知觉过程，注重事物的真实、常态和完整的动作，保证时间的进行受到尊重，让观众看到显示空间的全貌和事物的实际联系。其意义是，不但可以大大减少蒙太奇组接的次数，而且对于开拓、研究镜头内部蒙太奇的艺术潜力，也产生重大的作用。特别对于需要连续表现的情绪，动作需要连贯。一气呵成的镜头及要连续介绍辽阔空间的镜头都有其特殊的艺术价值。

但巴赞把长镜头的美学意义绝对化，只强调真实，而忽视了外部蒙太奇组接技巧的艺术本质。通过多次蒙太奇组接技巧，可以选取典型、具有代表性的镜头，达到创造新颖、跨越时空、缩短无意义空间镜头的作用，使观众受到其在艺术侧面的效果，而不是简单地对客观时间复印、观摩的印象。长镜头在国内的电视影片中运用得极其繁多，往往给人拖沓冗长的感觉，不如港台或者西方的影片那样能给人以激烈的节奏感。

长镜头理论和表现技巧是构成影视艺术的一个部分，可以与蒙太奇组接技巧互为补充。但不能滥用，尤其在故事影片、音乐电视中。在纪录片、教学片或者一些新闻片中可以适当地运用，表现一些细节性的东西。

5.3.2 蒙太奇与镜头组接在影视中的应用

学习目标

- 蒙太奇技巧在影视节目中的表现。
- 镜头组接蒙太奇。

相关知识

1. 蒙太奇技巧在影视节目中的表现

蒙太奇组接镜头与音效的技巧是决定一个影片成功的重要因素。蒙太奇技巧在影片中的表现有下列方面。

（1）表达寓意，创造意境。镜头的分割与组合，声画的有机组合、相互作用，可以给观众在心理上产生新的含义。单个镜头、单独的画面或者声音只能表达其本身的具体含义，其本身不具有其他的思想含义或者深刻内容。而如果使用蒙太奇技巧和表现手法的话，就可以使得一系列没有任何关联的镜头或者画面产生特殊的含义，表达创作者的寓意或者产生特定的含义。

（2）选择与取舍，概括与集中。一部几十分钟的影片，是在许多素材镜头中挑选出来的。这些素材镜头不仅内容、构图和场面调度均不相同，而且连摄像机

的运动速度都有很大的差异，有些时候还存在一些重复。编导必须根据影片所要表现的主题和内容，认真对素材进行分析和研究，慎重大胆地进行取舍和筛选，重新进行镜头组合，力求做到可视性的保证。

（3）蒙太奇组接技巧可以按照观众的心理习惯，引导观众的注意力，激发观众的联想。每一个单独的镜头只表现一定的具体内容，但组接后就有了一定的顺序，可以严格地规范和引导、影响观众的情绪和心理，启迪观众进行思考。

（4）可以创造银幕（屏幕）上的时间概念。运用蒙太奇技巧，可以对现实生活和空间进行剪裁、组织、加工和改造，使得影视时空在表现现实生活和影片内容的领域极为广阔，延伸了银幕（屏幕）的空间，达到了跨越时空的作用。

（5）蒙太奇技巧使影片的画面形成不同的节奏，可以把客观因素（信息量，人物和镜头的运动速度，色彩、声音效果，音频效果及特技处理等）和主观因素（观众的心理感受）综合研究，通过镜头之间的剪接，将内部节奏和外部节奏、视觉节奏和听觉节奏有机地组合在一起，使得影片的节奏丰富多彩，生动自然而又和谐统一，进而产生强烈的艺术感染力。

实际上，从镜头的摄制开始，就已经使用蒙太奇手法了。以镜头来说，从不同的角度拍摄，自然有着不同的艺术效果。正拍、仰拍、俯拍、侧拍、逆光、滤光等，其效果显然不同。以本同焦距拍摄的镜头来说，效果也不一样。例如，远景、全景、中景、近景、特写、大特写等，其效果就不一样。再者，经过不同处理以后的镜头，也会产生不同的艺术效果。而且，由于空格、缩格、升格等手法的运用，还带来种种不同的特定的艺术效果。再者，由于拍摄时所用的时间不同，又产生了长镜头和短镜头，镜头的长短也会造成不同的效果。

同时，在连接镜头场面和段落时，根据不同的变化幅度、不同的节奏和不同的情绪需要，可以选择使用不同的连接方法，如谈、化、划、切、圈、掐、推、拉等。总而言之，拍摄什么样的镜头，将什么样的镜头排列在一起，用什么样的方法连接排列在一起的镜头，是影片摄制者需要解决的。如果说画面和音响是电影导演与观众交流的“语汇”，那么，把画面、音响构成镜头和用镜头的组接来构成影片的规律所运用的蒙太奇手段，就是导演的“语法”了。

对于一个电影导演来说，掌握了这些基本原理并不等于精通了“语法”，蒙太奇在每一部影片中的特定内容和美学追求往往呈现着千姿百态的面貌。

蒙太奇对于观众来说，是从分到分。对于导演来说，则先是由合到分，再分切，然后又由分到合，即组合。分切的最小单位是镜头，因此导演应写出分镜头剧本。作为观众，应当怎样从蒙太奇的角度来鉴赏导演的艺术呢？说到底，蒙太奇是导演用来讲故事的一种方法；听的人总希望故事讲得顺畅、生动、富有感染力又能调动起联想，引起兴趣。

现在，一部当代的故事影片，一般要由五百至一千个左右的镜头组成。每一个镜头的景别、角度、长度、运动形式，以及画面与音响组合的方式，都包含着蒙太奇的因素。可以说，从镜头开始就已经在使用蒙太奇了。与此同时，在对镜头的角度、焦距、长短的处理中，也包含着摄制者的意志、情绪、褒贬和匠心。

在镜头间的排列、组合和连接中，摄制者的主观意图就体现得更加清楚。因为每一个镜头都不是孤立存在的，它对形态必然和与其相连的上下镜头发生关系，而不同的关系就产生出连贯、跳跃、加强、减弱、排比、反衬等不同的艺术效果。另一方面，镜头的组接不仅起着生动叙述镜头内容的作用，而且会产生各个孤立的镜头本身未必能表达的新含义来。格里菲斯在电影史上第一次把蒙太奇用于表现的尝试，就是将一个困在荒岛上的男人的镜头和一个等待在家中的妻子的面部特写组接在一起，经过如此“组接”，观众感到了“等待”和“离愁”，产生了一种新的、特殊的想象。又如，把一组短镜头排列在一起，用快切的方法来连接，其艺术效果，与同一组的镜头排列在一起，用“淡”或“化”的方法来连接，就大不一样了。

再如，把以下 A、B、C 三个镜头，以不同的次序连接起来，就会出现不同的内容与意义。

A，一个人在笑；

B，一把手枪直指着；

C，人脸上露出惊惧的样子。

这三个特写镜头，会给观众带来什么样的印象呢？

如果用 A—B—C 的次序连接，则会使观众感到那个人是个懦夫、胆小鬼。现在，把上述的镜头的顺序改变一下，会得出与此相反的结论。

用 C—B—A 的次序连接，则这个人的脸上先露出了惊惧的样子，因为有一把手枪指着他。可是，当他考虑了一下，觉得没有什么了不起，于是，他笑了——在死神面前笑了。因此，他给观众的印象是一个勇敢的人。

如此这样，改变一个场面中镜头的次序，而不用改变每个镜头本身，就完全改变了一个场面的意义，得出与之截然相反的结论，收到完全不同的效果。

这种连贯起来的组合和排列，就是电影艺术中独特的蒙太奇手段，也就是影片的结构问题。从上面的例子，我们可以看出排列和组合的结构的重要性，它是把材料组织在一起表达影片的思想的重要手段。同时，由于排列组合的不同，也就产生了正、反，深、浅及强、弱等不同的艺术效果。

艾森斯坦认为，A 镜头加 B 镜头，不是 A 和 B 两个镜头的简单综合，而是成为 C 镜头的崭新内容和概念。他明确地指出：“两个蒙太奇镜头的队列不是两数之和，而更像两数之积——这一事实，以前是正确的，今天看来仍然是正确的。它之所以更像两数之积而不是两数之和，就在于排列的结果在质上（如果愿意用数学术语，那就是在“次元”上）永远有别于各个单独的组成因素。我们再回到上述的例子。妇人——这是一个画面，妇人身上的丧服——这也是一个画面；这两个画面都是可以用实物表现出来的。而由这两个画面的队列所产生的‘寡妇’，

则已经不是用实物所能表现出来的东西了，而是一种新的表象、新的概念、新的形象。”

由此可见，运用蒙太奇手法可以使镜头的衔接产生新的意义，这就大大地丰富了电影艺术的表现力，从而增强了电影艺术的感染力。关于这个问题，我们还可以从物理学上的一个现象得到极大的启发。众所周知，炭和金刚石这两种物质，就其分子组成来讲是相同的。但一个出奇的松脆，另一个则无比的坚硬，为什么呢？科学家研究的结果证明，这是因为分子排列（品格结构）不同而造成的。这就是说，同样的材料，由于排列不同，可能产生截然相反的结果。这实在发人深思。

匈牙利电影理论家贝拉·巴拉兹也同样指出：“上一个镜头一经连接，原来潜在于各个镜头里的异常丰富的含义便像电火花似的发射出来。”可见，这种“电火花”的含义是单个镜头所“潜在”的、为人们所未察觉的，一定要在“组接”之后，才能让人们产生一种新的、特殊的想象。我们所讲的蒙太奇，首先指的是这种镜头与镜头的组接关系，也包括时间和空间、音响和画面、画面和色彩等相互间的组合关系，以及由这些关系所产生的意义与作用等。

总之，“蒙太奇就是影片的连接法。整部片子有结构，每一章、每一大段、每一小段也要有结构，在电影上，把这种连接的方法叫做蒙太奇。实际上，也就是将一个个的镜头组成一个小段，再把一个个的小段组成一大段，再把一个个的大段组织成为一部电影，这中间并没有什么奥秘，也没有什么诀窍，合乎理性和感性的逻辑，合乎生活和视觉的逻辑，看上去‘顺当’、‘合理’、有节奏感、舒服，这就是高明的蒙太奇，反之就是不高明的蒙太奇了。”

蒙太奇，大的方面可以分为表现蒙太奇和叙述蒙太奇，其中又有心理蒙太奇、抒情蒙太奇、平行蒙太奇、交叉蒙太奇、重复蒙太奇等。

1922年，艾森斯坦在《左翼艺术战线》杂志上发表了《杂耍蒙太奇》，这是第一篇关于蒙太奇理论的纲领性宣言。在艾森斯坦看来，蒙太奇不仅是电影的一种技术手段，更是一种思维方式和哲学理念。《战舰波将金号》是艾森斯坦于1925年拍摄的，是蒙太奇理论的艺术结晶，片中著名的“敖得萨阶梯”被认为是蒙太奇运用的经典范例。

2. 镜头组接蒙太奇

蒙太奇镜头的组接不考虑音频效果和其他因素。根据其表现形式，我们将这种蒙太奇分为两大类：叙述蒙太奇和表现蒙太奇。

（1）叙述蒙太奇

叙述蒙太奇在影视艺术中又被称为叙述性蒙太奇，即按照情节的发展、时间、空间、逻辑顺序及因果关系来组接镜头、场面和段落，表现了事件的连贯性，推动情节的发展，引导观众理解内容，是影视节目片中最基本、常用的叙述方法。

其优点是脉胳清晰、逻辑连贯。叙述蒙太奇的叙述方法在具体的操作中还分为连续蒙太奇、平行蒙太奇、交叉蒙太奇及重复蒙太奇等。

① 连续蒙太奇。这种影视的叙述方法类似于小说叙述手法中的顺叙方式。一般来说，它有一个单一明朗的主线，按照事件发展的逻辑顺序，有节奏地连续叙述。这种叙述方法比较简单，在线索上也比较明朗，能够使所要叙述的事件通俗易懂。但也有其不足之处，即一个影片中过多的连续蒙太奇手法会给人拖沓冗长的感觉。因此在非线性编辑的时候，最好与其他的叙述手法有机结合，互相配合运用。

② 平行蒙太奇。这是一种分叙式表达方法，即将两个或者两个以上的情节线索分头叙述，而统一在一个完整的情节之中。这种方法有利于概括集中，并节省篇幅，扩大影片的容量。由于其平行表现，相互衬托，故可以形成对比、呼应，可产生多种艺术效果。

③ 交叉蒙太奇。这种叙述手法与平行蒙太奇一样。平行蒙太奇只重视情节的统一和主题的一致，以及事件的内在联系和主线的明朗。而交叉蒙太奇强调的是并列的多个线索之间的交叉关系，以及事件的同时性和对比性，还有这些事件之间的相互影响和相互促进。这种叙述手法能造成强烈的对比和激烈的气氛，加强矛盾冲突的尖锐性，引起悬念，是掌握观众情绪的一个重要手段。

④ 重复蒙太奇。这种叙述手法是将代表一定寓意的镜头或者场面在关键时刻反复出现，造成强调、对比、响应、渲染等艺术效果，以便加深观众对某种寓意的印象。

（2）表现蒙太奇

表现蒙太奇在影视艺术中也被称为对称蒙太奇，是以镜头的队列为基础，通过相连或相叠镜头在形式或者内容上的相互对照、冲击，产生单独一个镜头本身不具有的或者更为丰富意义的含义，以表达创作者的某种情感情绪，也给观众在视觉上和心理上造成强烈的印象，增加情绪的感染力。其美学作用在于激发观众的联想，启迪观众思考。这种蒙太奇技巧的目的不是叙述情节，而是表达情绪，表现寓意和揭示内存含义。表现蒙太奇的表现形式主要有以下几种。

① 隐喻蒙太奇。这种叙述手法通过镜头（或者场面）的队列或交叉表现进行分类，含蓄而形象地表达创作者的某种寓意或者对某个事件的主观情绪。它往往是将类比的事物之间具有某种相似的特征表达出来，以引起观众的联想，领会创作者的寓意和领略事件的主观情绪色彩。

隐喻蒙太奇在美学上的特征就是将巨大的概括力和简洁的表现手法相结合，具有强烈的感染力和形象的表现力。用来隐喻的要素必须与所要表达的主题一致，并且能够在表现手法上补充说明主题，而不能脱离情节生硬插入，隐喻蒙太奇的手法要求必须运用得贴切、自然、含蓄和新颖。

② 对比蒙太奇。这种表现手法就是在镜头的内容上或者形式上造成一种对比

效果，给人一种反差感受，也是内容的相互协调和对比冲突，用来表达创作者的某种寓意或者对话所表现的内容、情绪和思想。

③ 心理蒙太奇。这种表现技巧是通过镜头组接，直接而生动地表现人物的心理活动、精神状态，如人物的闪念、回忆、梦境、幻觉及想象等心理甚至是潜意识的活动，是人物的心理造型表现。心理蒙太奇手法往往用在表现追忆的镜头中。

心理蒙太奇表现手法的特点是形象的片段性和叙述的不连贯性、多用于交叉、队列及穿插的手法表现，带有强烈的主观色彩。

3. 镜头组接的规律和方法

（1）镜头组接的规律

我们都知道，无论什么样的影视节目，都是由一系列的镜头按照一定的排列次序组接起来的。这些镜头之所以能够延续下来，使观众能从影片中看出它们融合为一个完整的统一体，那是因为镜头的发展和变化要服从一定的规律。

① 镜头的组接必须符合观众的思维方式和影视表现规律。镜头的组接要符合生活的逻辑、思维的逻辑。影视节目要表达的主题与中心思想一定要明确，在这个基础上才能确定根据观众的心理要求，即思维逻辑选用哪些镜头，以及怎么样将它们组合在一起。

② 景别的变化要采用“循序渐进”的方法。一般来说，拍摄一个场面的时候，“景”的发展不宜过分剧烈，否则就不容易连接起来。相反，若“景”的变化不大，同时拍摄角度的变换亦不大，则拍出的镜头也不容易组接。在拍摄的时候，“景”的发展变化需要采取循序渐进的方法。循序渐进地变换不同视觉距离的镜头，可以造成顺畅的连接，形成各种蒙太奇句型。

- 前进式句型。这种叙述句型是指景物由远景、全景向近景、特写过渡，用来表现由低沉到高昂向上的情绪和剧情的发展。
- 后退式句型。这种叙述句型是由近到远，表示由高昂到低沉、压抑的情绪，在影片中表现由细节扩展到全部。
- 环形句型。是把前进式和后退式的句子结合在一起使用。由全景—中景—近景—特写，再由特写—近景—中景—远景，或者也可反过来运用，表现情绪由低沉到高昂，再由高昂转向低沉。这类句型一般在影视故事片中较为常用。

在镜头组接的时候，如果遇到同一机位、同景别又是同一主体的画面，则是不能组接的。因为这样拍摄出来的镜头景物变化小，一幅幅画面看起来雷同，接在一起好像同一镜头不停地重复。另一方面，这种机位、景物变化不大的两个镜头接在一起，只要画面中的景物稍有变化，就会在人的视觉中产生跳动或者好像一个长镜头断了好多次，有“拉洋片”、“走马灯”的感觉，破坏了画面的连续性。

如果遇到这样的情况，则除了把这些镜头从头开始重拍以外别无他法，这对

于镜头量少的节目片可以解决问题。对于其他同机位、同景物的时间持续长的影视片来说，采用重拍的方法就显得浪费时间和财力了。最好的办法是采用过渡镜头。例如，从不同角度拍摄再组接，穿插字幕过渡，让表演者的位置、动作变化后再组接等。这样组接后的画面就不会使人产生跳动、断续和错位的感觉。

③ 镜头组接中的拍摄方向、轴线规律。主体物在进出画面时，需要注意拍摄的总方向，从轴线一侧拍，否则两个画面接在一起主体物就要“撞车”。

所谓的“轴线规律”，是指拍摄的画面是否有“跳轴”现象。在拍摄的时候，如果拍摄机的位置始终在主体运动轴线的同一侧，那么构成画面的运动方向、放置方向都是一致的，否则应是“跳轴”了。跳轴的画面除了特殊的需要以外是无法组接的。

④ 镜头组接要遵循“动从动”、“静接静”的规律。如果画面中同一主体或不同主体的动作是连贯的，则可以动作接动作，达到顺畅、简洁过渡的目的，我们简称为“动从动”。如果两个画面中的主体运动是不连贯的，或者它们中间有停顿，那么这两个镜头的组接，必须在前一个画面主体做完一个完整动作停下来后，接上一个从静止到开始的运动镜头，这就是“静接静”。“静接静”组接时，前一个镜头结尾停止的片刻叫“落幅”，后一个镜头运动前静止的片刻叫做“起幅”，起幅与落幅的时间间隔大约为一二秒钟。运动镜头和固定镜头组接，同样需要遵循这个规律。如果一个固定镜头要接一个摇镜头，则摇镜头开始要有起幅；相反若一个摇镜头接一个固定镜头，那么摇镜头要有落幅，否则画面就会给人一种跳动的视觉感。为了特殊效果，也有静接动或动接静的镜头。

⑤ 镜头组接的时间长度。在拍摄影视节目的时候，每个镜头的停滞时间长短，首先是根据要表达内容的难易程度及观众的接受能力来决定的，其次还要考虑画面构图等因素。如果画面选择景物不同，则包含在画面中的内容也不同。远景、中景等镜头大的画面包含的内容较多，观众需要看清楚这些画面上的内容，所以需要的时间就相对长些，而对于近景、特写镜头等小的画面，所包含的内容较少，观众只需要短时间即可看清，所以画面停留时间可短些。

另外，一幅或者一组画面中的其他因素，也对画面长短具有制约作用。一幅画面中，亮度大的部分比亮度暗的部分能引起人们的注意。因此如果该幅画面要表现亮的部分时，长度应该短些，如果要表现暗的部分时，则长度应该长一些。在同一幅画面中，动的部分比静的部分先引起人们的视觉注意。因此如果重点要表现动的部分时，画面要短些；若表现静的部分时，则画面持续长度应该稍微长一些。

⑥ 镜头组接的影调、色彩的统一。影调以黑的画面而言。黑的画面上的景物，不论原来是什么颜色，都是由许多深浅不同的黑白层次组成软硬不同的影调来表现的。对于彩色画面来说，除了影调问题还有色彩问题。无论黑白还是彩色画面组接，都应该保持影调、色彩的一致性。如果把明暗或者色彩对比强烈的两个镜

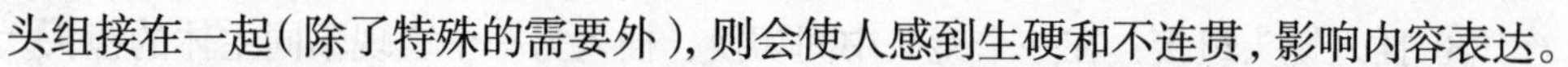

头组接在一起（除了特殊的需要外），则会使人感到生硬和不连贯，影响内容表达。

⑦ 镜头组接节奏。影视节目的题材、样式、风格，以及情节的环境气氛、人物的情绪、情节的起伏跌宕等是影视节目节奏的总依据。影片节奏除了通过演员的表演、镜头的转换和运动、音乐的配合、场景的时间空间变化等因素体现以外，还需要运用组接手段，严格掌握镜头的尺寸和数量，整理、调整镜头顺序，删除多余的枝节才能完成。

处理影片节目的任何一个情节或一组画面，都要从影片表达的内容出发来处理节奏问题。如果在一个宁静祥和的环境中用了快节奏的镜头转换，则会使观众觉得突兀跳跃，难以接受。然而在一些节奏强烈、激荡人心的场面中，就应该考虑种种冲击因素，使镜头的变化速率与青年观众的心理要求一致，以增强青年观众的激动情绪，达到吸引和模仿的目的。

（2）镜头组接的方法

镜头画面的组接除了采用光学原理的手段以外，还可以通过衔接规律，在镜头之间直接切换，使情节更加自然顺畅。以下我们介绍几种有效的镜头组接方法。

① 连接组接：相连的两个或者两个以上的一系列镜头表现同一主体的动作。

② 队列组接：相连镜头但不是同一主体的组接。由于主体的变化，所以对于下一个镜头主体的出现，观众会联想到上下画面的关系，起到呼应、对比、隐喻、烘托的作用。队列组接往往能够创造性地揭示出一种新的含义。

③ 黑白格的组接：造成一种特殊的视觉效果，如闪电、爆炸、照相馆中的闪光灯效果等。组接的时候，可以将所需要的闪亮部分用白色画格代替，在表现各种车辆相接的瞬间组接若干黑色画格，或者在合适的时候采用黑白相间的画格交叉，有助于加强影片的节奏，渲染气氛，增强悬念。

④ 两级镜头组接：是从特写镜头直接跳切到全景镜头或者从全景镜头直接切换到特写镜头的组接方式。这种方法能使情节的发展在动中转静或者在静中变动，给观众的直感极强，在节奏上形成突如其来的变化，产生特殊的视觉和心理效果。

⑤ 闪回镜头组接：用闪回镜头，如插入人物回想往事的镜头。这种组接技巧可以用来揭示人物的内心变化。

⑥ 同镜头分析：将同一个镜头分别在几个地方使用。运用该种组接技巧的时候，往往是出于这样的考虑：或者是所需要的画面素材不够；或者是有意重复某一镜头，用来表现某一人物的情思和追忆；或者是为了强调某一画面所特有的象征性的含义以引发观众的思考；或者为了造成首尾相互接应，从而达到艺术结构上的完整而严谨的感觉。

⑦ 拼接：有些时候，在户外拍摄虽然多次，拍摄的时间也很长，但可以用的镜头却是很短，达不到所需要的长度和节奏；在这种情况下，如果有同样或相似内容的镜头，则可以把其中可用的部分组接，以达到节目画面必须的长度。

⑧ 插入镜头组接：在一个镜头中间切换，插入另一个表现不同主体的镜头。如一个人正在马路上走着或者坐在汽车里向外看，突然插入一个代表人物主观视线的镜头（主观镜头），以表现该人物意外地看到了什么或直观感想等。

⑨ 动作组接：借助人物、动物、交通工具等动作和动势的可衔接性，以及动作的连贯性和相似性，作为镜头的转换手段。

⑩ 特写镜头组接：上个镜头以某一人物的某一局部（头或眼睛）或某个物件的特写画面结束，然后从这一特写画面开始，逐渐扩大视野，以展示另一情节的环境，目的是为了在观众注意力集中在某一个人的表情或者某一事物的时候，在不知不觉中转换场景和叙述内容，而不使人产生陡然跳动的不适合之感。

⑪ 景物镜头的组接：在两个镜头之间借助景物镜头作为过渡，其中有以景为主、物为陪衬的镜头，可以展示不同的地理环境和景物风貌，也表示时间和季节的变换，又是以景抒情的表现手法；还有以物为主、景为陪衬的镜头，这种镜头往往作为镜头转换的手段。

⑫ 声音转场：用解说词转场，一般在科教片中比较常见，即用画外音和画内音互相交替转场，像一些电话场景的表现。此外，还有利用歌唱来实现转场的，并且利用各种内容换景。

⑬ 多屏画面转场：又称多画屏、多画面、多画格和多银幕等，是近代影片影视艺术的新手法，即把银幕或者屏幕一分为多，可以使双重或多重的情节齐头并进，大大压缩了时间。例如，在电话场景中打电话时，电话两边的人都有了，打完电话，打电话人的戏没有了，但接电话人的戏开始了。

镜头的组接技法多种多样，应按照创作者的意图，根据情节的内容和需要而创造，没有具体的规定和限制。在具体的后期编辑中，可以尽量地根据情况发挥，但不要脱离实际的情况和需要。

4. 声画组接蒙太奇

在1927年以前，电影都是没有声音的。其画面主要是以演员的表情和动作来引起观众的联想，达到声画的默契。后来又通过幕后语言配合或者人工声响（如钢琴、留声机、乐队的伴奏）与屏幕结合，进一步提高了声画融合的艺术效果。但真正达到声画一致、把声音作为影视艺术的表现元素的，是在录音、声电光感应胶片的技术，尤其是磁带录音技术出现以后，声音才作为影视艺术的一个组成因素合并到影视节目之中。

（1）影视语言

影视艺术是声画艺术的结合物，离开两者的任何一个，电影都不能称为现代影视艺术。在声音元素里，包括了影视的语言因素。影视艺术对语言的要求是不同于其他艺术形式的，而是有着自己特殊的要求和规则。

影视语言有着其特殊的规律，它不同于小说散文，也不同于广播语言。影视语言是按照影视广播的特殊要求灵活运用的，不需要完全遵守作文的“章法”。其作用和特点可以归纳为以下几个方面。

① 语言的连贯性，声画和谐。在影视节目中，如果把语言分解开来，则会发现，它往往不像一篇完整的文章，其语言断续，跳跃性大，段落之间也不一定有着严密的逻辑性。但如果将语言与画面相配合，就可以看出节目整体的不可分割性和严密的逻辑性。这种逻辑性表现在语言和画面中，不是简单地相加，也不是简单地合成，而是互相渗透，互相溶解，相辅相成，相得益彰。在声画组合中，有些时候是以画面为主，说明画面的抽象内涵；有些时候是以声音为主，画面只是作为形象的提示。

综上所述，影视语言有这样的特点和作用：深化和升华主题，将形象的画面用语言表达出来；抽象概括画面，将具体的画面表现为抽象的概念；表现不同人物的性格和心态；衔接画面，使镜头过渡流畅；省略画面，将一些不必要的画面省略掉。

② 语言的口语化、通俗化。影视节目面对的观众是具有多层次的，除了特定的一些影片外，都应该使用通俗语言。所谓的通俗语言，就是影片中使用的口头语言。如果语言不能通俗，而是费解、难懂，则会让观众在观看中分心。这种听觉上的障碍会妨碍到视觉功能，从而影响到观众对画面的感受和理解。

③ 语言简练概括。影视艺术是以画面为基础的，所以影视语言必须简明扼要，点明即止。省下的时间、空间都要用画面来表达，让观众在有限的时空里展开遐想，自由想象。

④ 语言准确贴切。由于影视画面是展示在观众眼前的，任何细节对观众来说都是一览无余的，因此对于影视语言的要求是相当精确的。每句台词，都必须经得起观众的考验。这就不同于广播语言，在有些时候不够准确还能够混过听众的听觉。在视听画面的影视节目前，观众既看清画面，又听见声音效果，互相对照，万一有所差别，也是能够发现的。如果对同一画面有不同的解说和说明，则需看你的认识是否正确、运用的词语是否妥帖，如果发生矛盾，则很有可能是语言的不准确表达造成的。

（2）语言录音

影视节目中的语言录音包括对白、解说、旁白、独白、杂音等。为了提高录音效果，必须注意解说员的素质、录音技巧及解说的形式。

① 解说员的素质。一个合格的解说员必须充分理解稿本，对稿本的内容、重点做到心中有数，对一些比较专业的词语必须理解；在读的时候还要抓准主题，确定语音的基调，即总的气氛和情调；在配音风格上要表现得爱憎分明，刚柔相济，严谨生动；在台词对白上必须符合人物形象的性格；解说的语音还要流畅流利，不能含混不清。

② 录音技巧。在技术上要求尽量创造有利的物质条件，保证良好的音质音量，尽量在专业的录音棚进行。在录音的现场，要有录音师统一指挥，默契配合。在进行解说录音的时候，需要先将画面进行编辑，然后让配音员观看后配音。

③ 解说的形式。在影视节目的解说中，解说的形式多种多样，需要根据影片的内容而定。其大致可以分为三类：第一人称解说，第三人称解说，第一人称解说与第三人称解说交替的自由形式等。

（3）影视音乐

在电影史上，音乐片电影一出现就与音乐有着密切的联系。早在1896年卢米埃尔兄弟的影片中就使用了钢琴伴奏的形式。后来逐渐完善，将音乐逐渐渗透到影片中，而不再是外部的伴奏形式；再到后来有声电影的出现，影视音乐更是发展到了一个更加丰富多彩的阶段。

① 影视音乐的特性和作用。一般的音乐，是作为一种独特的听觉艺术形式来满足人们的艺术欣赏要求的。而一旦成为影视音乐，它将丧失自己的“独立”性，成为某一个节目的组成部分，并服从影视节目的总要求，作为影视的表现形式。

- 影视音乐的目的性。影视节目的内容、对象和形式的不同，决定了各种影视节目音乐的结构和目的的表现形式各有特点。即使同一首歌曲或者同一段乐曲，在不同的影视节目中也有不同的作用和目的。
- 影视音乐的融合性。融合性也就是影视音乐必须与其他影视因素相结合，因为音乐本身在表达感情的程度上往往不够准确。但如果与语言、音响和画面融合，就可以改变这种局限性。
- 科教影视节目音乐的特性和作用。教学片和纪录片都是在电影、电视艺术的基础上发展起来的，因此此类影视节目也必须符合影视节目对音乐的要求。音乐可以对画面进行补充、深化、烘托和渲染等，带来画面所不能带来的效果。

② 影视音乐的分类。影视中的音乐可以按照以下情况来划分。

- 按照影视节目的内容区分：故事片音乐、新闻片音乐、科教片音乐、美术片音乐及广告片音乐。
- 按照音乐的性质划分：抒情音乐、描绘性音乐、说明性音乐、色彩性音乐、喜剧性音乐、幻想性音乐、气氛性音乐及效果性音乐。
- 按照影视节目的段落划分：片头主题音乐、片尾音乐、片中插曲及情节性音乐。

③ 影视音乐与画面的结合形式。

- 音乐与画面的同步。音乐与画面的同步表现为音乐与画面紧密结合，音乐情绪与画面情绪基本一致，音乐组接与画面节奏完全吻合。音乐强调画面提供的视觉内容，起着解释画面、烘托气氛的作用。

- 音乐与画面的平行。音乐不是具体地追随或者解释画面内容，也不是与画面处于对立状态，而是以自身独特的表现方式从整体上揭示影片的内容。
- 音乐与画面的对立。音乐与画面之间在情绪、气氛、节奏，甚至在内容上的互相对立，使音乐具有寓意性，从而深化影片的主题。

④ 影视音乐的设计与制作。

- 专门谱曲。专门谱曲是音乐创作者和导演充分交换了影片的构思创作意图后设计的，其中包括音乐的风格、主题音乐的性格特征、音乐的布局及高潮的分布、音乐与语言、音响在影视中的有机安排、音乐的情绪等要素。
- 音乐资料改变。根据需要将现有的歌曲进行改变，但所配的音乐要与画面的时间保持一致，有头有尾。改变的方法有很多，例如，将曲子中间一些不需要的段落舍去，去掉重复的段落，还可以将音乐的节奏进行调整。这在非线性编辑系统中是非常容易实现的。
- 影视音乐的转换技巧。在非线性编辑中，画面需要转换技巧。同样，音乐也是需要转换技巧的，并且很多的转换技巧对于音乐同样是适用的。
  - ➢ 切：音乐的切入点和切出点最好是选择在解说和音响之间，这样不容易引起注意；音乐的开始也最好选择这个时候，悄悄地进来，不露痕迹。
  - ➢ 淡：在配乐的时候，如果找不到合适长度的音乐，则可以取其中的一段，或者头部或者尾部；在录音的时候，可以将其淡入处理或者淡出处理。

5. 声音蒙太奇

在影视节目中，一般来说，语言表达寓意，音乐表达感情，音响表实，这是它们各自特有的功能。它们可以先后出现，也可以同时出现，当三者同时出现的时候，要注意相互结合。

在影视教学片中，除了使声音与画面教学内容紧密配合以外，运用声音本身的组合也可以显示声音在表现主题上的重要作用。

（1）声音的组合

声音组合即是几种声音同时出现，产生一种混合效果，用来表现某个场景，如表现大街繁华时的车声及人声等。但组合的声音应该有主次之分，要根据画面适度调节，把最有表现力的作为主旋律。

（2）声音的并列

将含义不同的声音按照需要同时安排出现，使它们在鲜明的对比中产生反衬效应。

（3）声音的遮罩

在同一场面中，并列出现多种同类的声音，但有一种声音突出于其他声音之上，以引起人们对某种发声体的注意。

（4）接应式声音交替

接应式声音交替，即同一声音此起彼伏，前后相继，为同一动作或事物进行渲染。这种有规律节奏的接应式声音交替，经常用来渲染某一场景的气氛。

（5）转换式声音交替

转换式声音交替，即采用两声音在音调或节奏上的近似，从一种声音转化为两种声音。如果转化为节奏上近似的音乐，则既能在观众的印象中保持音响效果所造成的环境真实性，又能发挥音乐的感染作用，充分表达一定的内在情绪。同时由于节奏上的近似，在转换过程中给人以一气呵成的感觉。这种转化效果有一种韵律感，容易记忆。

（6）声音与“静默”交替

“无声”是一种具有积极意义的表现手法，在影视片中通常作为恐惧、不安、孤独、寂静及人物内心空白等气氛和心情的烘托。

“无声”可以与有声在情绪上和节奏上形成明显的对比，具有强烈的艺术感染力。例如，暴风雨后的寂静无声，会使人感到时间的停顿、生命的静止，给人以强烈的感情冲击。但这种无声的场景在影片中不能太多，否则会降低节奏感，失去感染力，产生烦躁的主观情绪。

在上面的内容中，我们介绍了影视节目中声音的类别及处理方法。声音除了与画面的关系外，声音与声音之间的关系也必然成为不可避免的经常存在的问题。因此，画面在解说、音响和音乐的密切配合下，才能取得完美的艺术效果。如果我们孤立地去处理解说、音乐效果，那就很容易得不偿失，使得影片杂乱无章。这样的话，既不能反映现实，也不能造成真实的感受。事实上，我们在观看某种东西时，都会侧耳倾听一个来自别处的声音。或者由于我们过于被某种声音所吸引，以至于不能听到冲向我们耳朵的其他声音。基于这些理由，在影片中，声音必须像画面一样经过选择，多种声音必须作统一的考虑和安排。

在考虑如何使用各种声音在影片中得到统一的时候，我们必须认识到，影片中尽管可以容纳多种声音，但在同一时间内，只能突出一种声音。因此，统一各种声音，最主要的一点就是要尽可能地不在同一时间使用各种声音，应设法使它们在影片中交错开来。

总而言之，影片中的各种声音，要有目标、有变化、有重点地运用，避免声音运用得盲目、单调和重复。当我们运用一种声音时，必须首先肯定用这种声音来表现什么，必须了解这种声音表现力的范围，必须考虑声音的背景，必须消除声音的苍白无力、堆砌和不自然的转换，让声音和画面密切结合，发挥声画结合的表现力。

5.4 脚本与故事板

- 了解视频脚本的概念。
- 能够理解分镜头组的概念和相关知识。

相关知识

电影剧本为拍摄电影奠定了基础，但它还不能直接用来进行拍摄，导演还要根据剧本内容和自己的总体构思，写成分镜头剧本。

编写电影分镜头剧本，是将文学形象变为银幕形象的重要环节。分镜头剧本主要包括镜号、场景、景别、特技、镜头内容、音乐、音响等。这样不仅把文学形象变为银幕形象，而且赋予影片独特的艺术风格。

另外，还有一种镜头记录本，又叫做“完成台本”。它与分镜头剧本很相似，但性质却不同，它主要是供给进行电影宣传、评论和研究的工作人员参考，以及供放映单位查对、修剪影片时使用。

分镜头脚本又称摄制工作台本，也是将文字转换成立体视听形象的中间媒介。其主要任务是根据解说词和电视文学脚本来设计相应画面，配置音乐音响，把握片子的节奏和风格等。

分镜头脚本的作用主要表现在：是前期拍摄的脚本；是后期制作的依据；是长度和经费预算的参考。

对分镜头剧本的绘制要求如下。

（1）充分体现导演的创作意图、创作思想和创作风格。

（2）必须流畅自然。

（3）画面形象需简捷易懂（分镜头的目的是要把导演的基本意图和故事及形象大概说清楚，不需要太多的细节。细节太多反而会影响到对总体的认识）。

（4）分镜头间的连接需明确（一般不表明分镜头的连接，只有分镜头序号变化，其连接都为切换。如需溶入溶出，分镜头剧本上都要标识清楚）。

（5）对话、音效等标识需明确（对话和音效必须明确标识，而且应该标识在恰当的分镜头画面的下面）。

故事板是软件显示效果的视觉草图，用于视频创作和广告设计，以表达作者的创意。

故事板，英文为“storyboard”，有时译为“故事图”，原意是安排电影拍摄

程序的记事板，指在影片的实际拍摄或绘制之前，以图表、图示的方式说明影像的构成，将连续画面分解成以一次运镜为单位，并且标注运镜方式、时间长度、对白、特效等。也有人将故事板称为“可视剧本”（visual script），让导演、摄影师、布景师和演员在镜头开拍之前，对镜头建立起统一的视觉概念。在电影拍摄期间，为了让一个庞大的剧组协调工作，解释剧本、解释导演意图和工作要求的最好办法就是“看”，当一场戏的场景动作、拍摄、布景等因素比较复杂而难以解释时，故事板可以很轻松地让整个剧组建立起清晰的拍摄概念。如今，故事板是动画片、电影、电视剧、广告、MTV 等各种影像的制作工具和制作环节之一，是商业电影制作流程中控制美术、摄影、布景和场面调度的重要辅助手段。

故事板一般由导演亲自编绘，也可由专门的故事板绘画师来编绘。20 世纪 90 年代以来，计算机绘制软件渐渐取代了过去的手绘故事板，许多大制作的商业影片，在拍摄之前都用计算机动画模拟的方式创建故事板，让复杂的电影拍摄得更加形象、准确和简单，如《侏罗纪公园》。

1. 标准视频脚本的格式

标准视频脚本的格式为：

序号 景别 镜头运动 画面 台词 音乐或音响 时间

视频语言的特点如下。

（1）形象性、直观性。它总是以具体形象来传情达意、传递信息的。

（2）运动性、现实性。摄影机具有客观地记录现实的作用和“物质现实的复原”功能，因而影视画面的基本特征是“活动照相性”，可以使观众产生一种身临其境的现实感。

（3）民族性、世界性。影视语言不仅具有鲜明的民族性特征，而且是一门世界性语言，可以成为各国人民交流思想、传递信息、沟通感情的工具。

2. 分镜头剧本的创作

编剧的创作过程是，将自己对问题的认识与感受化为栩栩如生的形象呈现在脑海中，然后再将这些形象用文字语言描绘出来，落实在文字剧本上。而导演则是在充分理解文字剧本的基础上，依照编剧用文字描绘出来的情境，以丰富的想象力，全面运用蒙太奇思维构筑出具体可见的屏幕形象，对节目重新进行整体设计和构思，编写出分镜头剧本。

分镜头剧本是一种把文学剧本中的文字形象创造性地转化为声画结合的形象，将文学剧本的内容分切成一系列可以摄制的镜头的剧本。它是导演对节目构思和设计的蓝图，也是一切拍摄工作的依据。因此，在节目制作前期，编写好分镜头剧本是非常重要的。

前苏联著名导演柯静采夫曾谈到:“构思的成熟开始于看的性质的转变——看变成看见，审视变成认识。在意识中，事件、人物、物体已经不是只在平面上活动，而是转动起来，成为立体的东西，时而远去，于是展现出它们周围的世界。时而逼近，从而显露出清晰的微小细节。”这段话形象地说明了导演的构思是分镜头剧本的基础。

分镜头剧本的创作是将整个节目内容分解为若干个镜头，并将这些镜头依照一定的逻辑关系组成一个个段落。通过对每个镜头的精心设计和段落之间的衔接，表现出导演对节目内容的整体布局、叙述方法、刻画人物和表现事物的手段、对细节的处理及蒙太奇的表现技法。

总之，导演将自己的全部创作意图、艺术构思和独特的风格倾注在分镜头剧本中，以此来传情达意地塑造未来的屏幕形象。因此，分镜头剧本也是摄制组统一创作思想、有计划地开展工作的主要依据和保证。

编写分镜头剧本的方法依摄制内容和导演本人的创作习惯而定，大体可分为以下三种。

（1）导演将节目内容分为若干个场次，再将每场分为若干个镜头，从头到尾按顺序分下来，列出总的镜头数。然后进行斟酌——哪些地方该细，哪些地方可省略，总体节奏把握得如何，结构的安排是否合理。最后给予必要的调整。

（2）导演先将节目中重要场次的镜头分出来，搭成基本框架，然后再分出次要的内容和考虑转场的方法，最后形成一个完整的分镜头剧本。

（3）导演只写出分场景剧本，这种剧本要比分镜头剧本简单得多，它不是以镜头为单位，而是以场景来划分的，文字叙述也比较简洁，可以一目了然地看出各场戏的场面和进程。在拍摄现场，导演再具体分镜头，进行即兴创作。这种方法难度较大，需要导演具有较高的功力和随机应变的能力。

3. 分镜头剧本的内容

无论导演采用哪一种分镜头的方法，在创作分镜头剧本时都要考虑以下几个方面的内容。

（1）根据拍摄场景和节目内容分出场次（也可注明场景的名称）。按顺序列出每个镜头的镜号。

（2）确定每个镜头的景别。导演对景别的选择不仅是出于表达节目内容的需要，而且还要考虑到不同景别对表现节奏的作用、物体的空间关系和人们认识事物的规律。一般，根据视距的远近可分为远景、全景、中景、近景、特写等大小不同的景别。有时根据摄制的需要，还可以分得更细，如大远景、中近景、大特写等。

（3）规定每个镜头的拍摄方法和镜头间的转换方式。

- 固定镜头或运动镜头（推、拉、摇、移、跟、变焦推拉等）。

- 拍摄高度是平摄或仰俯摄。
- 镜头间直接切换或以淡、化、划方式转换。
- 画面特技处理是内键、外键、色键、分割画面、重叠或数字特技动画。

一般情况下，对固定镜头、平摄和镜头的直接切换不需要在分镜头剧本中特别说明。

（4）估计镜头的长度。镜头的长度取决于阐述内容和观众领会镜头内容所需要的时间。同时还要考虑到情绪的延续、转换或停顿所需要的长度（以秒为单位进行估算）。

（5）用精炼、具体的语言描绘节目所要表现的画面内容，包括事件发生的时间和场所，情节的安排，人物及人物的主要动作、表情和心理状态，以及细节的处理。

（6）导演要充分考虑声音的作用和声音与画面的对应关系，配置好解说、音响效果和音乐。

在视频节目中，导演的分镜头剧本常用的样式见表 5.1。

表 5.1 分镜头剧本常用的样式

镜号	机号	景别	技巧	时间	画面	解说	音响	音乐	备注

（1）镜号：镜头顺序号，按组成的镜头先后顺序，用数字标出。拍摄时，不必按顺序拍摄，而编辑时必须按这一顺序号进行编辑。

（2）机号：现场拍摄时，如果用 2～3 台摄像机同时进行工作，则机号代表这一镜头是由哪一台摄像机拍摄的。若是采用单机拍摄，则不需要标出机号。

（3）景别：有远景、全景、中景、近景、特写等，代表在不同距离观看被拍摄的对象。

（4）技巧：包括摄像机拍摄时镜头的运动技巧，如推、拉、摇、移、跟等，以及镜头之间的组接关系，如切换、淡入淡出、叠化、圈入圈出等。在分镜头稿本中，在技巧栏只是标出镜头间的组接技巧。

（5）时间：指镜头画面的时间，表示该镜头的时间长短，以“秒”标明。

（6）画面：用文字阐述所拍摄的具体画面内容。

（7）解说：对应一组镜头的解说词，必须与画面密切配合。

（8）音响：在相应的镜头标明所使用的效果声。

（9）音乐：注明音乐的内容及起止位置。

（10）备注：方便导演作记事用。导演有时把拍摄外景地点和一些特别要求写在此栏。

4. 分镜表（见表 5.2）

表 5.2　分镜表

《　》分镜表

镜号	景别	技巧	长度	画面	台词（解说词）	音乐	备注

5. 分景清单（见表 5.3）

表 5.3　分景清单

分景清单

BREAKDOMN

<table>
<tr><td colspan="2">公司：</td><td colspan="2">片名：</td><td>制表时间：
年　月　日</td></tr>
<tr><td>场次：</td><td>景名：</td><td colspan="2">景号：</td><td rowspan="2">□日/内景（白）
□日/外景（黄）
□夜/内景（蓝）
□夜/外景（绿）</td></tr>
<tr><td>页长：</td><td>画面长度：</td><td colspan="2">剧本页码：</td></tr>
<tr><td colspan="5">剧情摘要：</td></tr>
<tr><td colspan="3">交通车辆（粉红）</td><td colspan="2">道具（紫）</td></tr>
<tr><td colspan="3">特效（蓝）</td><td colspan="2">特殊服装（黑圈圈，○）</td></tr>
<tr><td colspan="3">动物，道具交通工具（粉红）</td><td colspan="2">替身（橙）</td></tr>
<tr><td colspan="3">主要演员（红）</td><td colspan="2">特约演员（黄）</td></tr>
<tr><td colspan="3">临记（绿）</td><td colspan="2">化妆/梳装（星号/★）</td></tr>
<tr><td colspan="3">特殊器材（框黑线，□）</td><td colspan="2">音乐/音效（棕）</td></tr>
<tr><td colspan="3">其他制片注意事项（画黑线，__）</td><td colspan="2">陈设（灰）</td></tr>
</table>

制表人：________　　　　备注：________

6. 分景故事板（见表 5.4）

表 5.4 分镜故事板

分镜故事板（Film Story Board）

PAGE NO:

场次 SLATE	镜头 TAKE	分镜画面	声音说明 AUDIO	画面说明 VIDEO	特殊技术	呎/秒

7. 拍摄剧本（见表 5.5）

表 5.5 拍摄剧本

拍摄剧本

片名： 组别： 导演： 页次：

总号	镜号	镜头	摄法	场景	内容	长度

操作步骤

1. 镜头组（镜号、景别、技巧、画面）的表示

例如，在水中生活的小蝌蚪经过一个半月，渐渐长大，且生长出后肢、前肢，同时尾巴也逐渐缩短，最后尾巴消失，小蝌蚪也就变成了小青蛙。其镜头组实例见表 5.6，分镜表见表 5.7。

表 5.6　镜头组实例

镜头号	景别	技巧	画面
1	特-全	拉	由一只拉出一群小蝌蚪，它们在荷叶之间游来游去
2	字幕：15 天之后……		
3	近	淡变	在荷叶下面，一只小尾巴露在外面，等这只小蝌蚪游出来的时候，它已经长出了后肢
4	中		几只小蝌蚪在打架，然后它们打起了群架，最后都游到荷叶下面不见了，只留下水面在波动
5	近-全		一只小蝌蚪从荷叶底下游出来，接着出来一群，这时它们已经长出了前肢
6	全	跟	这群长出了四肢的小蝌蚪在水里欢乐地游着
7	全		小蝌蚪们穿梭于荷叶、水草、石块之间，尾巴在慢慢变化着
8	字幕：一个月后…		
9	特-全	拉	荷叶上跳来一只小青蛙，接着又上来一只，只见有许多已经发育完全的小青蛙在跳来跳去，还有的跳到了岸上

表 5.7　分镜表

镜号	景别	技巧	时间	画面	解说	音乐	效果
1-3	近	摇	4	绿叶相衬下的一只只美丽的青蛙（不同姿态，不同方向）	叠字幕：青蛙		
4	中	推	3	池塘边一朵盛开的早春花，在绿色的掩映下显得格外鲜艳。镜头从这里要到一只藏在草丛中的青蛙。	小朋友，你一定看到过或听说过青蛙吧！可是你对青蛙了解吗？比如说，它生活在哪里？长的什么样子？怎么进行繁殖？有哪些本领等。		
5	近		10	一只青蛙从水边一跃，跳进水里			蛙叫声
6	中		5	水中游泳的青蛙			
7	中	跟	6				
……	……	……	……	……	……	……	……

2. 注意事项

在视频编辑中，常采用“切”的方式进行镜头组接，两镜头的相接点叫“剪接点”或“编辑点”。对画面的连贯，有人认为在镜头组接的地方，画面越接近越好，实际上正好相反，画面构图越缺乏变化、景别越接近，就越会产生画面连接的“跳动”，使画面中的物体的动作很不连贯，给观众以不舒服的感觉。

另外，如果不注意景别的变化，盲目地变换视点和处理镜头的编辑点，就会失去画面的流畅自然，妨碍观众对内容的正确理解。因此，在进行镜头的切换组接时，应考虑内容表达和观众的接受心理，合理选用不同的画面景别。

5.5 声画剪辑

5.5.1 Premiere 工具箱

学习目标

➢ 了解 Premiere Pro 2.0 的工具箱。

相关知识

（1）选择工具，快捷键【V】。

选择并移动轨道上的片段，一次只能选择一个，如果将它移动到片段的边缘，则会变为指针形，以拖动方式裁剪片段。在按钮上单击左键，则当前工具变为选择工具；在时间轨道上单击素材，则该素材被选中并且在其周围出现边框，这时可将鼠标移动到素材上并按住鼠标左键，可将素材拖动到合适的轨道和位置上（视频和图像只能在视频轨道上拖动，声音只能在声音轨道上拖动）。在处理静态图像时，将鼠标移动到静态图像的一端，鼠标变成左右箭头，这时拖动鼠标可以改变静态图像的持续时间。声音素材也可以用上述方法改变其持续时间，但是声音的持续时间不是无限延长的，其持续时间不会超过素材自身的长度。

（2）轨道选择工具，快捷键【M】。

可以选择一个轨道上的所有片段，如果需要加选其他轨道的片段，则可以按【Shift】键。选择该工具后，在时间线中的素材上，鼠标变为，将鼠标移动到轨道中的某一素材上，单击左键，则该素材和其后的同轨道素材均被选中。被该工具选中的素材，不能移动到其他轨道，只能在自己原来的轨道中移动。如果需要选择多条轨道，则可以在按【Shift】键的同时进行选择。

（3）涟漪编辑工具，快捷键【B】。

改变片段出入点的同时改变片段所占的时间。选择该工具后，在时间线窗口中的两个素材的交界线上，左右拖动鼠标，则交界线随鼠标变化（与滚动编辑工具不同的是，它受源素材长度的限制小）。

（4）滚动编辑工具，快捷键【N】。

同时改变两个相邻片段的出入点，节目的时间总长不变。选择该工具后，在时间线窗口中的两个素材的交界线上，鼠标变为，左右拖动鼠标，则交界线随鼠标变化（要求两个素材都曾经被编辑过，并且其长度小于编辑前的长度，只有这样素材才有伸缩余地）。

（5）标尺伸缩工具，快捷键【X】。

用这个工具制作快/慢镜头是非常简单的事情。首先将鼠标移动到素材的任意一端，鼠标变为，这时拖动鼠标，素材就像皮筋似的被拉长或缩短，如果素材被拉长，则播放效果为"慢镜头"，如果素材被缩短则播放效果为"快进"效果。其实，该工具是改变了素材的播放速率，速率越大则播放速度越快，否则相反。

（6）剃刀工具，快捷键【C】。

把一个片段分割成两个片段。选择该工具后，在时间线窗口中的素材上，鼠标变为。将鼠标移动到素材上的适当的位置，单击左键，该素材从这里被分成了两个独立的素材（工程窗口中的源素材没有变化），可以分别操作。

（7）滑动工具，快捷键【Y】。

同时改变片段的出入点，时间长度不变。选择该工具后，在时间线窗口中的素材上，鼠标变为。选择素材，并且按下鼠标，在监视窗口中显示出四幅画面（假定选择的素材前后还有其他素材），左右两边的画面分别是选定素材前面的素材的出点和后面的素材的入点。中间的两幅画面是选定素材的入点和出点，拖动鼠标调整选定素材的入点和出点，使它和前后素材衔接。

（8）推移工具，快捷键【U】。

选择该工具后，在时间线窗口中的素材上（该素材前后必须还有其他同轨道素材），鼠标变为。选定素材 B（中间的素材），左右拖动，则与素材 B 相邻的两素材 A、C 的出点和入点将改变。而素材 B 的长度没有改变，只有在时间线上的位置改变了。

（9）钢笔工具，快捷键【P】。

可用来做成字幕里面的贝尔曲线。

（10）手形工具，快捷键【H】。

选择该工具后，在时间线中鼠标变为。时间线能显示的窗口范围是有限的，素材经常超出时间线窗口。如果想看到没有显示在窗口的素材，则可以用时间线下方的滚动条或用本工具拖动。

（11）缩放工具，快捷键【Z】。

选择该工具后，在时间线中鼠标变为，在时间线中单击鼠标放大（按住【Alt】，鼠标变为，单击鼠标为缩小）。这只是改变了时间标尺单位长度表示的时间（帧数），放大的极限是1帧。也可以在时间线中拖动一个矩形，则这个矩形中的素材将充满时间线。

5.5.2 声音与画面的分离、合并

学习目标

➢ 在Adobe Premiere Pro 2.0中充分理解和运用分离影片的声音与画面的操作。

操作步骤

1. 声音与画面的分离

① 启动Adobe Premiere Pro 2.0，打开如图5-1所示的欢迎界面。

图5-1 Adobe Premiere Pro 2.0欢迎界面

② 单击【新建节目】按钮，打开"新建节目"对话框，如图5-2所示。

③ 选择"常规"选项卡，在"自定配置"页面中的"编辑模式"下拉列表中选择"DV NTSC"选项，在该对话框下方的"名称"文本框中输入文件名，保持其他选项不变，如图5-3所示。单击【确定】按钮，将其保存在指定的目录下，进入视频编辑模式窗口。

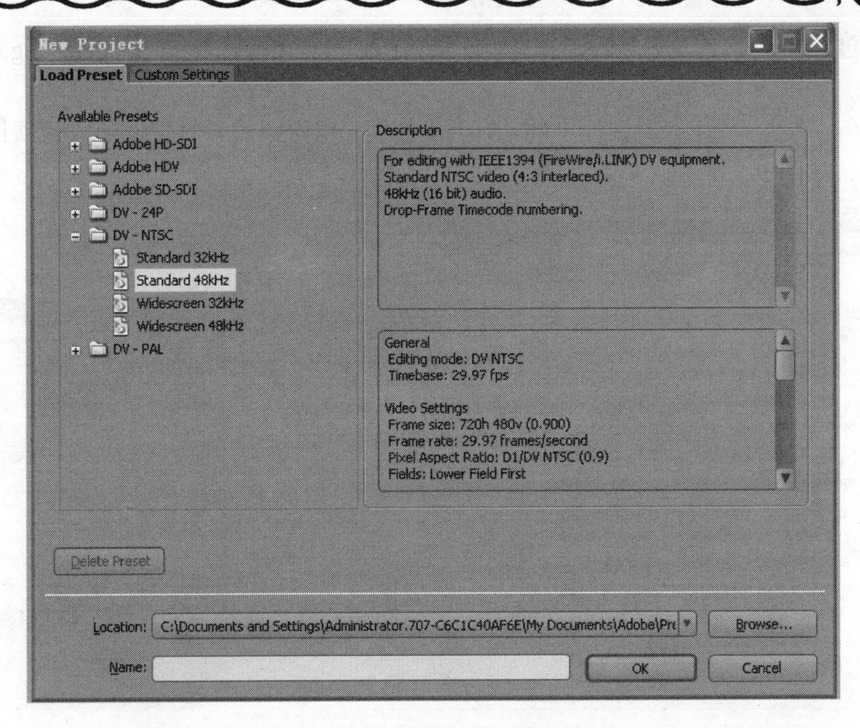

图 5-2　“新建目”对话框

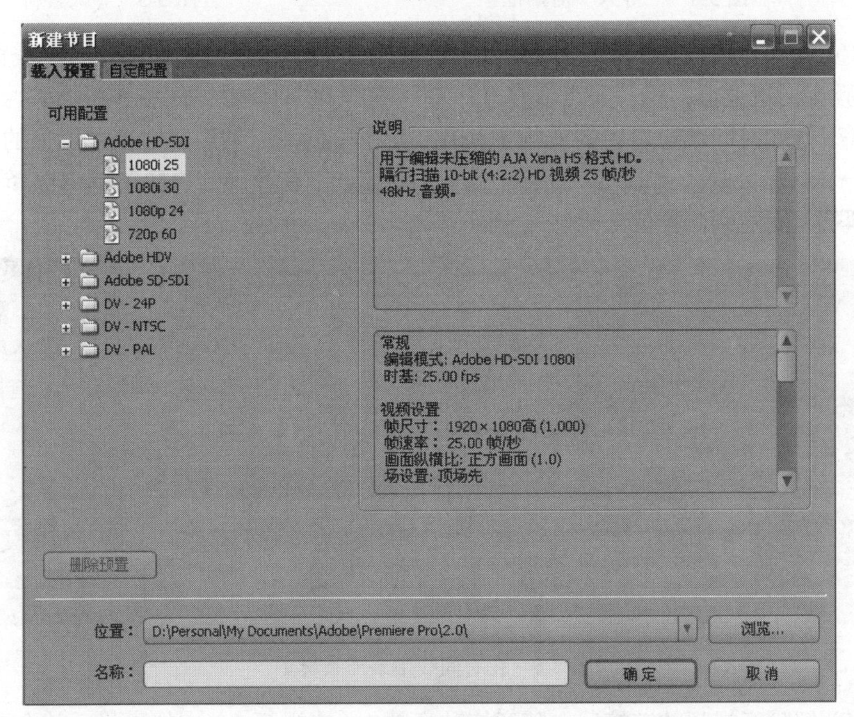

图 5-3　“常规”选项卡

④ 选择“文件”→“导入”命令，打开“导入”对话框，选择 “12yuanzhang.avi”文件，如图 5-4 所示。

⑤ 单击“导入”对话框中的【打开】按钮，将选择的素材文件导入到项目窗口中，如图 5-5 所示。

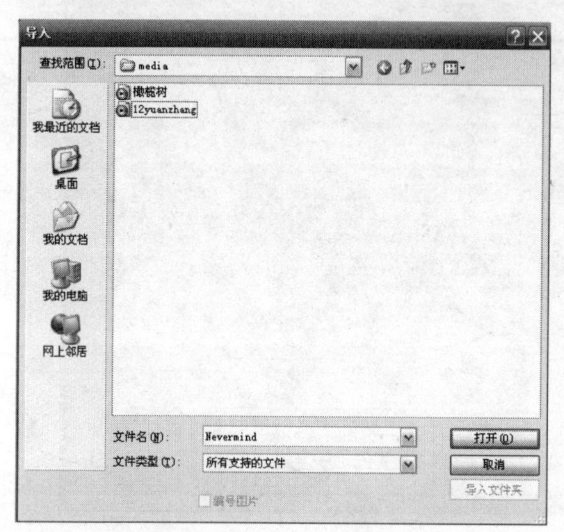

图 5-4 “导入”对话框

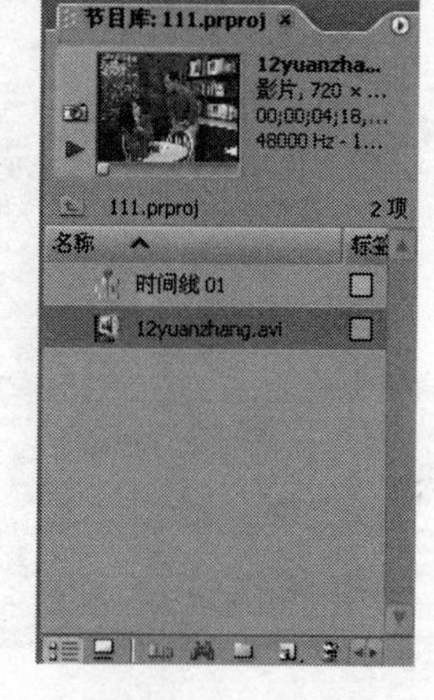

图 5-5 导入素材

⑥ 在项目窗口中选择“12yuanzhang.avi”素材，然后将其拖动到时间线窗口中视频 1 的轨道上，将其入点放在 00：00：00：00 的位置，如图 5-6 所示。

⑦ 选中时间线窗口中的视频 1 和音频 1 中的素材，然后选中菜单栏上的“素材”→“解除关联”，如图 5-7 所示。也可右击素材，在弹出的快捷菜单中选择“解除关联”，能达到同样的效果。

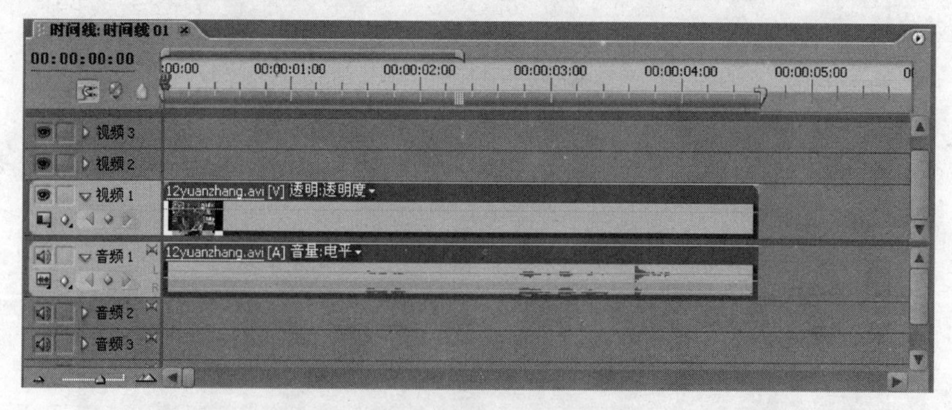

图 5-6 在时间线中添加素材 1

⑧ 解除音视频的链接后，随意拖动音频 1（或视频 1）中的素材，就会看到如图 5-8 所示的效果。

⑨ 删除其中的音频素材，证明音视频确实已经分离，如图5-9所示。

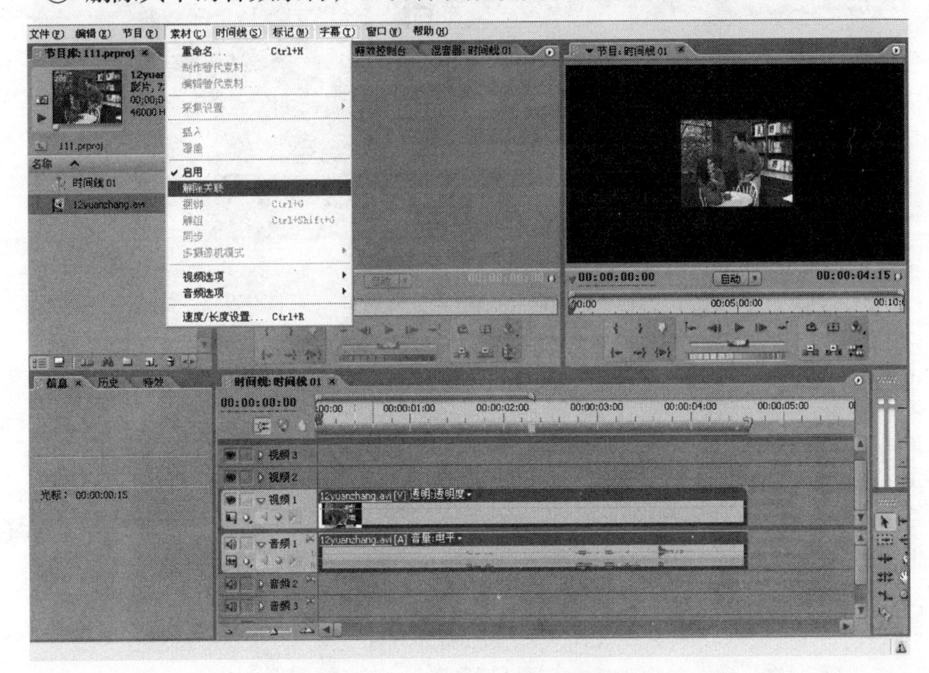

图5-7 解除音视频的链接

图5-8 拖动音频1后的效果

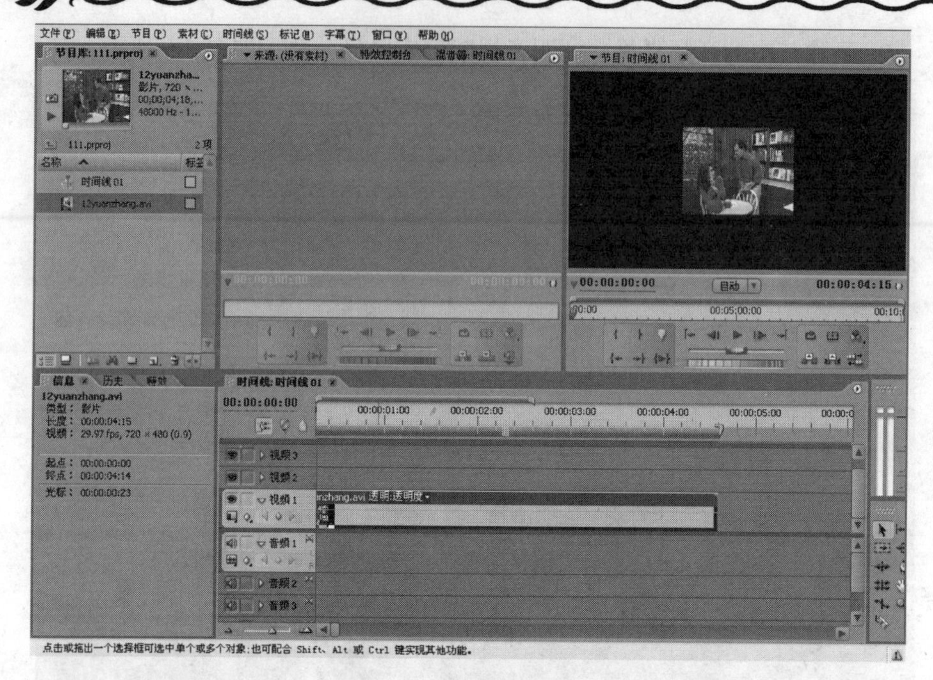

图 5-9　删除音频素材

2. 合并影片的声音与画面

① 启动 Adobe Premiere Pro 2.0，打开如图 5-10 所示的欢迎界面。

图 5-10　Adobe Premiere Pro 2.0 欢迎界面

② 单击【新建节目】按钮，打开“新建节目”对话框，如图 5-11 所示。

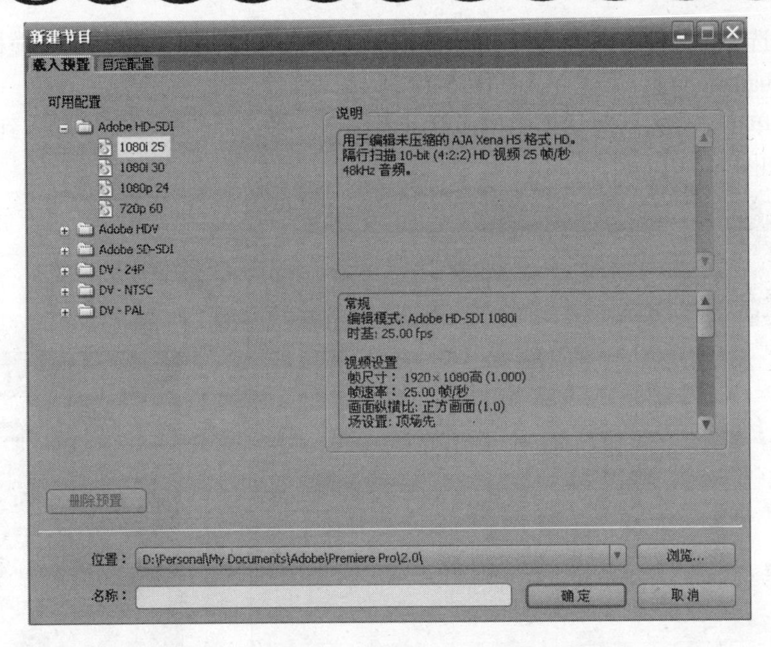

图 5-11 “新建节目”对话框

③ 选择“自定配置”选项卡，在“常规”页面中的“编辑模式”下拉列表中选择“Adobe HD-SDI 10801”选项，在该对话框下方的“名称”文本框中输入文件名 ，保持其他选项不变，如图 5-12 所示。单击【确定】按钮，将其保存在指定的目录下，进入视频编辑模式窗口。

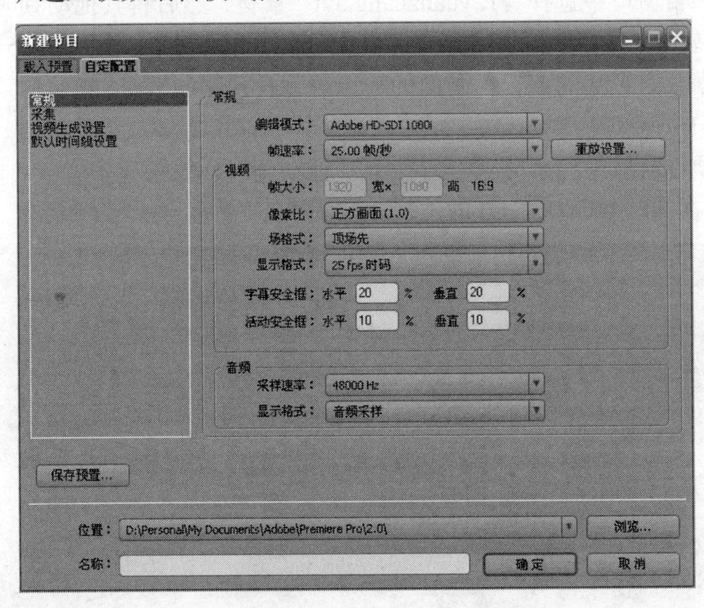

图 5-12 “常规”页面

④ 选择“文件”→“导入”命令，打开“导入”对话框，选择 “橄榄树.mp3”和“12yuanzhang.avi”文件，如图 5-13 所示。

⑤ 单击“导入”对话框中的【打开】按钮，将选择的素材文件导入到项目窗口中，如图 5-14 所示。

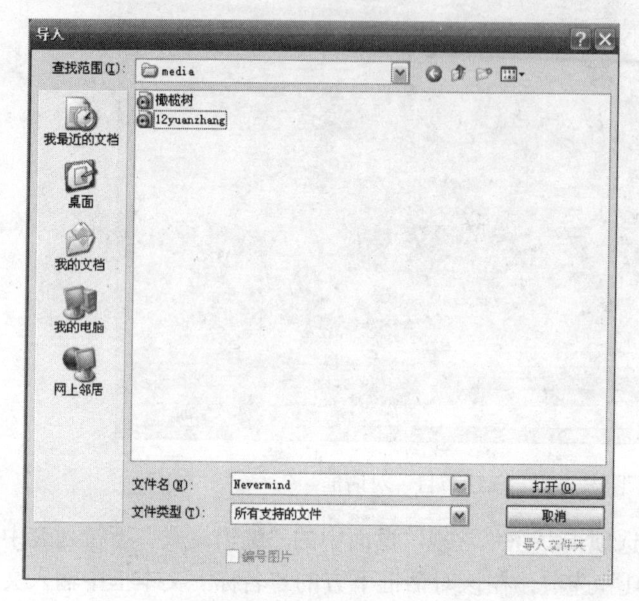

图 5-13 “导入”对话框

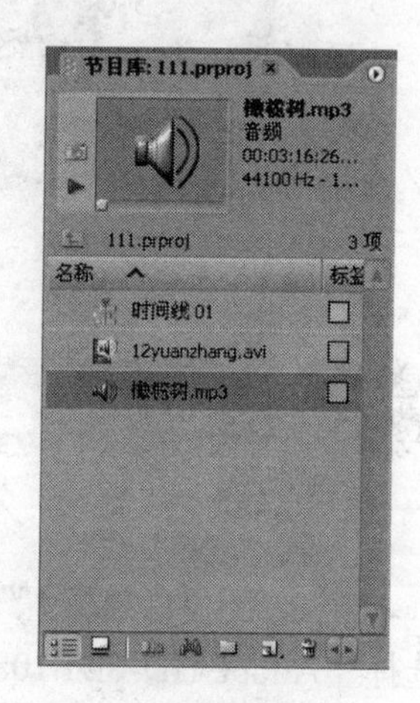

图 5-14 导入素材

⑥ 在项目窗口中选择“12yuanzhang.avi”素材，然后将其拖动到时间线窗口中视频 1 的轨道上，将其入点放在 00：00：00：00 的位置，如图 5-15 所示。

⑦ 根据分离影片的声音与画面的知识解除音视频的链接，删除音频 1 上的素材，如图 5-16 所示。

⑧ 把项目窗口中的素材“橄榄树.mp3”拖动到时间线窗口中音频 1 的轨道上，将其入点放在 00：00：00：00 的位置，如图 5-17 所示。

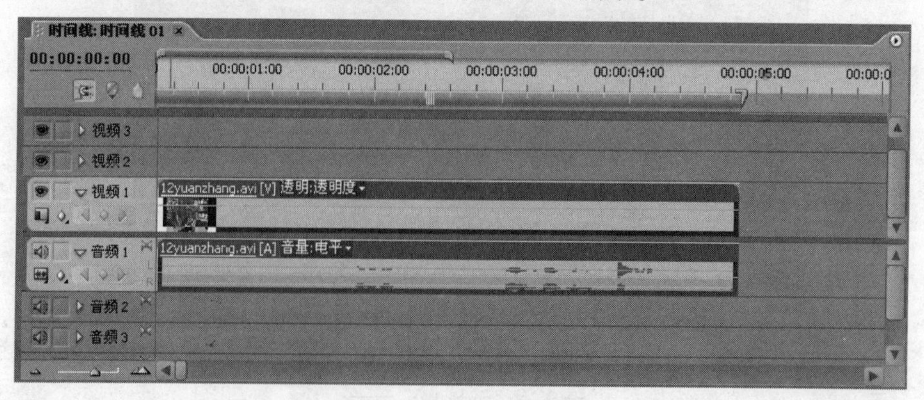

图 5-15 在时间线中添加素材 1

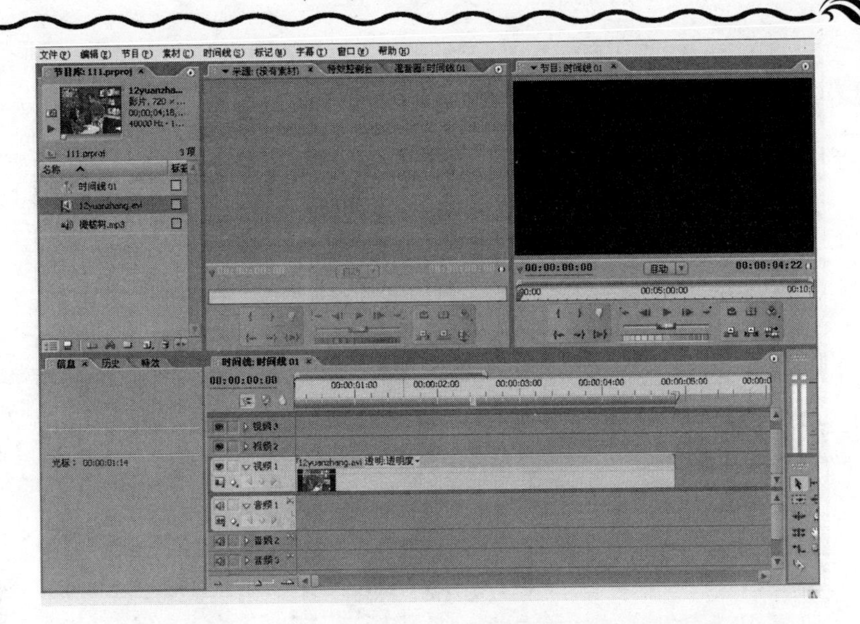

图 5-16　删除音频素材

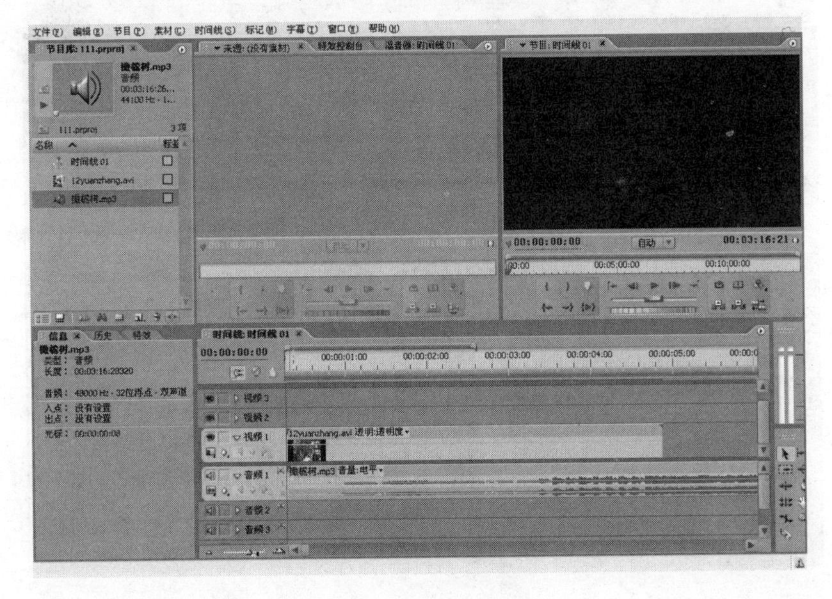

图 5-17　插入音频

⑨ 将时间线拖动到视频 1 结束的位置，然后单击工具栏中的“剃刀工具”按钮，在视频 1 结束的位置将素材“橄榄树.mp3”切断，如图 5-18 所示。然后选择工具栏中的“选择工具”，将视频 1 结束的位置后面的音频素材部分删除掉。

⑩ 单击工具栏中的“轨道选择工具”，然后按住【Shift】键选中视频 1 和音频 1 中的素材，选择菜单栏上的“素材”→“加入关联”，如图 5-19 所示。也可右击素材，在弹出的快捷菜单中选择“加入关联”，能达到同样的效果。

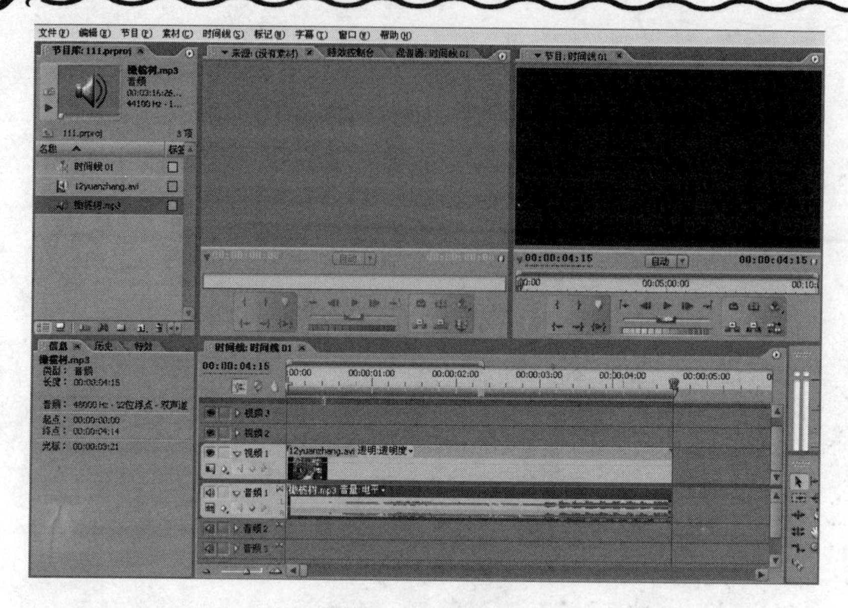

图 5-18　切断素材

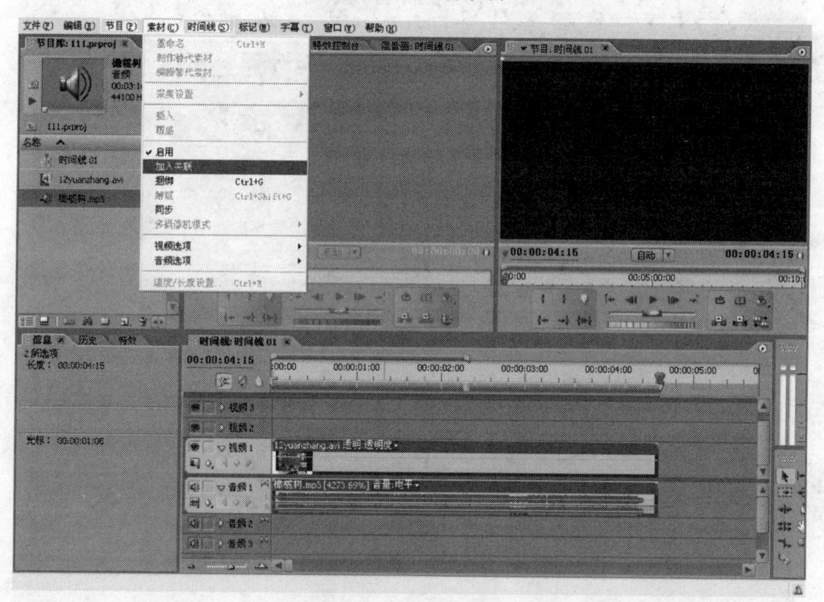

图 5-19　合并音视频

5.5.3　三点编辑和四点编辑

➢ 了解三点编辑和四点编辑。

相关知识

在一些情况下，可能需要用一些来自源剪辑的帧替换节目中的一部分帧。在Premiere Pro中，可以使用三点编辑或四点编辑来做这项工作。这两种编辑都是视频编辑中的标准技术。

1. 三点编辑

如果在三点编辑替换掉源素材或节目素材的终点中至少有一个是不重要的，那么就可以使用三点编辑。与四点编辑相比，三点编辑更常见。因为只需要三点，并不需要相同的持续时间，Premiere Pro会自动修剪没有设定的点。这样，源素材和节目素材就是相同的长度。之所以称为三点编辑，是因为指定了3个点：被替换的节目素材和被添加的源素材中入和出点之间的任何组合。

2. 四点编辑

要用源素材中的相同持续时间的帧替换节目素材中的帧时，就要使用四点编辑。之所以称为四点编辑，因为指定了所有的4个点：被添加的源素材和被替换的节目素材的入和出点。

如果已经选择的源素材不是刚好等于替换素材的持续时间，则Premiere Pro就提供两个选项来完成替换：Fit to Fill或Trim Source。如果选择Fit to Fill选项，则源帧的持续时间和速度就更改到适合被替换的帧的持续时间。如果选择Trim Source选项，则Premiere就更改源帧的出点，使它成为三点编辑而不是四点编辑。

操作步骤

三点编辑用来将源剪辑插入或覆盖在节目剪辑中。在进行操作前，要指定3个关键点，即源剪辑的入点、节目剪辑的入点和积木剪辑的出点。确定后，执行插入/覆盖操作，即可在节目剪辑的入点和出点之间插入/覆盖源剪辑从入点开始的部分。其具体操作步骤如下。

（1）在项目窗口中加载两个视频剪辑“最后一版老照片”和“大水中”，如图5-20所示。

（2）将“最后一版老照片”拖动到时间线窗口的视频1轨道，如图5-21所示。

（3）在项目窗口中双击“大水中”，打开其Clip窗口，如图5-22所示。

（4）在源剪辑视图中将编辑线拖动到所需的位置，然后单击其底部的{图标，设置入点。

（5）在节目剪辑视图中将编辑线拖动到所需的位置，然后单击其底部的{图标和}图标，设置入点和出点。

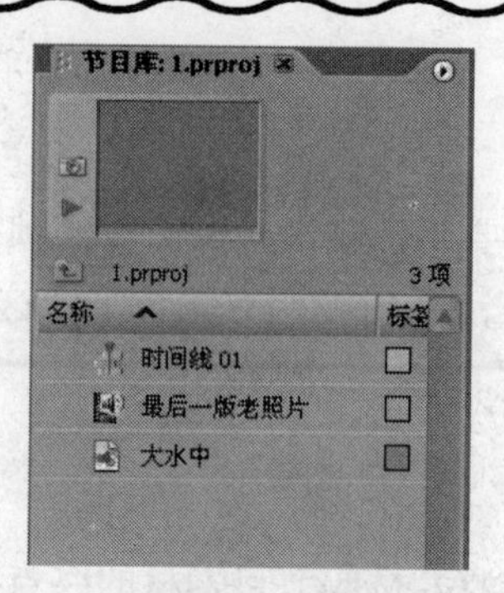

图 5-20 加载素材

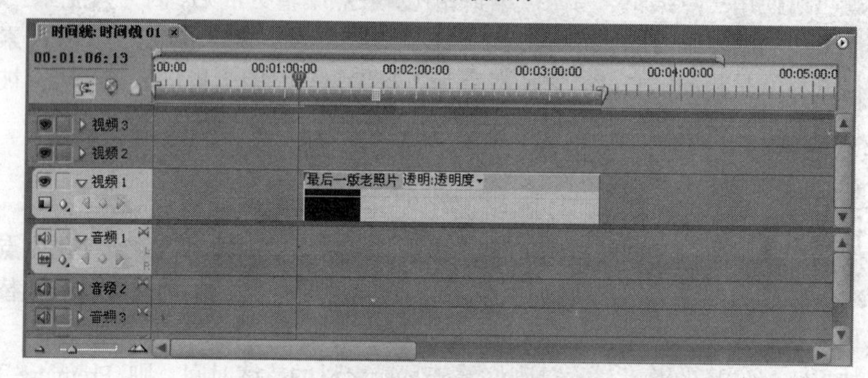

图 5-21 将素材拖到时间线

图 5-22 打开“大水中”窗口

（6）单击源剪辑视图底部的覆盖图标。此时在时间线窗口中，“最后一版老照片”的入点和出点之间的部分被“大水中”从入点开始的部分覆盖，如图 5-23 所示。

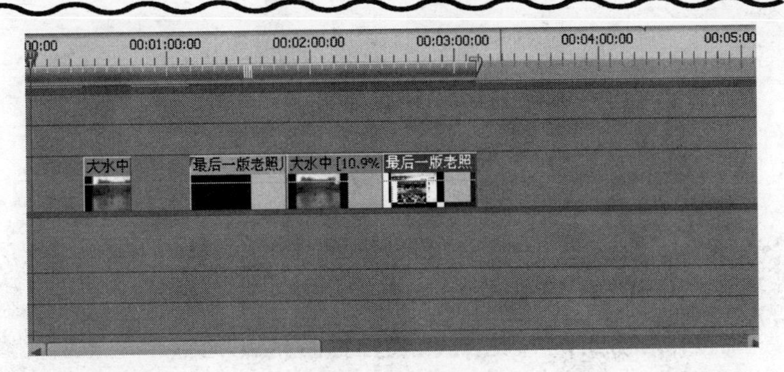

图 5-23 覆盖后显示框图

本章习题

1．分镜头剧本常用的样式有哪些？
2．镜头切换的方法有哪些？
3．蒙太奇的概念是什么？它与镜头组接有什么关联？
4．三点编辑和四点编辑的概念是什么？
5．声音和画面分离与合并的编辑方法是什么？

参考文献

[1] 德洛布拉. Premiere Pro2 宝典. 北京：电子工业出版社，2006.

[2] 卢锋. 数字视频设计与制作技术. 北京：清华大学出版社，2006.

[3] 彭澎等. 数字音视频创作技术与艺术. 北京：机械工业出版社，2005.

[4] 马华东. 多媒体技术原理与应用. 北京：清华大学出版社，2002.